André Link

König und Komponist

Gedruckt mit freundlicher Unterstützung des
Fonds Culturel National Luxembourg

André Link

König und Komponist

Gustav III. von Schweden und
Joseph Martin Kraus

Roman aus dem 18. Jahrhundert

LOGO VERLAG Eric Erfurth
Obernburg am Main

Armer Kraus! Ist das ein Schicksal für das Genie, vergessen zu werden, während Charlatane von allen Ecken der Welt reussieren?

Johan Henrik Kellgren an Abraham Clewberg-Edelcrantz, 1790

Sepolcro

Warum wollen Sie mit Gewalt, daß ich den gewöhnlichen Weg wählen soll?

Joseph Martin Kraus an seine Eltern, 1777

Um den See lag alles in starrem Frost. Nur wenn der Mond hinter den Wolken hervorsah, fiel Licht auf die Birken und die Ahornbäume. Dann krümmten die Zweige ihre Finger hervor, die in eisigen Handschuhen steckten. Ein Ziehen und Reißen ging durch das hundertjährige Holz, als ächze es dem Tagesanbruch entgegen.

Dort, wo die Halbinsel Tivoli in den See vorstieß, hatte sich eine knisternde Kruste auf dem Eis gebildet. Eine Halskrause aus Schnee umschloss die Landzunge. Im Schein von zwei Windlichtern standen zwei Männer, beide in dicke Pelze gehüllt.

Der Jüngere sagte: »Gut, dass wir das vor dem Einsetzen des Frostes gemacht haben.«

»Viel Platz braucht er sowieso nicht«, antwortete der Ältere. »Der hatte die Schwindsucht. Und vorher schon hat er nicht viel zu beißen gehabt. War so ein Künstler … ein Musiker. Noch dazu ein Ausländer, ein dahergelaufener. Und …«, er senkte die Stimme, »… ein Papist, stell dir vor. Einer, nach dem kein Hahn kräht.«

»So«, der Jüngere trat von einem Bein auf das andere. »Was hat er denn für Musik gemacht?«

»Was weiß ich? Kinkerlitzchen, Amüsement, um denen da oben die Zeit zu vertreiben. Wir dagegen, mein Junge, wir leisten solide Arbeit. Was wir machen, hält für die Ewigkeit.«

Es fiel kein Wort mehr. Sie schippten weiter Schnee auf die Seite. Ihr Atem rasselte.

»Wenn die nicht bald kommen …«, sagte schließlich der Jüngere.

»Da du vom Teufel sprichst. Ich glaube tatsächlich, da tut sich was.«

In der Tat, vom anderen Ufer des Brunnsviken züngelte rötliches Licht. Es war nicht die Morgensonne. Schatten bewegten sich über das Eis. Die beiden Totengräber stützten sich auf ihre Spaten und schauten auf die schneebedeckte Fläche.

Ein Zug von mehreren Männern kam langsam näher. Mit feierlichen Schritten stapften sie über das Eis. Einige von ihnen trugen Fackeln, die übrigen zogen einen großen Schlitten.

Die Totengräber rührten sich nicht. Endlich erreichte der Zug das Grab, das jetzt auch von den züngelnden Fackeln des Trauerzuges erhellt war. Rotes Licht tanzte auf dem Sarg.

I

Nun kam ich, nahm der Maske den Domino weg und sah das bundtschäckige Zeug in natura.
Joseph Martin Kraus an seine Eltern, 1777

»Irrlichter«, stammelte Franz, und sein kleines Gesicht wurde noch bleicher als sonst.

»Ach was«, sagte Joseph. »Das sind nur die dürren Blätter. Der Wind spielt eine *Gavotte* mit ihnen — vielleicht gar eine *Contredanse*.«

Musikfetzen taumelten ihm über die Lippen. Sprach er damit einen Bann über die Elemente aus? Ältere Brüder sind halt kompliziert. Franz, ein verzagtes fünfjähriges Elend, vergrub sich noch tiefer in seinen Radmantel. Joseph hielt eine Hand über ihn und schrieb mit der anderen wilde Beschwörungszeichen in den schwarzen Himmel.

Mitten im Sturm stellte er sich kerzengerade und spürte nicht, wie ihm die Regentropfen ins Gesicht fegten. »Schau dir den Götzinger Berg an. Als ob der liebe Gott dort sitzt und Orgelfugen spielt. Mächtige, große, schöne Fugen …«

»Hab nasse Füß«, klagte Franz. »Und der Milchbrei wird bestimmt kalt. Wird er bestimmt.«

»Ach was, die Mutter hält ihn warm.«

»Wird schimpfen, die Mutter.«

»Die Mutter nicht, die hat doch genug mit den anderen zu tun.«

Franz fror. Er war kein Held und wollte nicht den Winterstürmen trotzen. Aber Joseph, der Bruder, stemmte sich mit seinen zehn Jahren noch immer gegen die Windböen und Regenwirbel, die über die Odenwälder Eichen fegten. Er schaute auf die ganze Welt hinab — auch wenn hier nur das von winterkahlen Hügeln umschlossene Tal von Buchen vor ihm lag. Sein Atem kam stoßweise, in seinen Augen war ein feuchter Glanz.

»Joseph, komm, gehen wir nach Haus«, bettelte Franz. Joseph sah seinem Bruder ins Gesicht, das als spitzes weißes Dreieck unter dem Mantel hervorlugte.

Er wischte Franz die Nässe — Regen oder Tränen — von den Augen. »Du Dummerchen, das ist doch ein Abenteuer, gelt? Ach, du magst keine Abenteuer? Willst lieber nach Haus, zur Mutter und den Schwestern? Bist eben doch noch ein Wickelkind.« Gleich aber fasste Joseph den Bruder an der Hand. »Na, dann komm, du Held!«

Den umtosten Götzinger Berg im Rücken, trotteten die beiden an der Morre entlang. Nachdem sie durch das Würzburger Tor die Stadt betreten hatten, nahm Joseph den Bruder huckepack. Kurz darauf hatten sie den Zwillingsbau der Amtskellerei erreicht.

Die Mutter saß am Herd, auf dem Schoß das Mariannchen, das im Frühling zur Welt gekommen war. In den ausladenden Röcken von Frau Kraus greinte und zerrte Theres, mittlerweile gut anderthalb Jahre alt. »Nasse Schuh und nasse Strümpfe — muss das sein?«, sagte sie.

»Das trocknet schon wieder. Ist so schön gruslig draußen, das hättet ihr sehen müssen!«

»Zieht euch die nassen Sachen aus, und dann schnell ans Feuer. Ach, Joseph, Joseph!«

Anna Dorothea Kraus erteilte ihre Lektion aus Pflichtbewusstsein, ihr Ton blieb aber nachsichtig. Barfüßig nahmen die Brüder, dem Feuer am nächsten, um den Küchentisch Platz und löffelten den Milchbrei. Mit gedämpften Äpfeln angereichert, verströmte er einen wohligen Duft. Ihre älteste Schwester Anna Barbara, meist Bärbel genannt, kam mit dem großen Milchkrug. Sie anzusprechen, hatte wenig Sinn, denn sie war seit ihrem siebten Lebensjahr taub. Doch verstand sie instinktmäßig alles, was man ihr mitzuteilen suchte. Mit ernstem Gesicht füllte sie ihren Brüdern die Näpfe nach. Ihre Bewegungen waren sanft und unauffällig. Um den Tisch herum verbreitete sich ein warmer Geruch von Kräutern und süßer Milch.

Inzwischen hielten die Mutter und Joseph, ihr Ältester, ihren vorhersehbaren und eben darum so beruhigenden Dialog.

»Ist der Vater schon da?«

»Nein, er ist noch drüben, im Amt. Sonst hätt er schon geschimpft.«

»Er will doch immer, dass ich meine Exerzitien mach, und die mach ich halt im Freien.«

»Mit nassen Füßen? Und der Franz schlägt dir den Takt dazu? Armer Bub, ganz durchgefroren war er!«

Franz, die letzten Löffel zusammenkratzend, nickte heftig. Bärbel schepperte mit den leeren Näpfen am Abwasch und die Buben ließen ihre nackten Beine vor dem Feuer baumeln. Eins, zwei, auf und ab, im Takt mit der Schlaguhr des Miltenberger Großvaters.

Erst jetzt sah die achtjährige Katharina von ihrer Lektüre auf — ohne Zweifel ein Gebets- oder Gesangbuch. Kaum wagte man sie Käthchen zu nennen, so ernst und gesittet war das bravste der Kraus-Kinder.

»Singst du am Sonntag im Hochamt?«, fragte sie Joseph. Der nickte emsig. »Freilich, im *Credo* das Solo, und im *Agnus Dei* auch. Die Mädels verdrehen immer die Augen, aber ich sing nun mal höher als sie. Sind halt dumme Gäns.« Er beugte sich zu Franz: »Frauenzimmer.«

»Dann solltest du noch ein bisschen üben. Im *Credo* sind mächtig viele Sechzehntel.«

»Ach, das kann er. Er kann ja alles«, sagte die Mutter auf ihrem Stuhl. Sogleich begann Theres zu plärren. Die Mutter, die das Mariannchen noch immer an ihrer schweren Brust wiegte, versuchte dieses zu beruhigen. »Still, still, mein Engelchen. Bald kommt der Nikolaus, dann gibt's Pfeffernüss und Honigkuchen. Aber jetzt müsst ihr erst mal ins Bett.«

»Noch nicht, Mutter, noch nicht«, erscholl es im Chor.

»Joseph liest uns noch was vor«, sagte Katharina rasch.

»Ja, das Kapitel, wo der Robinson den Freitag trifft«, rief Joseph.

»Nichts so Wildes, nein«, entgegnete Katharina.

»Den Robinson, den Robinson«, schrie Franz und flüsterte gleich seinem Bruder ins Ohr: »Und am Sonntag, da nimmst mich mit auf die Empore, gelt?«

»Wenn du nicht zu laut brummst.«

»Still jetzt«, sagte die Mutter und hob den Kopf. »Sonst sag ich am End noch dem Nikolaus ab!«

Die Winter in den Jahren um 1770 waren kalt. Monatelang erstarrte das Land unter einer meterhohen Schneedecke. Das Tauwetter setzte oft zögerlich ein, und die Sommer konnten feucht und wetterwendisch sein. Nun, was Gott einem ins Haus schickte, damit musste man wohl oder übel zufrieden sein. Mit Schrecken dachte man noch an das große Erdbeben von 1755 zurück, das Lissabon in Schutt und Asche gelegt hatte.

Aber wenigstens war Frieden. Aus dem Krieg, der von 1756 an sieben Jahre gewütet hatte, war der große Friedrich als Sieger hervorgegangen. Aber vom Friedenskuchen hatten alle ihr Stück abbekommen. Die Kaiserin Maria Theresia trauerte — um Schlesien, das ihr der preußische König, und mehr noch um ihren Gatten, den ihr der Tod genommen hatte.

In Moskau saß die deutsche Katharina fest auf dem Thron aller Reußen. Die Herrschaft über das große eisige Reich, die sie sich in den Jahren — als zuerst die launische Elisabeth und danach ihr Gatte, der geisteskranke Holsteiner Peter, regierten — mühsam erdemütigt hatte, hielt sie mit eiserner Faust. Sie behauptete sich gegen die Ansprüche der rechtmäßigen Prätendenten wie Iwan VI. oder ihres eigenen Sohnes Paul, von dem niemand wusste, wer ihn gezeugt hatte.

In all dem Getriebe glich Skandinavien einer Insel. Große Hoffnungen setzte man auf den neuen dänischen König, den blutjungen Christian VII. Kaum aber hatte man diesen mit der Schwester des englischen Königs verheiratet, gab er den abstoßendsten Capricen nach und benahm sich als der unreife, störrische Knabe, der er noch war.

Mehr Würde war von den benachbarten Regenten Schwedens zu erwarten. Deutschstämmig und von einem streitsüchtigen Parlament aller Privilegien beraubt, saßen sie in ihrem viel zu großen Stockholmer Palast, in den sie den verblichenen Glanz des französischen Sonnenkönigs zu bannen suchten. Schweden war ein frostiges Land, und so schimmerte im viel zu großen Palast die bläuliche Kälte der Polarnacht.

In seinen Gemächern saß der zwanzigjährige Gustav, der Thronfolger des schwedischen Reiches, am Schreibtisch. Um ihn glitzerten vergoldete Putten, Marmorheroen, venezianische Kristalle, Seidentapeten, Draperien aus Samt und schwerem Damast — alles, wie es sich der Baumeister Nicodemus Tessin fünfzig Jahre zuvor für den Prunk des Stockholmer Stadtschlosses ersonnen hatte.

Gustav beugte sich über die Tischplatte. Seine spitzen Schulterblätter stachen in den wattierten Morgenrock. Kalt war dem Kronprinzen nicht. Seinen knochigen Jünglingskörper hatte er in eisigen Seen und hitzigen Machtkämpfen abgehärtet. Und außerdem — hatte einen das innere Feuer nicht aufzuheizen mit seiner nie nachlassenden Glut?

Vor Gustav lag ein schneeweißes Blatt Büttenpapier. Seine Hand spielte mit dem Federkiel und er zögerte, diesen in die Tinte zu tauchen. Immer wieder kehrte sein Blick zu dem Buch zurück, das, saffiangebunden und halb zugedeckt, unter einem Säckchen mit Löschsand lag. Voltaires *Zadig* im französischen Original — geschrieben in einem Stil, geschliffener als Schwedens Kronjuwelen.

Da, leise Schritte vor der Türe. Geisterte etwa der kriegerische Carl XII. durch die endlosen Korridore? Oder war es seine, Gustavs, Gattin, die ihm nachspionierte? Nein, die saß bei ihren dänischen Kirchenchorälen oder strickte Lätzchen für Stockholmer Waisenkinder. In die Nähe seines Schlafgemachs würde sie sich nicht wagen, das war nicht ihr Revier.

Die Seidendraperien glitten auseinander. Gustav musste sich nicht umwenden. Das Knistern der Reifröcke verriet ihm, dass seine Mutter eingetreten war.

»*God afton, Mor*«, sagte Gustav.

Louisa Ulrika antwortete: »*Mon fils, vous veillez trop. Ce n'est pas raisonnable, je crains pour votre santé.*«

Warum warf sie ihm auf Französisch sein nächtliches Aufbleiben vor? Deutsch war ihrer beider Muttersprache, und so gab er gelassen zurück: »Nur Dummköpfe verschlafen die besten Momente des Lebens, gnädigste Frau Mutter.«

Die Mutter war nah an seinen Rücken getreten, doch er wandte den Blick noch immer nicht. Er blieb auch steif, nachdem sie ihre Hand auf seine Schulter gelegt hatte. So mussten sich die Menschen fühlen, die Doktor Mesmers elektrischen Experimenten ausgesetzt waren. Gustav hob den Kopf und sah im Spiegel an der Fensterwand über seiner Perücke ihr leidendes Puppengesicht. Die spitzen Brauen über den schwarzen Augen waren ihrer beider Erbteil.

»Und womit beschäftigt sich mein so ganz und gar nicht schlafbedürftiger Sohn?«, fragte sie leise.

»*Ingenting — nattens mörka drömmar.*« Die düsteren Träume der Nacht andeutend, wechselte Gustav die Sprache.

»*Vraiment?* Zeigen Sie mal, mein Sohn.«

Als schäme er sich des jungfräulichen Papiers, sagte er rasch: »Ich habe mir ein paar Gedanken zum Reichstag gemacht.«

»Ach, es steht also ein Reichstag in Aussicht?«

»Wenn nicht, ist er mehr als dringlich. Es ist Zeit, dass der König Farbe bekennt. Auf die Privilegien pocht, die ihm zustehen. Und die angestammte Würde der schwedischen Monarchen wiederherstellt.«

Gustavs Mutter lachte hell. »Farbe bekennen, dein Vater? Wann soll er das tun — zwischen Austernfrühstück und Mittagsschläfchen?«

Durch das Lachen flackerte jetzt ein hysterischer Unterton. »Sie sind naiv, Gustav. Nein, wie naiv und entsetzlich jung Sie sind! Glauben Sie, ich dachte ein zweites Sanssouci vorzufinden, als ich vor zwanzig Jahren hier strandete?«

»*Vous vous en êtes bien accommodée, ma mère.*« Gustav roch nun das Bergamottenparfüm seiner Mutter. Sie hatte doch nicht etwa vor, ihn zu küssen?

Er wich der Gefahr aus, indem er ihre Hand zu einem flüchtigen und galanten *baisemain* an seine Lippen führte. Ihre schmalen milchweißen Finger schmückte ein Geschenk ihres Bruders, ein preußischer Adler, in gleißenden Karneol geschnitzt. »Sie wissen, dass ich Sie immer lieben und achten werde, liebste Mutter.«

»Ja, und darum sollen Sie nichts überstürzen. Ehe Sie an Umwälzungen denken, beraten Sie sich mit mir, nicht wahr?«

»Gewiss. Gute Nacht, Mutter.«

»Gute Nacht.«

Gustav zeigte keine Regung.

Ein letzter ebenholzschwarzer Wimpernschlag, lauernd und unsicher, dann war sie verschwunden. Nach ein paar Schritten auf dem Gang herrschte wieder Stille.

Gustav kaute an seinem Gänsekiel. Langsam zog er das unter den Voltaire geschobene Blatt hervor. »Falls man meinem Verlangen nach Einberufung des Reichstages nicht nachkommt«, so hatte er darauf gekritzelt, »lege ich die Bürde einer Herrschaft ab, welche durch die Tränen unzähliger Menschen und den täglich zunehmenden Verfall der Staatsgewalt unerträglich geworden ist.«

Das sollte er verlesen, der königliche Herr Vater, vor dem gesamten schwedischen Adel, der stocksteifen Runde der höchsten Würdenträger. Er sollte es verlesen und noch dazu zu seinem Wort stehen. Herrschen oder verzichten? Der verschlafene Holsteiner und ehemalige Bischof von Lübeck, dessen größte Sorge um Champagnerkelche und Störeier kreiste? Nur gut, dass die Königin dieses ungestüme Postulat nicht entdeckt hatte.

Hatte sie etwa die Demütigung vergessen, als sie und ihr träger Gatte wie Schulkinder abgekanzelt wurden und acht junge Menschen für ihre Machtansprüche ihre Köpfe auf den Richtblock legen mussten?

Vor fünfzehn Jahren hatte der damals fünfjährige Gustav es mit ansehen müssen. Vor der Riddarholmer Kirche, der Grablegestätte der schwedischen Könige, schaute er in die zerknirschten Gesichter der wegen eines zerfahrenen Putschversuchs gemaßregelten Eltern und sah das junge, rote Blut ihrer Mitverschwörer vom Henkersbeil tropfen. Den letzten erschrockenen Blick Erik Brahes, bevor dessen Kopf in die Sägespäne fiel, würde er nie vergessen.

Sich mit irgendjemandem beraten, wenn er die königliche Autorität wieder herstellte, wenn er sich bemühte, das Reich aus dem Morast zu ziehen? Nein, sollte es einmal so weit sein, würde er niemanden ins Vertrauen ziehen. Vertrauen konnte er niemandem schenken.

Gustav blickte wieder in den Spiegel. Markante Nase, buhlende Lippen, scharfe durchdringende Augen — nur Missgünstige würden sie vorstehend nennen. Gewiss, er könnte größer sein und sich etwas gerader halten, aber auch das war das Erbe der preußischen Adlerin.

Nun, er hatte seinen Körper mit Reiten, Schwimmen und anderen Leibesertüchtigungen abgehärtet, war weder der Prasserei noch dem weiblichen Geschlecht verfallen und schlief bei offenem Fenster. Sein mageres Fleisch beugte sich dem Diktat des Geistes — mehr wollte er nicht.

Gustav richtete sich auf. Im Spiegel glitzerten die venezianischen Kristalle. Einer musste das marode Reich retten, männlichen Willen zeigen, mit eiserner Rute fegen. War der schlaffe Vater dazu nicht imstande, musste er, Gustav, es tun. War er nicht der Erbe Gustav Wasas, des Reichsgründers, und Gustav Adolfs, der für Schweden und die Welt bei Lützen gefallen war? Viel schwedisches Blut rollte nicht in seinen Adern. Aber das war bei seinen Vorgängern nicht anders gewesen.

Der Kronprinz erhob sich. Schulmeistern ließ er sich von niemandem: er, der Jarl der Lappen, Finnen, Wenden und Goten. Seine Krone war aus Polarlicht geschmiedet, sein Krönungsmantel aus dem Fell scheuer und verschlagener nordischer Füchse gewirkt. Er war Nifelheims Herrscher — und wer zu ihm wollte, musste eine Fährte aus klirrendem Schnee beschreiten.

Dass Joseph trotz der mütterlichen Ermahnungen erneut mit nassen Füßen nach Hause kam, hatte seinen guten Grund. Schulrektor Pfister hatte im *De bello Gallico* lesen lassen. Die Mädchen durften inzwischen in Gellerts Fabeln blättern — was hätte ihnen auch Latein genutzt?

Die meisten Buben rackerten sich leidlich mit Cäsars Bandwürmern ab. Nur Joseph schien Freude an der Lektüre zu haben und kleidete seine Übersetzung sogar noch in ein ausgesprochen wohlklingendes Deutsch. Hinter dem Lehrerpult saß Georg Pfister, den gefürchteten Rohrstock zwischen den Beinen. Seine Augenlider sanken. Griesgrämig hingen ein paar rote Haarbüschel von dem trotz der jungen Jahre bereits fast kahlen Schädel.

Das Talent des Kraus-Buben war Rektor Pfister unheimlich. Er hütete sich jedoch, in überschwängliches Lob auszubrechen

— das würde er erst dreißig Jahre später tun, als das Wunderkind aus der Buchener Lateinschule längst unter fremder Erde lag.

Nach Schulschluss ließen die Kinder den Lehrer in seinem dumpfen Grübeln zurück.

»Wir gehen zum Damm«, befahl Lorenz. Sein Vater war der reichste Bauer am Ort, und Lorenz war jederzeit bereit, dies dem Sprössling des Amtskellers, des ranghöchsten Verwaltungsbeamten im Umkreis, zu zeigen.

Wie ein Wirbelwind stürmte die Bande durch das Judenviertel, am ehemaligen Beginenkloster vorbei. Duft von frisch gemähtem Heu drang in die Stadt. Das vor sich hin gähnende Seetor entließ sie ins Freie. Die Buben trabten der Morre nach, bis Felsbrocken und Gehölz diese in der Talsenke zu einem Rinnsal einzwängten. Hier hatten sie ihren Damm errichtet. Das eingeengte Rinnsal suchte sich sprudelnd einen Weg zwischen Steinen und Geäst, wobei es ein selbst gebasteltes Mühlrad antrieb.

»Nun, Sefferl«, sagte Lorenz. »Wirst mit der Johanna übers Johannisfeuer springen?«

»Mit der Johanna? Wieso?«

Die Buben feixten. »Nun, keine gibt sich so viel Müh mit ihren Zöpfen wie die Johanna. Und ihre Schürze ist immer schneeweiß.«

»Sie hat Sommersprossen«, sagte Joseph.

»Oh, mit einer, die Sommersprossen hat, kann man natürlich nicht übers Feuer springen!«

Joseph blickte finster. »Das Johannisfeuer ist ein ganz heidnischer Brauch.«

»Woher willst du das wissen?«

Aus dem *Ossian*, wollte Joseph sagen, biss sich dann aber in die Unterlippe. Sie würden es ja doch nicht verstehen.

Lorenz balancierte über dem Bach, funkelte dann Joseph aus seinen kleinen flinken Augen an und zog die Schultern zusammen. »Na los, wer zuerst auf der anderen Seite ist, wird Mühlenherr.«

Der Satz, den er blitzschnell über das Rinnsal machte, verriet die Kräfte von vielen Generationen Ackerbauern und Korndreschern. »So«, triumphierte er von der anderen Seite. »Wer traut sich noch von euch Maulhelden?«

Joseph durfte sich das nicht zweimal sagen lassen. Schon nahm er Anlauf und setzte über den Bach. Auch er machte einen großen Sprung, schaffte es allerdings nicht ganz über den Wasserlauf hinweg. Mit den Füßen landete er knapp im Uferschlamm.

Hohngelächter schallte ihm entgegen. Betrübt schaute Joseph auf seine Schnallenschuhe, aus denen Wasser quoll. Lorenz deutete auf Josephs dreckbespritzte rehgelbe Hose und lachte: »Was ziehst du dich auch an wie ein Modegeck? Aber bist ja ein feiner Pinkel. Und gehst zu den Jesuiten, gelt?«

Joseph schob die Unterlippe vor, seine Augen funkelten. »Was hast du gegen die Jesuiten?«

»Sind falsche Hund, falscher noch als die Ketzer und Protestanten.«

»Die Jesuiten gehen mit der Zeit, genau wie der Kurfürst, und der muss es wissen.«

»Ach, halt's Maul, bist ein richtiger Pfaff! Nur weil du so gut Latein kannst und dauernd herumfiedelst, glaubst du …«

Weiter kam er nicht, denn Joseph stürmte mit erhobenen Fäusten auf ihn zu. Die schönste Keilerei wäre entbrannt, wenn der sonst etwas langsame Kaspar nicht plötzlich dazwischengerufen hätte: »Lorenz, guck, eure Liesbeth ist ausgebrochen.«

Sofort ließ Lorenz von Joseph ab und rannte mit dem Rest der Bande davon, um den vermeintlichen Ausreißer — die Lieblingskuh seines Vaters — einzufangen. Liesbeth allerdings stand ahnungslos auf der Weide und stierte, Grashalme im Maul, den auf sie zustürmenden Jungen entgeistert entgegen.

Mit offenem Kragen, sogar ein Knopf war von dem teuren englischen Tuch seines Rocks abgesprungen, blieb Joseph auf den Knien hockend allein zurück. Er schlotterte, als sei ein eisiger Regenguss auf ihn niedergegangen.

Es hatte schon viele Abschiede gegeben. Allein sieben Särge von totgeborenen oder früh verstorbenen Geschwistern hatten das robuste Fachwerkhaus, in dem Amtskeller Kraus mit seiner Familie wohnte, in Richtung Kirchhof verlassen.

Und jetzt stand wieder ein Abschied ins Haus. Joseph zog in die Fremde. Irgendwie war ihm doch beklommen ums Herz. Abenteuer hatte er sich schon gewünscht, aber gleich so weit weg? Aus dem heimatlichen Buchen war er nur selten herausgekommen. Es sei denn, man besuchte den Großvater in Miltenberg, in dem großen roten Sandsteinbau, den Senator Schmidt selbst errichtet hatte und in dem Joseph zwölf Jahre zuvor, 1756, zur Welt gekommen war. Oder man kehrte in Weilbach im Goldenen Hirschen ein, den der andere Großvater, Rupert, geführt hatte und wo deftige Maultaschen und fettstrotzende Bratwürste die Enkel verwöhnten. Gelegentlich ging es auch nach Amorbach, um unter den hoch aufragenden Säulen der Abteikirche in glitzriger Erbauung zu erschaudern. Oder man pilgerte nach Mudau, um dem sommerkurenden Kurfürsten den Bischofsring zu küssen. Der Kurfürst war ein umgänglicher, beinahe leutseliger Mann, dem kleine Jungen gerne den Ring küssten.

Dieses Mal aber sollte er mit der Postkutsche fahren, bis sich die dunklen Forste des Odenwaldes öffnen und der Neckar grenzenlos bebuschte grüne Weite durchströmen würde. Katharina, Therese und Marianne winkten von der Türschwelle, der Vater zeichnete ihm ein symbolisches Kreuz auf die Stirn und wandte sich dann mit grimmigem Gesicht ab, um seine Rührung nicht zu zeigen. Die Mutter hatte es vorgezogen, gleich in die Stube zurückzukehren und dort ihre Tränen zu verbergen. Schals, warme Unterwäsche, Hefezöpfe und gute Worte hatte sie ihrem Joseph kistenweise eingepackt. Mehr konnte sie nicht mehr für ihn tun.

Als sich das Gefährt in Bewegung setzte, das ihn zur nächsten Poststation bringen sollte, kam die taube Bärbel wie ein Schatten aus dem Flur. Sie schlang ihre entblößten Arme um Joseph und drückte ihre eiskalte Stirn gegen die seine. Dumpfe Laute entfuhren ihr, hilflos, unverständlich. Von allen Abschieden schien dem Knaben dies der schwerste.

Aber Mannheim war eine richtige Stadt, das war schon aufregend. Mit seiner glänzenden Front von 30 Fenstern umschloss das Jesuitenkolleg die den Heiligen Ignatius und Franz Xaver geweihte Kirche, die mit ihren Rundkuppeln und schier endlos gen Himmel steigenden Dachreitern die prachtvollste der Stadt war. Fünf Jahre sollte Joseph Kraus hier als Kostgänger des Aloysianums verbringen. Dafür galt es unter anderem, seine jedenfalls bis zum Stimmbruch makellos reine Knabenstimme bei den Gottesdiensten zum Einsatz zu bringen.

Dies war eine besonders festliche Angelegenheit, wenn der Kurfürst — in der Pfalz gab es ausnahmsweise keinen geistlichen Herrscher — zugegen war und sich all der Pomp der katholischen Liturgie entfalten konnte. Die Mischung aus Weihrauch und Litanei, *Cantus firmus* und Polyphonie berauschte den Knaben, der bereits im Alter von sechs Jahren als Ministrant vor dem Altar gestanden hatte.

1770, in dem Jahr, als in Buchen sein jüngster Bruder Alois auf die Welt kam, spielte und sang Joseph die Rolle eines »zum wahren Glauben bekehrten Prinzen« in einem der für die Jesuiten typischen, erbaulichen Theaterstücke, *Das triumphirende Christentum im Großmogolischen Kaiserthume*.

Geige, Orgel und Klavier übte er bei den Patres Keck und Klein und bei Ignaz Holzbauer, der, man denke, sogar Opern schrieb. Lehrer Vogler hatte gar ein *Concerto* für zwei Violinen konzipiert, das Joseph und sein Miteleve Fuchs in der

Hofkirche mit den leuchtenden Asamfresken zu Gehör brachten. Und war man brav gewesen, was Joseph häufig gelang, kam einem die Ehre zu, das kurfürstliche Hoforchester zu hören — immerhin das beste Europas! Bei diesen Gelegenheiten dirigierten Cannabich oder Holzbauer mit einem Feuer, das seinesgleichen suchte. Dieses *Crescendo,* es ging einem durch Mark und Bein, ja, wühlte in den Eingeweiden, dass man den Verstand zu verlieren glaubte. Wenn die Streicher pulsierten, die Bläser in plötzlichen Wellenbewegungen hochbrandeten, begann ein Rhythmus in Joseph zu hämmern, der stundenlang nachhallte. Solche Musik erklingen zu lassen — das musste man fertigbringen!

Aber auch die Dichtkunst zog Joseph in ihren Bann. Als er mit zwei ebenso begeisterten Kameraden die Naturidyllen des Ewald von Kleist vortrug, horchte sogar der Hof auf, der sonst nur Französisch oder Italienisch parlierte. In einem versteckten Winkel des Hofgartens brachte Joseph erste Verse zu Papier, pathetische Huldigungen an den Heroenkult und auch Schäferpoesie im Stil der Zeit.

Ansonsten war er aber nicht nur Mustereleve und Unschuldslamm, sondern nahm auch an den Streichen der Mitschüler teil. In ihm war ein Mitteilungsbedürfnis, das regen Austausch suchte. In geselligem Kreis schnitt er höchstens harmlos auf und achtete stets darauf, niemals einen anderen böswillig auszustechen. Die paar Kreuzer, die ihm die Großmutter regelmäßig aus Miltenberg schickte, teilte er bereitwillig mit seinen Kameraden.

Des Öfteren sah man ihn an den Neckar hinunterstrolchen, zumeist ein Buch und ein paar Blätter in der Tasche. In den Auen las er oder warf Noten, Gedichte und Briefe aufs Papier. Bisweilen wurde er von Straßenkötern begleitet, für die er Rosinenwecken zerkrümelte, die er sich unterwegs bei einem Bäcker geholt hatte. Joseph nämlich zog magisch Hunde an. Einmal hatte er ein zerzaustes, abgemagertes Etwas, das klägliche

Winsellaute von sich gab, in den Schlafsaal mitgenommen und unter seinem Bett versteckt. Dies war das einzige Mal, dass der Zögling Kraus Prügel bezog.

In den Jahren nach 1770 brach in Europa Hunger aus. Die Not war so groß, dass die Armen Skandinaviens Birkenrinde aßen. Die Aristokratie indes hielt dies nicht von ihren Vergnügungen ab.

Aufsehen erregte die Reise des dänischen Königs. Mit einem Tross von Leibärzten, Lieblingsmohren und Schoßhunden zog er gen Süden. In London empfing ihn, zwischen zwei Anfällen geistiger Umnachtung — der Zeitpunkt war gut gewählt — sein Schwager George III. Der Dänenkönig pflasterte die Londoner Straßen mit Golddukaten, gab 20 000 Reichstaler für eine Maskerade aus und hörte den großen Garrick in *Drury Lane Hamlet* rezitieren. Dann ging's über den Ärmelkanal. Ludwig XV. gab sich die Ehre, mit Christian Arm in Arm durch die Spiegelgalerien von Fontainebleau zu spazieren. Vor der vollzählig versammelten französischen Aufklärung brachte der Däne einen zusammenhängenden Satz heraus: »Und sagen Sie bitte Voltaire, dass er mich denken gelehrt hat.«

Bei allem guten Willen ließ der Geist des Reisenden dann allmählich nach. Immer häufiger sackte Christian bei Bällen und Banketten in sich zusammen oder starrte regungslos über die Brüstung seiner Opernloge, während ihm der Speichel übers Kinn lief. Seine Berater fanden daraufhin, es sei Zeit, nach Dänemark zurückzukehren.

Der dies entschied, war der neue Vertraute des Königs, der Leibarzt Ihrer Königlichen Dänischen Majestät, Johann Friedrich Struensee. Er nahm den König wie ein Kind an die Hand und brachte ihn nach Kopenhagen zurück. Zum Dank verlieh ihm Christian den Titel eines Wirklichen Etatrats und ließ ihn schalten und walten, wie er wollte. Struensee, ein Jünger Rousseaus, gründete Waisen- und Altersheime, bestückte Kopenhagen nach dem Vorbild Altonas mit Straßenlaternen, schaffte die Folter ab, arbeitete Projekte zur Einführung der Gedankenfreiheit und einer Bodenreform aus. Sehr zum Ärger der Adelskamarilla mit Christians Stiefmutter an der Spitze schwang der deutsche Arzt sich zum unumschränkten Herrn Dänemarks auf. Sogar der kleinen Königin nahm er sich an. In erotischen Dingen hatte ihr Gemahl zwar Erfahrung mit der für ihre sexuelle Raffinesse berüchtigten »Stiefelkathrin«, bei der Gattin versagte jedoch sein männlicher Impetus.

Kaum war sein dänischer Schwager in den Norden zurückgekehrt, brach in Stockholm der schwedische Thronfolger zu seiner *Grand Tour* auf. In Berlin begrüßte ihn sein Onkel Friedrich II., causierte Französisch und zeigte ihm seine Schlösser. Als Gustav seinen Mut zusammennahm und beiläufig die Reformpläne erwähnte, die ihn bewegten, winkte der Onkel mit nervösem Lidzucken ab. Nur nichts überstürzen und keinen zu seinem Glück zwingen. Schließlich sollte hinieden ein jeder nach seiner *façon* selig werden.

Gustav zog es ebenfalls nach Frankreich, Schwedens treuestem Verbündeten. Auch er wurde von Diderot und d'Alembert, ja sogar vom altersgebückten Rousseau in Empfang genommen, bot ihnen aber kohärenter und vor allem geistreicher Paroli als sein sabbernder Schwager. Man stellte ihm die junge Dauphine Marie-Antoinette vor, weniger juwelenbeladen als Ludwigs Favoritin Madame de Dubarry, dafür recht adrett und akzeptabel. Mehr als Marie-Antoinettes Gemahl, der schwerfällige Dauphin, charmierte der König den jungen Schweden. Sie saßen beim Tee und balancierten zierliches Sèvres-Porzellan in den Händen.

Gustav erzählte, wie sehr es ihn drängte, wieder geordnete Verhältnisse in sein zukünftiges Reich zu bringen, indem er selbst die Macht übernehmen würde. Im Augenblick herrschte dort ja das unbeschreiblichste Chaos: Im Reichstag zerfleischten sich die Stände, egal ob sie sich zu den *Hüten* oder den *Mützen* zählten.

Ludwig XV. zeigte ein müdes, gewinnendes Lächeln. »Ach wissen Sie, ich bin mein Leben lang von der Kirche bekämpft worden, nur weil ich natürliche menschliche Regungen habe. Die Marquise de Pompadour, die Comtesse Dubarry, die Damen des *Parc-aux-Cerfs*, man ist nicht müde geworden, sie mir unter die Nase zu reiben. Sogar mit Exkommunikation haben sie gedroht, die Eminenzen. Die Tage des Absolutismus sind vorbei. Ich war mit fünf Jahren König, von Heuchlern und Schmeichlern und Hofschranzen umringt — es ist ein Belagerungszustand, glauben Sie mir. Und woran sollte ich mich aufrichten: an dem grauenhaften Korsett des Hofzeremoniells, das mir der Sonnenkönig hinterlassen hat?«

Über Ludwigs Leiden und seine eigenen Zukunftspläne dachte Gustav noch nach, als er mit der Gräfin Egmont in der Pariser Oper saß. Mitten in der Aufführung stürmte Baron Creutz, Schwedens Botschafter in Frankreich, mit einer Nachricht herein, die Rameaus Musik zum Schweigen brachte und dessen Tonschöpfung *Dardanus* mit allen Göttern der *Grand opéra* in die Kulissen verwies: Adolf Fredrik, der Nimmersatt, hatte sich an Austern, Kaviar, Hummer, Sauerkraut und Schlagsahne zu Tode gegessen. In der Pariser Oper wurde Gustav nun als dessen Sohn und Thronfolger zu Gustav III., König der Finnen, Wenden, Goten und Schweden.

Das neue Jahr 1772 gipfelte in der feierlichen Zerstückelung Polens. Preußen, Österreich, Russland, alle suchten sich ihr Stück vom Kuchen zu sichern, so dass dem polnischen König von Katharinas Gnaden — er war ihr Liebhaber gewesen — kaum mehr als eine Rabatte seines Lustschlosses Lazienki zum Regieren blieb. Sogar die gütige Kaiserin Maria Theresia nahm sich ihren Teil. »Sie weinte, aber sie nahm«, sagte Friedrich II., bevor er sich selbst bediente. Irgendwie ahnte man, dass er seine Gichtfinger bereits nach weiterem Landgewinn ausstreckte, zum Beispiel nach Schwedisch-Pommern. Unmissverständlich ließ ihn aber aus Schweden seine Schwester, Königin Louisa Ulrika, wissen: Eher müsste er über ihre Leiche gehen, als dass er sich diese Provinz in seine Tasche stecken könnte.

Der Sturz Struensees, selbst wenn man ihn vorauszusehen glaubte, kam dann doch überraschend. Das dänische Volk jubelte seinem Erretter, dem dänischen König, zu, der in einer Karosse durch Kopenhagen kutschierte und von all dem nichts verstand. Zugleich trug man im Zerstörungstaumel das Reformwerk seines Leibarztes zu Grabe. Struensee verschwand hinter Kerkermauern und wurde zwei Monate später vor den Toren Kopenhagens enthauptet. Marie Caroline, die ehebrecherische Königin, wurde nach Celle in die deutschen Länder ihres Bruders abgeschoben. Sie starb im Alter von dreiundzwanzig Jahren, ihr Gemahl siechte als menschliches Wrack und Marionette fremder Machtgelüste dahin, bis ins nächste Jahrhundert hinein.

Auf der anderen Seite des Öresunds wurde Gustav am 29. Juni 1772 in der Storkyrka zum König gekrönt. Mit dem Raffinement eines Mimen hatte er das Zeremoniell bis ins Detail festgelegt. Vor dem großen Silberaltar, den drachentötenden heiligen Georg zur Seite, wurden ihm die Krone Eriks XIV. aufs wohl frisierte Haupt gesetzt und die Insignien der Macht — Reichszepter, -schlüssel und -apfel — in die Hände gedrückt. Seine Gemahlin Sofia Magdalena verging vor Verlegenheit unter der samtgefütterten, juwelenglitzernden Königinnenkrone: Gerade noch rechtzeitig hatte ihre Schwiegermutter die Kronjuwelen wieder ausgelöst, die sie seinerzeit in Berlin verpfändet hatte, um ihren Staatsstreich zu finanzieren. Goldengel hielten Baldachine über die Geschwister des Königs. Steif vor Ehrfurcht saßen sie unter ihren Prinzenkronen, die genauso spitz und blau waren wie sie selbst. Und der Erzbischof hatte das Salbhorn fest im Griff — bei der Krönung des jugendlichen Carl XII. war es einst zu Boden gefallen, was als unheilvolles Omen gegolten hatte.

Gustav überließ nichts dem Zufall oder den Schicksalsmächten. Zwei Monate nach der Krönung ritt er mit einem kleinen Korps auf ihn vereidigter Offiziere vors königliche Schloss, wo er alle Umstehenden aufrief, sich seiner Bewegung *Für Schwedens Freiheit* anzuschließen. Begeistert jubelten die Stockholmer dem jungen Helden mit seiner weißen Armbinde auf dem weißen Hengst zu. Ein etwas verwirrter Herold rief: »Es lebe König Gustav und sonst niemand.« Wozu der König trocken bemerkte: »Wir wollen nicht übertreiben. Dann hätte ich ja niemand, über den ich herrschen könnte.«

Drei Tage nach der Proklamation, die in einem ausgelassenen, von Frankreich bezahlten Volksfest endete, kamen die Stände zum Reichstag zusammen. Überwältigt vom Elan des Staatsstreiches, gestanden sie dem jugendlichen Herrscher alle Vollmachten zu. Von nun an war er es, der das Sagen hatte. Dem Reichstag kam nur noch eine beratende Funktion zu.

Gustavs erste Amtshandlung war es, die berüchtigte Folterkammer im hauptstädtischen Ratskeller zu schließen. Die Leibeigenschaft brauchte er nicht abzuschaffen, die hatte es im freien Schweden nie gegeben. Was in Dänemark Rankünen zum Opfer gefallen war, sollte jetzt in Schweden Auferstehung feiern. Und so machte sich Gustav III. an sein gewaltiges Reformwerk: mit Werften, Fabriken, Kanälen, Hospizen — und natürlich Theaterbühnen, Opernhäusern und Universitäten.

Nein, was war das für ein elendes Nest! Und was waren das für Grobiane, die es mit ihren Streichen immer wieder auf ihn abgesehen hatten?

Joseph hockte in seiner Mainzer Studentenbude, den Hut über die Ohren gezogen, und fingerte an seiner Meerschaumpfeife. Warum die Menschen einen nicht in Ruhe lassen konnten, es war ihm ein ewiges Rätsel. So wie damals, als er sich abgemüht hatte, die Zwetschgen im väterlichen Haag zu pflücken und dann auf dem Handkarren nach Hause zu schaffen. Unterwegs kam ihm der Buchener Dechant entgegen und konnte sich die Bemerkung nicht verkneifen: »Ah, du Vielfraß hast dich also über die Zwetschgen hergemacht?«

Sich über die Zwetschgen hermachen! Als ob er das nötig gehabt hätte! Dabei war der Dechant nicht einmal ein schlechter Kerl gewesen. Als sein Großvater Johannes gestorben war, hatte dieser ihm, dem kleinen Joseph, bei der Frühmesse sogar einen Weißpfennig zugesteckt. Der Tod des Großvaters, wie nah war er der Mutter gegangen.

Auch Joseph hatte den alten Herrn gern gehabt. Nicht zufällig wohl fiel sein Geburtstag mit dem Namenstag des Großvaters zusammen. An seiner Hand konnte man mit erhobenem Kopf durch Miltenberg schreiten. Alle Häuser dort schienen vom Großvater erbaut, mit Steinen, die aus dessen eigenem Steinbruch kamen. Am schönsten war natürlich das Familienhaus am Markt. Mit seiner fein abgestuften Fassade, den vielen Fenstern und dem stolzen Löwenmedaillon über dem Eingang überstrahlte das vierstöckige Gebäude die umliegenden Fachwerkbauten, die sich zusammengeduckt zum Schnatterloch hinaufdrängten.

Hatte der Großvater dem Vater nicht empfohlen, ihm, dem Enkel, neue hirschlederne Hosen machen zu lassen, wenn er fleißig studierte? Nun hatte er, Joseph, dem Vater nachgegeben und in diesem elenden Nest die Universität seines Landes bezogen. In Mannheim, ja, da gab es einen Kurfürsten, der sein Manna überreich auf die Künste herabregnen ließ. In Kurmainz hingegen führten die Musen ein Bettlerdasein. Hier kannte man nur üppige Weihrauchschwaden, vor denen selbst einem ehemaligen Messdiener schwindlig wurde.

Was für ein eigentümlicher Menschenschlag! Das ganze Jahr hockten sie in ihren Beichtstühlen. Und nur einmal, in der Fastnacht, tobten sie sich aus und stellten die herrschenden

Verhältnisse auf den Kopf. Ingrimmig an seiner Pfeife knabbernd, wurde sich Joseph bewusst, dass er es wohl nicht lange in den Mainzer Hörsälen aushalten würde.

Die Fersens waren eines der ältesten Adelsgeschlechter Schwedens. Der Patriarch der Familie, Axel von Fersen der Ältere, hatte im Siebenjährigen Krieg gekämpft und stand jetzt als Anführer der *Hüte* dem Parlament vor. In dieser Eigenschaft stellte er sich naturgemäß verbissen den Ambitionen des neuen Herrschers entgegen.

Und ausgerechnet in die Tochter dieses Mannes hatte sich Fredrik Adolf, Gustavs jüngerer Bruder, verliebt. Der Prinz sah nicht übel aus und machte mit seinem hochgewachsenen, athletischen Körper durchaus Eindruck auf das andere Geschlecht. Ein großes Licht war er freilich nicht, aber das dürfte unter den gegebenen Umständen keine Rolle spielen.

Nach längerem Nachdenken kam Gustav zu dem Schluss, dass es sicherlich nicht von Nachteil wäre, mit Axel von Fersen einen einflussreichen Politiker und in dessen Gefolge die vornehmsten Familien des Landes auf seiner Seite zu wissen. Fredrik hatte der jungen Dame des Hauses bereits einen glühenden Liebesbrief geschrieben. Der kam prompt zurück. Er war ungeöffnet und trug den Vermerk des Vaters, dass seine Tochter keine Post von Herren entgegennähme.

Da die Fersens fluchtartig ihr Stadtpalais verlassen hatten, setzte Gustav seinen Bruder in die Kutsche und sprengte mit ihm dem Landgut der Familie entgegen. Dort, in Schloss Mälsakar, auf einer Insel im Mälarsee, begrüßte sie die Angebetete nebst ihren Eltern. Zugegen war auch ihr Bruder, Axel von Fersen der Jüngere. Gustav atmete auf: Dass der als liebenswürdig bekannte junge Mann anwesend war, würde die Angelegenheit sicher erleichtern.

»Nun, ich lege niemandem Steine in den Weg«, sagte der alte Fersen. »Ich schlage vor, wir lassen die jungen Leute sich aussprechen, und Eure Majestät sind einstweilen mein Gast.«

Das mögliche Liebespaar verschwand im Garten, der Rest der Gesellschaft nahm auf der Terrasse Platz.

»Dürfen wir Eurer Majestät einen Kaffee anbieten?«, fragte der Gastgeber, worauf der König abwinkte: »Dieses Höllengesöff? Um Gottes willen, nein!«

»Dann wäre vielleicht ein Tee genehm«, meinte Frau von Fersen und gab dem Personal einen Wink. Der alte Fersen schien so gebannt von der sommerlichen Schönheit der Natur, als sähe er sie zum ersten Mal. Seine Gemahlin pflegte zwar die Konversation, äußerte aber lediglich Belanglosigkeiten.

So hielt sich der König an den Sohn. »*Mon cher ami,* Sie sind also erst von Ihrer Kavalierstour zurück? Wo sind Sie da denn überall gewesen?«

»Ach, so eigentlich überall«, sagte der junge Fersen und streckte seine in engen Hosen steckenden Beine aus. Leichter Spott funkelte in den von dunklen Brauen beschatteten Augen. »In Italien haben wir natürlich Pompeji besucht. In Braunschweig hab ich mich ein wenig in der Universität umgesehen, in Genf haben wir Voltaire unsere Aufwartung gemacht.«

Gustav sank etwas in seinem Stuhl zusammen. »Ich muss gestehen, ich beneide Sie nicht wenig, *mon ami.*«

»Eurer Majestät steht es doch jederzeit frei, in fremde Länder aufzubrechen«, entgegnete Fersen.

»Jetzt, wo die neue Konstitution auf dem Papier steht und ich unabkömmlich bin?«

Der Tee kam, und mit ihm feines Gebäck. Die Fersens blickten teilnahmslos dem zappeligen König beim Essen zu. Gustav schüttelte sich Kuchenkrümel vom *jabot* und fuhr fort: »Und was sind Ihre nächsten Projekte, wenn ich fragen darf?«

»Einstweilen hier bleiben, dem Vater zur Seite stehen, Einblick ins Tagesgeschehen nehmen«, der junge Fersen hob die Hände, »die politischen Ereignisse verfolgen, so aufregend, wie sie sich im Zeitalter Gustavs des Unerschrockenen gestalten!«

Gustav nickte und griff nach dem brühend heißen Tee. »Danke, danke.«

»Nach Paris möchte ich allerdings auch noch«, fügte der junge Fersen lächelnd hinzu.

»Wer möchte das nicht?« Gustav stellte den Tee wieder ab und wandte sich direkt Fersen zu. »Schauen Sie sich die Baustelle der Madeleine an, das verspricht großartig zu werden. Fontainebleau ist reizend, der König ist alt, der Dauphin eine Schlafmütze. Allerdings, die Dauphine ist recht nett.«

»Na ja«, sagte Fersen zerstreut. »Mein Vater will wohl eher, dass ich mich nach einer guten Partie umschaue.«

In diesem Augenblick kehrte das junge Paar aus dem Garten zurück. Sophie spielte graziös mit ihrem Fächer, Prinz Fredrik allerdings ließ die Arme hängen und blickte zu Boden.

Zum ersten Mal hob jetzt der alte Fersen den Kopf. Mit tiefer Skaldenstimme begann er: »Ihr seid euch also eins geworden ... Wie, etwa nicht?« Er blickte zu Gustav. »Nun, was wollen Sie, Majestät, die jungen Leute haben ihren eigenen Kopf.«

»Erzwingen kann man nichts«, sagte seine Gemahlin rasch und fragte: »Noch etwas Tee, Sire?«

Was für eine Blamage! Der Nummer Zwei der Thronfolge eine solche Abfuhr zu erteilen — selbst wenn der Prinz ein Einfaltspinsel war. Gustav schluckte den Tee und schmeckte, wie bitter dieser war.

Aber es galt, Würde zu bewahren. Bevor der befreiende Morgen anbrach, musste man wohl oder übel als Gast die Nacht im Schloss der Fersens verbringen. An Schlaf war natürlich nicht zu denken. Zum Frühstück erschien Fredrik mit verheulten Augen, der alte Fersen und sein Sohn langten mit herzhaftem Appetit zu und Frau von Fersen erging sich in nichtssagenden Komplimenten. Sophie war gar nicht erst erschienen, sondern ließ sich wegen einer plötzlichen Migräne entschuldigen.

Bei der Heimfahrt in der Kutsche schniefte Fredrik in sein

Taschentuch. »Wenn wir wenigstens einen Tropfen schwedisches Blut in den Adern hätten!«

»Ach, nimm dich zusammen!«, fuhr ihn Gustav an. »Dieser Hochmut, diese Selbstsicherheit! Du siehst, wie Recht ich hatte, diesen Menschen den Krieg zu erklären. Und glauben Sie mir, mein Bruder, dies ist erst der Anfang!«

Für Fredrik war dies kein Trost, er wimmerte während der ganzen Fahrt zurück nach Stockholm. Gustav lehnte sich zum Wagenfenster hinaus. »Schneller, Kerl, wir haben schon Zeit genug verloren! Glaubt Er, wir seien auf einer Landpartie?«

Das war doch etwas ganz anderes. Verglichen mit dem feuchttristen Mainz hatte das *Bologna des Nordens* kosmopolitisches Gepräge. Dazu besaß Erfurt noch den Vorteil, zu Kurmainz zu gehören. Im November 1773 hatte sich Joseph Martin Kraus an der Erfurter Universität eingeschrieben. Da der Vater nun einmal wünschte, dass er ihm einst als tüchtiger Administrator ins Amt nachfolgen sollte, galt es, Ausdauer zu zeigen und sich die Ärmel an den Bänken des *Collegium Maius* blank zu wetzen. Die *Hierana* war eine der ältesten Universitäten Deutschlands, und die Rechtsfakultät hatte einst Weltruf — da durfte man sich nicht blamieren.

Natürlich musste man auch aufpassen, dass man sich nicht in den engen, verwinkelten Gassen verlor, die durchdringend nach dem Farbstoff Waid, dem Haupthandelsgut der Stadt, rochen. Womöglich landete man noch in einer Kaschemme, vor der Frauenzimmer mit angemalten Gesichtern und vielsagenden Blicken standen. Vor diesen Frauenzimmern hatte ihn die Mutter gewarnt, dafür schickte sie ihm nicht alle paar Monate die dem Haushaltssäckel abgerungenen Kreuzer.

Bereits der feierliche Gang zum Domberg — war das nicht, als käme man bei jeder Steinstufe dem Himmel näher? Wie in der Benediktinerabtei auf dem nahen Petriberg feierten hier festliche Orgelwogen die Tage des Herrn.

Aber auch sonst erklang in Erfurt Musik. In der Kaufmannskirche orgelte Georg Peter Weimar, bei den Predigern der Bachschüler Johann Sebastian Kittel und im Barfüßergotteshaus Johann Wilhelm Hässler. Gut besucht waren die Soireen in der Residenz des fürstbischöflichen Statthalters in Erfurt, Carl Theodor Dalberg.

Konzerte in noch vornehmerem Rahmen waren in Gotha zu hören, wo der Böhme Georg Anton Benda am herzoglichen Hof Singspiele eigener oder fremder Faktur vorstellte. Und im ebenfalls nicht weit entfernten Weimar förderte die Herzoginwitwe Anna Amalia die Künste mindestens genauso eifrig wie in Mannheim Kurfürst Carl Theodor. Die Vorführungen in der Weimarer Wilhelmsburg oder im Schauspielhaus an der Ilm hatten einzig den Nachteil, dass im Hintergrund der unvermeidliche Christoph Martin Wieland lauerte. Eigentlich hatte Joseph nichts gegen ihn, nur des Dichterfürsten rückhaltlose Verehrung der Antike schien ihm posiert, sein Stil gekünstelt. Überdies munkelte man, der Poet suche als Prinzenerzieher seinen Zögling, den Erbherzog, zu beeinflussen und gegen seine Mutter, die Regentin, auszuspielen. Carl August war mittlerweile fünfzehn Jahre alt, also beinahe erwachsen. Seine Mutter traute ihm allerdings noch nicht die Reife zu, die Regierungsgeschäfte zu übernehmen. Der junge Heißsporn hatte in politischen wie in künstlerischen Dingen seinen eigenen Kopf: Hatte er nicht über der Lektüre der *Leiden des jungen Werthers* Tränenbäche vergossen?

Joseph hatte erfahren, dass Wieland so weit gegangen war, das Textbuch zu einer *Alceste*-Oper zu schreiben, die einer der Komödianten der Seylerschen Truppe verbrochen hatte. Man konnte es beinahe nicht fassen. Als ob es möglich wäre, die keusche Lauterkeit von Glucks *Alceste* zu übertreffen!

In der Ostermesse des Jahres 1774 kam es Joseph vor, als sei die Welt in Buchen aus den Fugen geraten. Zwar saß Familie Kraus nach wie vor geschlossen in den ihr vorbehaltenen Bänken, doch zwischen ihr und den Stadthonoratioren klaffte eine unbehagliche Distanz. Auf der Empore bemühte sich Franz tapfer, seinen reinen, aber etwas dünnen Diskant im Getümmel der Erwachsenenstimmen zu behaupten. Nach dem *Missa est* lobte ihn, außer den Angehörigen, allerdings keiner der Kirchengänger.

Und auch das war nicht normal. Der Vater schien es eilig zu haben, nach Hause zu kommen. Die Mutter ging voraus, raffte ihre Röcke und nahm die jüngsten Sprösslinge an die Hand. Die Stadt hatte sich feiertäglich herausgeputzt. In der Pfarrgasse, die eindringlich nach Suppengrün roch, ging der Löwenapotheker vorbei, ohne seinen Hut zu ziehen.

Joseph wollte auffahren, doch der Vater nahm ihn am Ärmel. »Nun komm schon. Was gehen uns diese Leute an?«

Von der Seite beäugte Joseph das Gesicht des Vaters, das jetzt noch vierschrötiger wirkte als sonst. Ihm eine Frage zu stellen, wagte er nicht.

Hinter ihnen kam Franz geschlichen. »Nun trödel nicht so!«, rief Joseph ihm zu. »Schön hast du gesungen, besonders das *Benedictus*. Aber was machst du für ein Gesicht? Hast ja kaum Fleisch auf den Rippen. Geben dir die Patres in Mannheim nichts zu essen?« Ausgesprochen spitz trottete Franz durch die Gassen.

Seit dem Vorjahr besuchte er das gleiche Gymnasium wie zuvor sein Bruder. Etliche der Patres, so der Rektor Keck, waren dort noch tätig, den Jesuitenorden allerdings hatte Papst Clemens XIV. mittlerweile aufgelöst.

Während Joseph dem Bruder zusetzte, druckste dieser weiter herum. Schließlich sagte er: »Es ist nichts. Nur die anderen Buben ...«

»Was?«

»Die sind manchmal so gemein. Neulich haben sie mir einen Maikäfer unters Kopfkissen gesteckt. Oder sie tun mir was in den Brei. Oder sie nennen mich …«

»Was? Nun sag schon!«, forderte Joseph.

»… Angsthase«, stammelte Franz.

»Du musst dich halt wehren! Hau ihnen einfach über den Kopf! Und wenn sie gar keine Ruhe geben — dann kommt dein großer Bruder und prügelt die ganze Bande windelweich! Aber wehren musst du dich, wehren!« Aufmunternd gab Joseph dem Kleinen einen Klaps. Dann mussten sie sich sputen, bevor die Feiertagssuppe kalt wurde.

Diese hatte die Bärbel wie gewohnt für sie warmgehalten. Mit ruhiger Hand und unerschütterlichem Gottvertrauen schnitt sie das Brot für die Familie. Die fünfzehnjährige Katharina und die zehnjährige Therese trugen die Klöße, den Mostbraten und das Gemüse auf. Die erste besuchte in Mainz die Schule der Welschnonnen, die zweite tat nichts, als ihre Umwelt mit Schabernack zu ärgern.

An diesem Tag ging es sehr festlich zu. Besonders lange verweilte der Vater im Tischgebet bei dem Satz: »Dass wir alle gesund sind und alle beisammen sitzen können, das ist schon ein Anlass, unserem Schöpfer zu danken.«

Nach dem Napfkuchen gönnten sich die Eltern einen Birnenbrand, und die beiden ältesten Söhne fiedelten eine von Joseph arrangierte Volksweise in den staunenden Familienkreis. Besonders dem kleinen Alois, der jetzt drei Jahre alt war, wollte der Mund nicht zuklappen. »Mach zu, sonst brummt dir eine Fliege rein«, sagte die Mutter und drückte ihren Jüngsten an sich.

»Hat's dir gefallen?«, fragte Joseph seine Schwester Marianne. Manierlich wie immer, hockte diese in einer Ecke, über ihre Zeichenblätter gebeugt. Zwei äsende Rehe auf einer Sommerwiese sah Joseph, mit unkindlich festen und sicheren Strichen skizziert.

»Aber du hast ja Talent!«, staunte er. »Wo hast du das gelernt?«

»Ich schau halt hin«, sagte Marianne. »Und dann zeichne ich das, was ich sehe, so gut ich kann.«

»Es ist wunderschön! Mutter, wussten Sie, wie begabt unser Mariannchen ist? Sollte man ihr nicht Unterricht geben?«

»Na ja, zuerst kommt sie mal zu ihrer Schwester zu den Nonnen. Dann wollen wir weitersehen.«

Der Vater erhob sich langsam und durchmaß mit schweren Schritten das Zimmer, seine Beine wirkten wie Baumstümpfe. Bei der Schnapsflasche angelangt, meinte er: »Tja, ist mir ein Rätsel, wo wir diese Wunderkinder herhaben. Mein Vater hat Bier gebraut und ich habe mich in einer Schreibstube hochgearbeitet. Es muss wohl am Miltenberger Senator liegen, gelt Mutter. Obwohl der ja wahrhaftig keine Opernhäuser gebaut hat.«

Die französische Operntruppe seiner Mutter hatte Gustav nach Hause geschickt — er wollte sein eigenes, schwedisches Ensemble. Mit der für ihn typischen Hast machte er sich daran, einen Klangkörper für die Oper zusammenzustellen, der seinen strengen Anforderungen gerecht werden sollte. Es setzte sich zusammen aus Militärmusikern sowie aus Mitgliedern der Hofkapelle seines Vaters und der von ihm selbst 1771 gegründeten Musikakademie. Im ehemaligen Bollhus, das gleich hinter dem Königspalast lag, konnte so im Januar 1773 als erste Oper *Thetis och Pelée* gegeben werden. Das Textbuch war mit Hilfe des Dichters Johan Wellander mehr oder weniger vom Monarchen selbst erstellt worden. Der Italiener Francesco Uttini, seit Menschengedenken im Land, richtete die Musik ein. Einen wirklich begabten Kapellmeister aus Deutschland oder Frankreich aufzutreiben, daran war nicht zu denken.

Mehr noch als die gesanglichen Leckerbissen entzückten die Tanzeinlagen, bei denen sich insbesondere die jugendliche

Charlotte Slottsberg als *Tugend* und die nicht weniger ausgelassene Betty Olin als *Amor* hervortaten. Wenige Monate später folgte als zweites lyrisches Schauspiel *Acis och Galathea,* nach einer Vorlage Händels gemäß den Wünschen des Königs und dem Zeitgeschmack von Kapellmeister Johnson musikalisch neu aufgefrischt. In den Hauptrollen begeisterten die Primadonna Elisabeth Olin, Mutter der Tänzerin, und der Tenor Carl Stenborg. Des Königs unermüdliches Klatschen und die anfeuernden Dacapo-Rufe des Publikums schienen die Diva mehr zu erschöpfen als die endlosen Triller und Koloraturen, die ihr die Rolle abverlangten. Unter donnerndem Applaus sank sie beim Fallen des Vorhangs ohnmächtig auf die Bühne und erlangte erst durch reichlich Riechsalz wieder das Bewusstsein.

Gustav, immer noch im Bann des von ihm inszenierten Spektakels, wandte sich zu seiner neben ihm sitzenden Gattin. »Nun, glauben Sie immer noch, dass Schweden ein Land ohne Kultur ist?«

»Das anzunehmen hätte ich mir nie herausgenommen, Sire«, hauchte die Angesprochene, ihre sanften Augen auf den Boden heftend.

Königin Louisa Ulrika, die in der Loge an Gustavs anderer Seite saß, beugte sich zu ihm vor: »Die Olin ist wirklich superb. Aber schließlich ist sie aus meiner Truppe hervorgegangen, nicht wahr? Und mit welchem Feuer sie ihre Leidenschaft ausdrückt — das hätte man einer Schwedin nicht zugetraut.«

»Nun, *Madame,* sie tut es nicht umsonst. Ihre Honorarforderung würde Sie in Erstaunen versetzen.«

Louisa Ulrika hielt ihren Fächer vor. »Wird man uns das nicht als Verschwendung vorhalten, *mon fils*?«

Gustav ging nicht weiter auf die Frage ein. Stattdessen antwortete er: »Und stellen Sie sich vor — im Herbst führen wir *Orpheus und Eurydike* auf, natürlich auf Schwedisch. Gluck hat eine neue Version ausgearbeitet. Und die wird nicht in

Paris vorgestellt, sondern — *écoutez donc* — hier, in Stockholm!«

Darauf ließ der König, zur Freude des Hofgefolges, Champagner und Halbgefrorenes in seiner Loge servieren.

Galant bot er seiner Gattin eine eisglitzernde Schale an. »Möchten Sie sich mit den Sängern unterhalten, *Madame*?«

Sofia Magdalena senkte die Augen und hauchte etwas Unverständliches, worauf der König seine Aufmerksamkeit der Mutter zuwandte.

»Vielleicht sollten Sie sich schonen, *ma fille*«, sagte diese über Gustav hinweg.

»Ich verstehe nicht«, sagte Sofia Magdalena.

»Oh — wie dumm von mir!«, sagte Louisa Ulrika. »Und ich dachte tatsächlich …« Der jungen Königin stieg die Schamesröte ins Gesicht. Da saß sie, ein Häuflein Unglück, und nestelte an ihrem Handgelenk, das lang und mager aus dem Spitzenärmel hing. Die Hofschranzen lutschten ihr Halbgefrorenes und steckten die Köpfe zusammen.

Königin Louisa Ulrika ließ es jedoch nicht bei der einen Bemerkung bewenden. In der einen Hand den Fächer, in der anderen ein Champagnerglas, wandte sie sich der Schwiegertochter zu. »Das sollte natürlich kein Vorwurf sein, meine Liebe. Es gilt, den richtigen Zeitpunkt abzuwarten. Manche tun sich da schwerer als andere.«

»*Ma mère*«, warf Gustav nicht sehr überzeugend ein.

»Ich bin sicher«, sprach die Königinmutter weiter zu Sofia Magdalena, »auch Ihre Stunde wird kommen. Sie geben sich ja so viel Mühe. Allein die Gottesdienste, denen Sie Tag für Tag beiwohnen.«

Joseph saß in seinem Studentenlogis. Es war warm, beinahe stickig. Im Untergeschoss kochte seine Wirtin zähes Quittengelee. Oder war es der Geruch des Waids, der in dicken, blauen Schwaden durch die Gassen zog?

Der süßliche Duft lockte, das juridische Kauderwelsch auf die Seite zu schieben und in die warme Gasse hinunterzusteigen. Dort, wo alte Weiber Körbe flochten, Katzen ihre Rücken an Prellsteinen wetzten und das Hämmern der Kesselflicker die Rufe der Marktschreier übertönte.

Joseph öffnete den Hemdkragen und klopfte mit dem Stiel seiner Pfeife leise gegen den Tisch. Das Bier neben ihm im Glas war schal und der Schaum in der bitteren Gerste zerlaufen. Er musste sich noch Tabak besorgen, dem Hausknecht die Wäsche hinunterbringen …

Dann wurde an die Tür geklopft. Die Wirtin kam mit erhitzten Wangen, wischte sich die Finger an der Schürze ab und hielt ihm ein Kuvert hin.

»Für mich?«, fragte Joseph.

»Ja, ist mit dem Heidelberger Kurier gekommen.«

Joseph riss den versiegelten Brief auf. Es waren nur wenige Zeilen, aber sie genügten, ihn erstarren zu lassen:

»Theurer Bruder,

Es sind, Gott sei's geklagt, keine guten Nachrichten, die ich Dir zukommen lassen kann. Ein groszes Unglück ist geschehen, welches selbige uns alle ins Elend zu stürzen drohet. Es sind erschröckliche Anklagen gegen den Herrn Vater erhoben worden. Wir alle wissen uns keinen Rath. Geliebter Bruder, ich muss Dich bitten, so schnell wie möglich nach Hause zu kommen und uns in dieser schweren Stunde beizustehen.

Es bittet und erwartet Dich Deine Dich liebende

Schwester Anna Barbara Kraus.«

II

... denn auch eines abgedankten Kapellmeisters Kopf, so lang er richtig auf dem Halse sitzt, ist immer noch unter Brüdern seine sechs Dutzend Amtsschreiberskopfe wert.
Joseph Martin Kraus an seine Eltern, 1792

Dass ein neuer, scharfer Wind durch Buchen blies, bekam Joseph bereits bei seiner Ankunft zu spüren. Er erreichte die Stadt erst in den Abendstunden und stand vor einem verschlossenen Stadttor. Sonst war dies immer bis spät nach Einbruch der Dunkelheit offen gestanden. Der Torwächter, der Joseph nach langem Zureden schließlich doch Einlass gewährte, verwies umständlich auf eine neue Verordnung, die »die Einschleichung fremder Landstreicher, Bettler und Judengesindels« unterbinden sollte.

Im Hause der Familie Kraus herrschte Stille. Der Vater saß in der Stube am Eichentisch, als sei er mit diesem verwachsen. Joseph wollte ihm Trost zusprechen — doch er fand keine Worte und schlich in die Küche. Dort packte er seinen Krimskrams aus. Er verschmähte das Vesperbrot und leerte dafür ein großes Glas Most in einem Zug. Dann ging er über den Hof zum Amtsgebäude, dem Steinernen Bau.

Dort brütete der neue Amtsverweser Franz Joseph Lorkand noch über den Akten und tat, als bemerke er Josephs Anwesenheit nicht. Joseph wandte sich an Kaspar König, den langjährigen Stadt- und Amtsschreiber und zuverlässigen Gehilfen des Vaters.

»Nun wohl, junger Herr«, sagte dieser nach einigem Zögern, »bisher liegt nur eine Denunziation vor. Aber es ist zu befürchten, dass noch mehr nachfolgen werden.«

»Denunziation? Was heißt das?«

»Eine Sache, die Jahre zurückliegt«, erklärte König. »1761

hat Ihr Herr Vater einen Mann aus Berolzheim zu einer Buße von zwölf Gulden verurteilt, weil dieser in einen Wirtshausstreit verwickelt war. Der will jetzt sein Geld zurückhaben. Es liegt aber nichts Schriftliches vor.«

Joseph starrte auf Königs Register. »Nach so langer Zeit?«

»Der Herr Vater, Sie kennen seine Akkuratesse,« fuhr König fort, »er pflegt von jedem Casus eine Notiz, wenn nicht ein Protokoll erstellen zu lassen. In dem Fall liegt keine Quittung vor. Und eben das legt ihm jetzt die Untersuchungskommission zur Last.«

»Ja, aber das ist doch eine Lappalie!«

»Sagen Sie das nicht, junger Herr. Die Kommission ist von einer Genauigkeit, wie sie es im Erzstift noch nicht gegeben hat. Die erste Amtshandlung des neuen …«, König senkte die Stimme, »… Verwesers war die Verfügung, dass jeder zweimal die Woche, am Mittwoch und Samstag, vor seinem Haus zu kehren hat. Man visitiert die Geschäfte, zieht die Bäckersleut zur Verantwortung, prüft Maße und Gewichte. Glauben Sie mir, die Stadt ist in großer Aufregung!«

Joseph lehnte sich an ein Schreibpult, nahm einen Federkiel in die Hand und schaute durch die Butzenscheiben in die Nacht. »Wie sagt man: Neue Besen kehren gut.«

König flüsterte weiter: »Zuerst meinte man, der neue Erzbischof denke vor allem an die Kirche, wolle die Jesuiten zurück haben. Aber mitnichten. Papa Erthal, so nennt man ihn, will klare Verhältnisse, mit dem Schlendrian aufräumen. Das geht nicht nur bei uns so zu. In ganz Kurmainz wird ausgemistet. Alle möglichen Amtspersonen müssen Rechenschaft ablegen.«

»Ein neuer Kurfürst, nun gut«, unterbrach Joseph. »Aber ich verstehe immer noch nicht, was das mit meinem Vater zu tun hat.«

König blickte um sich. »Sie und ich, Herr Kandidat, kennen die Rechtschaffenheit des Herrn Amtskellers. Er ist stets ehrlich und korrekt gewesen, bis zur Haarspalterei. Aber wenn man ihm einen Strick drehen will?«

»Wer?« Joseph sprang auf und blickte König in die Augen.

»Ich weiß nicht, wer dahinter steht«, sagte dieser. »Aber jetzt kommt alles Gesindel, das irgendetwas gegen den Herrn Amtskeller hat oder zu haben glaubt, aus seinen Löchern hervor und will dem Herrn Amtskeller etwas anhängen: Amtsmissbrauch, Bestechlichkeit und so weiter.«

»Was die Kommission doch ohne Zweifel in Nichts zerschlagen wird!«, bemerkte Joseph.

»Wir wollen es hoffen, junger Herr. Wir wollen es hoffen. Nur ...«

»Nur was?«

König blickte zu Boden. »Es ist viel Neid in Buchen, und die Sache droht langwierig zu werden.«

»Wie, du Säckel, du liegst noch nicht im Bett?«

Alois sah Joseph groß an. »Warum hast du mir nichts mitgebracht?«

»Nächstes Mal, nächstes Mal«, seufzte Joseph. Während Bärbel die kleinen Geschwister ins Bett brachte, blieb Joseph mit seiner Mutter in der Küche zurück.

Diese saß am Herd und flickte Kinderwäsche. »Nun, setz dich schon her, Joseph«, sagte sie.

Joseph rückte einen Stuhl an den Herd, setzte sich und schaute auf ihre rundlichen Finger, die flink die Nadel führten. Nach einer Weile fragte er: »Wie soll das weitergehen, Mutter?«

»Nun, wir werden's überleben. Die Wahrheit kommt immer an den Tag.« Die Mutter blickte nicht auf.

»Aber die Vorwürfe ...«

»Es ist vor allem wichtig, dass wir jetzt als Familie zusammenstehen.«

»Das haben wir immer getan. Aber ...«, Joseph hob die

Schultern, »ich weiß nicht, wie ich dem Vater helfen kann. Er lässt ja nicht einmal mit sich reden.«

Die Mutter blickte Joseph an. »Er weiß, dass du ihm eine große Stütze bist. Deine Geschwister sind klein, doch du …«

»Und wie sollen wir über die Runden kommen, jetzt, wo der Vater vom Dienst suspendiert ist?«

»Meine Mitgift ist kaum angegriffen«, antwortete die Mutter. »Und wenn es sein muss, können wir noch immer ein Stück Land verkaufen. Das war einmal für Zeiten der Not gedacht. Nun, jetzt sind Zeiten der Not.«

»Ja«, sagte Joseph. Das Herdfeuer knisterte und Regen schlug an die Scheiben. »Ja, eine Prüfung ist es allemal.«

»Du wirst deine Studien abbrechen müssen, so lang die Sache nicht entschieden ist«, sprach die Mutter. Dann wurde ihre Stimme weich. »Aber das tust du wohl, mein Großer, nicht wahr?«

»Natürlich, Mutter«, sagte Joseph.

Die Mutter strich Joseph über die Wange, dann umfasste sie ihn und drückte einen unbeholfenen Kuss auf seine Stirn.

Joseph stotterte: »Sie können dem Vater doch wirklich nichts anhängen, nicht wahr, Frau Mutter?«

»Ich hab es schon lange kommen sehen«, erwiderte diese. »Alles neidet man uns: dass wir unsere Kinder anständig kleiden und sie in gute Schulen schicken, unsere ersten Plätze in der Kirche, das große Haus.«

»Und dass Vater in Prinzipienfragen nie nachgibt …«

»Dein Vater ist wie eine Eiche. Er bleibt sich gleich. Ihre albernen Anschuldigungen richten sich auch an mich.«

»Wie?«, Joseph stand auf.

»Weißt du nicht, was einige sagen: Des Amtskellers lebendiges Spinnrad sitzet wieder vor dem Gnadentisch und so fort.«

Joseph schluckte. »Aber, Mutter.«

»Nun, ja doch! So ist es immer gewesen: Wenn man etwas

vom Amtskeller will, muss man sich erkenntlich zeigen. Und wenn man will, dass seine Sache vorankommt, und der Herr Amtskeller ist halt unbestechlich, nun, dann schaut man eben auf die Frau des Amtskellers.«

»Sie meinen?« Joseph fasste die Stuhllehne.

»Ach, seid ihr Männer kompliziert!« Die Mutter lachte kurz. »Nun nimm dir das nicht so zu Herzen!«

Joseph wünschte seiner Mutter eine Gute Nacht. Dann ging er leise in seine Kammer und nahm sich seine letzte Klaviersonate vor.

Für Joseph kam es nicht in Frage, sich wie der Vater in trotzigem Schweigen zu vergraben. Er, Joseph, hatte doch seinen Stolz, und hätte er diesen nicht, so sagte er zu sich, dann müsste er sein Herz »zu Brocken zerquetschen«.

So schritt er durch Buchen, in seinem grünärmeligen Studentenrock, die Kokarde am Hut. Viele Buchener grüßten ihn nicht. Die Straßenköter strolchten ihm nach. Er streichelte sie zerstreut, unschlüssig, ob er sie mit nach Hause nehmen sollte.

Dann kam er an der Kirche vorbei und am Rathaus, das mit seiner wuchtigen Front an die Bauten seines Miltenberger Großvaters erinnerte. Joseph schritt schnell weiter und mied auch das Schulhaus. Womöglich lief ihm dort sein ehemaliger Lehrer über den Weg. Dieser war, seitdem er die Witwe seines Amtsvorgängers geheiratet hatte, noch verstockter geworden. Hatte Pfister früher nur während des Unterrichts seine Zöglinge geprügelt, so setzte er dieses nun abends bei Weib und Kindern fort.

Joseph beeilte sich, da es bereits dämmerte und ein kühler Novemberwind wehte. Da stieß er auf dem Heimweg auf Lorenz, den Erzfeind und früheren Schulkameraden.

Beide stutzten. Joseph wollte rasch weitergehen, doch Lorenz sprach ihn an. »Du bist also wieder in Buchen.«

»Wie du siehst.«

Lorenz wartete eine Weile. Dann stieß er sein eckiges Kinn vor. »Das mit deinem Vater, das tut mir leid.«

»Oh, mir auch«, sagte Joseph rasch. »Aber der Vater hat sich nichts vorzuwerfen.«

»Das wissen alle.«

»Alle? Nein, nicht alle!«, gab Joseph zurück.

Lorenz trat im Straßenschlamm auf und ab. »Kommst du mit in das Ross?«

»Wie?« Überrascht folgte Joseph seinem früheren Spielkameraden. Wortlos betraten die beiden das Ross. Ohne von den anderen Gästen zur Kenntnis genommen zu werden, ließen sie sich an einem Tisch nieder.

»Dass der Kurfürst das zulässt«, sagte Lorenz schließlich über seinem Bier.

»Er wird wissen, was er tut«, entgegnete Joseph leise. »Vielleicht besänftigt er sich, wenn ich ihm eine Messe oder ein *Tedeum* schreibe.«

»Du machst also noch Musik«, fuhr Lorenz fort. »Das freut mich, Joseph. Man darf sich nicht unterkriegen lassen.«

Joseph hob seinen Krug. »Schön, dass du das sagst, Lorenz.«

»Man muss die Vergangenheit begraben.«

Die beiden stießen mit ihren Krügen an.

»Und man muss nach vorne blicken, jawohl«, sagte Joseph. »Der Sturm geht vorüber, und das Morgenrot bricht an. Mit rosenroten Fingern malt Eos ihre Zeichen ans Firmament.«

»Was?«

»Ach nichts, Lorenz. Auf dein Wohl.« Joseph lachte. »Sag, wird noch immer Musik gemacht in Buchen?«

»Der Kantor misshandelt noch immer die Orgel«, antwortete Lorenz. »Sein Sohn, der Anton, spielt Spinett, und der Türmer bläst tüchtig die Trompete. Und den Kirchenchor gibt's auch noch.«

Joseph fragte: »Wenn ich etwas für die Kirche komponiere, machst du dann mit, Lorenz?«

»Oh«, Lorenz ließ seine Unterlippe hängen. »Wenn ich singe, klingt das wie ein Schwein am Schlachttag. Mit mir darfst du nicht rechnen.«

»Das macht nichts.« Joseph hob seinen Krug. »Auf dein Wohl, Lorenz.«

Wie Hagel prasselten die Vorwürfe auf den Amtskeller ein. Zu der ursprünglichen Anklage um die Wirtshausschlägerei kamen immer weitere Beschuldigungen. Etliche Denunzianten forderten nun von Joseph Bernhard Kraus Geld für Streitigkeiten, die zumeist Jahre zurücklagen.

Josephs Vater stand alldem hilflos gegenüber. Selbst Frau Kraus verlor ihren Gleichmut und den Überblick über den Haushalt. Manches unbedachte Wort fiel gegenüber den Mägden oder den Kindern. Ob man wohl einmal wieder einen Pilgergang nach Walldürn machen sollte?

Wie sein Vater saß Joseph tagelang über Akten, die er sich mit Kaspar Königs Komplizenschaft aus den Archiven der Kellerei beschaffte. Aber unter all den Papieren mögliche entlastende Belege zu finden, war, als suche man eine Nadel im Heuhaufen.

Was konnte Joseph sonst noch tun? Nun, er hatte mit dem *Tedeum* für den Fürstbischof begonnen und überlegte sogar, bei einer Fahrt nach Erfurt, wo er noch Gepäck abzuholen hatte, sich Seiner Eminenz zu Füßen zu werfen. Als er aber erfuhr, dass der Geheimrat Gottfried von Reider, der Direktor des kurfürstlichen Revisionsgerichtes, im nahen Mudau residierte, beschloss er, seinen Bittgang dahin zu tun.

Es war ein kalter Wintertag, und nur übel gelaunte Saatkrähen leisteten ihm auf seinem Weg durch die Stoppelfelder Gesellschaft. Obwohl er seinen warmen Mantel umhatte, fror Joseph im kalten Nordwest erbärmlich. Dazu waren seine Stiefel schwer vom Kot der schlechten Wege. Erst gegen Mittag kam er in Mudau an und läutete vor dem weißen Herrenhaus.

»Der Sohn des Buchener Amtskellers. Ach ja.« Der alte Lakai wich Josephs Blick aus und ließ ihn in eine geflieste Halle treten. »Sie müssen erst einmal ablegen, junger Mann«, sagte der Lakai. »So können Sie nicht vor dem Herrn Geheimrat erscheinen.«

Der Lakai verschwand und nach einer Weile erschien ein jüngerer Bedienter, der Joseph umständlich den Mantel abnahm und ihm anstelle der besudelten Stiefel ein Paar cremefarbene Pantöffelchen reichte.

Joseph wurde nun in einen rundum mit schwarzem Holz getäfelten Saal geführt. Ein mit Folianten überladenes Buchgestell in der Ecke verströmte den säuerlichen Duft der Amtstugenden. Der junge Lakai streckte seine Nase in die Höhe und fragte: »Ist Euch zu warm? Ihr transpiriert.«

»Nun, hier wird schon gewaltig geheizt«, sagte Joseph.

»Wir sind im Winter.«

»In der Tat. Und wenn man frisch von draußen kommt, wird es einem warm.«

Nach einer Weile kam der ältere Diener zurück und führte Joseph in das obere Stockwerk. Dort trat er hinter dem Diener in das Speisezimmer des Hauses. Der Raum war mit dunklen Möbeln zugestellt, vor den Fenstern hing schwerer Damast. An einem riesigen Kreuz vergoss ein hölzerner Christus große Blutstropfen.

Den Geheimrat fand Joseph hinter einem schweren Möbelstück. Nur Reiders hageres, gelbliches Gesicht ragte über die Tischkante.

Mit schnarrender Stimme sagte der Geheimrat: »Nun, komm Er schon näher. Er ist der Sohn des Amtskellers Kraus?«

»Jawohl, Euer Gnaden. Ich komme, Euer Gnaden meine untertänigste Ehrerbietung zu Füßen zu legen.«

»Und?«

»Nun, es ist natürlich in der Sache meines Herrn Vaters, wegen dem Prozess, Euer Gnaden.«

Reider setzte ein Glas Rotwein an. »Die Sache nimmt ihren vorgesehenen Lauf. Dazu ist nichts mehr zu sagen.«

»Ja, aber«, Joseph blickte zu Boden. Neckisch grüßten ihn die cremefarbenen Pantöffelchen. »Es ist nur, mein Vater ist seiner Amtspflichten enthoben und bezieht keine Einkünfte, und wir sind eine große Familie.«

»So?«

»Ich habe sechs Geschwister«, stotterte Joseph, »zwei Brüder und vier Schwestern. Eins der Mädchen geht jetzt ins Kloster, bei den französischen Nonnen, und braucht eine Ausstattung. Eine Schwester ist im Pensionat, der eine Bruder ebenfalls.«

»Und der Herr Studiosus selbst?«, fragte Reider.

»Ich? Ich musste meine Studien abbrechen. Ich habe Recht in Erfurt studiert, und vorher war ich in Mannheim bei den Jesuiten, ich meine, den ehemaligen Jesuiten.«

»So.« Reider griff sich einen Wachtelschenkel aus einer Porzellanschüssel und lutschte daran. Dabei funkelte er Joseph an. »Unser Landesvater wünscht einen in allen Punkten korrekten Ablauf des Prozesses. Es wird hier keine verquaste Paragraphenreiterei und Jesuitenkasuistik geben. Das kann sich der Herr Kandidat der Rechte schon einmal hinter seine grünen Ohren schreiben.«

»So hab ich mir das auch vorgestellt«, erklärte Joseph.

»Wie meint Er?«

»Nun, natürlich habe ich volles Vertrauen in unseren Landesvater und die Lauterkeit Ihrer … Eurer Gnaden.«

»Was will Er dann noch?« Reider langte nach einem weiteren Schenkel.

»Nun, weil die Sache sich so lange hinzieht und wir, Euer Gnaden, wirklich in einer Notlage sind …«, der Geheimrat zerrte mit seinen Zähnen an dem Wachtelbein, »drum dachte ich, wenn der Herr Geheimrat gnädigst Sorge tragen könnten, dass es etwas schneller vorangeht.«

»Der Justiz in die Arme fallen?« Reider ließ seinen Knochen los. »Wagt Er es etwa, mir zu unterstellen, ich wolle die Prozedur verschleppen?«

»Keineswegs. Ich …«

»Schweig Er!«, donnerte Reider. »So eine Impertinenz ist mir noch nicht vorgekommen. Die Sache geht ihren vorgesehenen Gang. Mehr gibt es dazu nicht zu sagen.« Reider griff wieder zu dem Wachtelschenkel. »Und jetzt verschwinde Er. Sonst lass ich Ihn vom Büttel hinausprügeln!«

Zum Osterfest 1776 war die Geschwisterschar erneut vollzählig in Buchen versammelt. Marianne brachte Zeichnungen und Modejournale aus Mannheim mit, und Franz machte ein Gesicht, als wollte er alle noch bevorstehenden Schläge des Schicksals abwehren. Was Joseph am meisten missfiel, war, dass sein Bruder dauernd von Hexen, Teufeln und Kobolden faselte. Über die letzte Hexenhinrichtung in Kempten konnte er sich gar nicht genug auslassen.

Auch Katharina war da, ein letztes Mal, bevor sie im Sommer ihr Gelübde im Kloster der Mainzer Welschnonnen ablegen würde. Aber bereits jetzt schwebte sie wie unter einer Aureole durch das Haus. Nun gut, für seine Frömmigkeit konnte niemand etwas, aber dass sie ausgerechnet jetzt ins Kloster gehen musste.

Lieber war Joseph die angeborene Gottesfurcht seiner Schwester Anna Barbara. Der Tod hatte sie bereits gezeichnet gehabt, als sie im Alter von sieben Jahren starr und regungslos auf ihrem Bett lag. Der Pfarrer war bereits gerufen, da erwachte das Kind wie durch ein Wunder, verschloss sich aber von jetzt an der Welt des Hörens. Dies hinderte Bärbel jedoch nicht daran, zu Josephs Füßen zu sitzen, wenn er am Cembalo komponierte. Manchmal nur stand sie auf und strich mit verklärtem Gesicht über das Instrument. »Alles, was deine Schwester tut, ist ein Gottesdienst«, sagte die Mutter dann.

Der Karfreitag 1776 sollte, entgegen seiner Bestimmung im Kirchenjahr, für Joseph ein Freudentag werden. In der Sankt-Oswald-Kirche wurde seine Komposition aufgeführt, ein Werk, das Joseph besonders am Herzen lag: sein Oratorium *Der Tod Jesu*. Alles, was in Buchen und Umgebung auch nur einen Funken musikalischer Begabung hatte, war aufgeboten. Joseph und Franz führten die Streicher, Kantor Wendler übernahm das Bass-Solo und besorgte zusätzlich noch das *Continuo* an der Orgel. Die weiblichen Solopartien sangen Lieschen, die Tochter eines Seifensieders, und Mathilde, deren Vater eine Tuchfabrik besaß.

Im Kirchenchor fielen Josephs ehemalige Mitschüler und Spielgefährten auf. Sogar Johanna machte mit. Sie hatte keine Sommersprossen mehr, dafür aber bereits zwei Kinder.

Das Werk machte großen Eindruck. Joseph eröffnete die Anteilnahme an der Passion Christi mit einer kurzen weihevollen Introduktion, die von Seufzermotiven getragen wurde. Dann war das Temperament des Komponisten nicht mehr zu halten. Kraftvoll akzentuierte er die Dramatik der Arien und durchzog diese mit eigenwilligen Modulationen und Rhythmuswechseln. Joseph schwelgte in dem, was sein Markenzeichen werden sollte: die gefühlsstarke und ausdrucksvolle Ausschmückung der ariosen Teile.

Eruptiv durchriss der ausgedehnte Da-capo-Chor des Mittelteils das Ebenmaß. »Der Rächer kommt, um uns zu richten«, dräute die Sängerschar auf der Empore, »Auf Blitz und Donner ist sein Sitz!« Flackernde Streicherfiguren, Paukenrollen und *Staccato*-Trompetenstöße erhoben sich zum Strafgericht. Doch schloss das Werk nicht mit einer gewaltigen Fuge, sondern, wie in einer Totenmesse, mit der innigen Bitte des Chors um Erbarmen. Kaum einer, der nicht gerührt unter dem gotischen Kreuzgewölbe des Kirchenschiffs saß. Der Vater war leider nicht gekommen, aber Frau Kraus glühte vor Mutterstolz, und Bärbel leuchtete wie immer von innen heraus.

Nach dem Ende des Gottesdienstes stelzte die Frau Schultheiß auf den Komponisten zu, der sich erhitzt und benommen an seine Violine klammerte. »Herr Kraus, das war wunderbar, ganz wunderbar, was Sie da gemacht haben!«

»Nun ja«, sagte Joseph, »ich hatte ja aber auch tüchtige Helfer.«

»Aber was der Mann sich da ausgedacht hat, das ist unglaublich, ganz unglaublich!«

»Was, wer?«, fragte Joseph.

»Nun, der Herr Hofkapellmeister Graun! Dieser Ausdruck, diese Dramatik — es überrieselt einen! Kein Wunder, dass man es überall zu hören bekommt, in Berlin, in Dresden, und jetzt sogar in Buchen!«

Wer in diesen Tagen an der Buchener Amtskellerei vorbeiging, konnte sicher sein, dass ihm Cembalo- oder Geigenklänge entgegenwehten. Manchmal wurde hinter den von Blumen umrahmten Fenstern auch ein frisches Lied oder eine traurige Ballade angestimmt. Was man jedoch zugleich mit der Musik zu hören bekam, war Hundegebell. Es begann damit, dass Joseph Zerberus, den treuen alten Hofhund, von der Kette löste und ihn mit in die Küche nahm. Dort brachte er dem Hund bei, bei der Tür zu wachen, bis sein Herr eintrat, und ihm dann seine Pantoffel zu bringen.

Als Nächster kam Cato aus der Nachbarschaft an die Reihe. Der wollte nicht länger beim Schreiner ausharren, wo doch wenig zu ergattern war. Joseph platzierte den possierlichen Spitz- und Maltesermischling neben sich am Cembalo, wo dieser, wenn es angebracht war, hin und wieder mit der Pfote eine Note im Bass anschlug.

Nicht nur im Familienkreis fanden Josephs Hundedressuren Anklang. Immer mehr Buchener kamen mit ihren vierbeinigen Gefährten. Joseph brachte den Hunden Manieren bei und, wenn sie besonders gelehrig waren, sogar kleine Kunststücke. Den Vogel schoss der Spaniel Ottokar ab, der, ein buntes Hütchen auf dem Kopf, zu entsprechender Musikbegleitung das graziöseste Menuett tanzte. Manchmal machte Joseph, wenn er seine Schüler weiterverkaufte, sogar ein Geschäft. Vielleicht bewog dies auch den Herrn Vater, ein Auge zuzudrücken. Meistens aber zog dieser es vor, das Weite zu suchen, wenn Joseph es mit dem Hundezirkus zu toll trieb.

Und wenn die Mutter den Klamauk tadelte, sagte Joseph: »Schaut, so geht es in Mudau zu, wenn Herr Hofrat von Reider seine Gäste zu Tisch bittet.«

Mit dem Sommer wurde alles lichter und leichter. Die Johannisbeeren reiften, danach mussten die Kirschen gepflückt werden. Die körperliche Betätigung tat Joseph gut, besonders, weil man dabei nicht viel denken musste. Allmählich erlahmte auch der Eifer des Herrn von Reider. Die nicht mehr abreißende Folge der Prozesse schien ihn zu ermüden. Brachte jemand eine augenscheinlich zu fadenscheinige Beschwerde vor, winkte er ungehalten ab und verdonnerte den Betreffenden zu drei Tagen bei Wasser und Brot im Turm. Amtskeller Kraus behielt allerdings seinen Ruf als Geldschlange.

Dann kam die Zeit der Heuernte und Joseph ging Lorenz, dem größten Bauern des Ortes, gerne zur Hand. Überhaupt war viel junges Volk unter den Ernteleuten, sogar Lieschen, die einen so schönen Sopran hatte.

Im Heu kommt man sich näher, und so umwehte der Duft des getrockneten Grases auch Joseph und Lieschen. Himmel, wie braun gebrannt dieses Mädchen war! Ihre offenen schwarzen Haare tanzten um die Stirn. Und siehe da, auch ihre Arme waren weich und dunkel.

Das warme Heu umfing die beiden. Gedämpft hörte man das Schäkern eines anderen Paars, das sich im nächsten Heulager gefunden hatte. Mit einem Kuss allein schien Lieschen offenbar nicht zufrieden zu sein. Wie ein Fohlen bedrängte sie

Joseph. Der Geruch des Heus vermischte sich mit der Hitze und dem Schweiß des Mädchens. Joseph wurde dunkel vor Augen. Er atmete tief aus und glitt zurück. Lieschen stutzte einen Augenblick. Dann strich sie sich das Haar aus der Stirn. »Aha. Ich versteh jetzt, warum du Joseph heißt.« Sie setzte sich auf. »Heut Abend ist Tanz. Da gibt es genug, die nicht nur an Totenmessen denken.«

Das Madonnenbild am Wohnhaus der Familie Kraus blickte starr am Kreuz vorbei zum gegenüberliegenden Amtsgebäude. Das Gittertor des Hofes quietschte beständig, eine Brise bauschte die Wäsche auf, die Bärbel im Garten aufhängte — im Hof wäre das zu auffällig gewesen. Da man nicht nur die Köchin, sondern auch die zweite Magd entlassen hatte, kam auf Bärbel jetzt viel Arbeit zu. Aber seltsam, sie blühte mit der wachsenden Last auf.

Das Hoftor quietschte immer noch. Aber was ging es Joseph an? Wie viel Fuhren Frucht zur Zehntscheune gekarrt wurden, das konnte ihm gleich sein. Mochten die sich darum kümmern, die jetzt im Steinernen Bau über ihren Büchern schwitzten.

Der Vater war, wie gewohnt, bereits in aller Frühe aufgebrochen. Stunden wanderte er herum, wo ihm keiner über den Weg zu laufen drohte, am liebsten im Hasenwäldchen oder im Hollerbachtal. Pünktlich zum Essen war er dann wieder da.

Heute war Markt, da dehnte sich das lärmende Treiben bis unter die Arkaden des Rathauses aus. Am Pranger stand ein armer Schelm, den man zu diesem Tag hier platziert hatte. Ab und zu blickte der Tropf zum sandsteinroten Christus am Ölberg hin — da kam ihm die eigene Mühsal gleich erträglicher vor.

Joseph vermeinte geradezu das Wispern und Tuscheln zu hören: Seht den Herrn Studiosus! Mainz war ihm nicht gut genug, es musste unbedingt Erfurt sein. Und jetzt stiehlt er dem lieben Gott den Tag und stolziert auf stumpfen Stelzen herum wie das Rathaus von Michelstadt. Auch die Brunnen schienen solche Worte in einem fort zu murmeln. Was für eine Stadt, wo einem an allen Ecken Madonnen ihre Kinder, Gekreuzigte ihre Wunden, Neidköpfe ihre Zungen und Blecker ihre nackten Hintern entgegenstreckten.

In der Stube lag der Schürhaken unter der Rheinlandschaft eines unbegabten örtlichen Malers. Joseph stocherte im Ofen, da erst bemerkte er seinen Vater in dem großen Ohrensessel. »Oh, ich wollte den Herrn Vater nicht stören«, sagte Joseph.

»Du störst mich nicht. Setz dich doch.« Ohne den Blick zu heben, blätterte der Vater weiter in seinem Buch.

Schließlich begann Joseph: »Der Vater ist so ruhig.«

»Es tut gut, nach dem Tagwerk ein wenig still zu sitzen«, erwiderte der Vater. »Für solche Augenblicke sollte man dankbar sein.«

»Ja«, sagte Joseph.

Wieder saßen sie ohne ein Wort. Im Haus war kein Geschirrklirren oder Kinderplärren mehr zu hören. Nur das Holz knisterte im Ofen.

»Nun«, sagte der Vater, »hast du all deine Noten gesammelt? Und all deine Hunde versorgt?«

»Ja. Ja, Vater.«

Joseph hätte gern seine Pfeife angezündet, aber unter diesen Umständen kam es ihm wie eine Entweihung vor. Er lugte auf den Rücken des Buches, das der Vater auf den Knien hatte.

»Heute Morgen glitzerte der Reif um die Sträucher. Und die Nüsse fallen von selbst von den Bäumen«, sagte Joseph.

»Reifezeit, ja«, sprach der Vater leise. »Wir sind durch die Feuerlohe gegangen, und wir sind heil an Seele und Leib. Allein dafür sollte man dem Herrn ein Dankgebet sagen.«

Beide neigten die Köpfe. »Soll ich Holz nachlegen?«, fragte Joseph.

»Wie?«

»Das Feuer, ist es warm genug?«

»Weißt du«, sinnend blickte der Vater auf, »selbst Herr Reider scheint sich auf den Winter einzustellen. Stell dir vor, gestern wies er einen Kläger ab und meinte, er habe schon so viel Zeit beim Durchgehen alter örtlicher Rechnungen verloren.«

»Der Herr Geheimrat wird doch wohl nicht einen menschlichen Zug an sich spüren.«

»Viele wollen gar kein Geld mehr«, fuhr Kraus fort, »und ziehen von selbst ihre Klage zurück. Ich glaube, und jetzt klopf ich auf Holz, das Schlimmste liegt hinter uns.«

»Was heißt das?«, fragte Joseph. »Würden Sie es akzeptieren, wenn man die Sache begräbt und Sie an irgendeine andere Amtsstelle versetzt?«

»Wenn damit mein guter Name wiederhergestellt ist: Ja«, antwortete der Vater.

»Und was ist mit denen, die Sie so schändlich verleumdet haben? Was ist mit Reider?«

»Mein ist die Rache, spricht der Herr«, gab der Vater zurück. »Und wenn Eminenz die ganze unselige Affäre vergessen will, dann bin ich der Letzte, der sich dagegen sträubt.«

»Und damit betrachten Sie sich als rehabilitiert, Ihre Ehre als reingewaschen?«

Der Vater antwortete nicht.

»Nun«, Joseph atmete schwer, »ich könnte das nicht.«

»Ja, denn du bist stolz. Aber Stolz kann auch Sünde sein, Joseph.«

»Ist das schlimm?« Joseph streckte sich. »Ich bin manchmal wie hin und her gerissen. Mein Herz hat tausend Winkel und Gänge, die mir selbst verborgen sind.«

»Du bist jung«, sagte der Vater. »Aber es kommt die Zeit, wo man das alles nicht mehr so wichtig nimmt.«

Joseph sank zurück, ohne Worte zu finden. In der Stube war es dunkel. Nur aus dem Ofen leckte rotes Licht.

»Ja, wir sind durch die Feuerlohe gegangen«, sagte Kraus. »Und ich würde es gerne sehen, Joseph, wenn du deine Studien wieder aufnehmen würdest.«

»Ich weiß, Vater.«

»Ich weiß, deine wahre Berufung ist die Musik. Aber davon kann man nicht leben, Joseph.«

»Ich weiß«, sagte Joseph.

»Ich bin sicher, du wirst einen guten Administrator abgeben. Schau dir den Herrn Goethe an, der hat auch Recht studiert, und jetzt liest ihn alle Welt, und der Herzog von Weimar hat ihn an seinen Hof gerufen.«

»Mit Goethe kann ich mich nicht vergleichen, Vater«, entgegnete Joseph.

»Einerlei. Wenn du eine Position hast, wirst du immer noch Musik machen können«, gab der Vater zurück. »Ich sehe in dir nun einmal meinen Nachfolger. Alois ist noch klein. Wer weiß, wie der sich entwickelt. Und unser armer Franz ist nicht für diese Welt gemacht.«

Joseph nickte stumm und starrte zum Ofen. Der Vater fuhr fort: »Geschickt bist du ja, dumm auch nicht, und solange dein Temperament nicht mit dir durchgeht …«

»Der Leichtsinn, ja. Aber wenn ich den nicht hätte?«, sagte Joseph.

»Du würdest die Deinen nie im Stich lassen, das weiß ich.«

»Ihr Wort in Gottes Ohr.« Joseph seufzte. »Aber nicht Erfurt, Vater. Ich habe gehört, in Göttingen kann man seine Studien ganz schnell abschließen.«

»Eine protestantische Universität?«

»Der junge Dalberg studiert auch in Göttingen. Von Wieland und Mathias Claudius ganz zu schweigen«, fuhr Joseph rasch fort.

»Nun, was für den Bruder des Statthalters recht ist, kann auch für den Sohn eines Amtskellers nicht verkehrt sein. Dann kann ich nur sagen, mein Sohn: Geh nach Göttingen, und Gott mit dir.« Der Vater erhob sich und legte sein Buch zur Seite. »Ich habe Alois eine Partie Tricktrack versprochen. Kommst du auch?«

»Ja, gleich, Herr Vater.«

Mit schweren Schritten ging der Vater hinaus. Joseph zog das Buch zu sich heran. Der Vater hatte in der Bibel gelesen. Aufgeschlagen war das *Buch Hiob*. Joseph las: »Der Mensch, vom Weib geboren, an Tagen arm, mit Sorgen nur gesättigt, wie eine Blume blüht er und verwelkt, entflieht dem Schatten gleich, bleibt nicht bestehen.«

III

Bin ich doch, wie ich stehe und gehe, eine lebendige Hypothek.
Joseph Martin Kraus an seine Eltern, 1778

Die Ankunft in Göttingen stand unter keinem guten Stern. Ein Wolkenbruch, in den seine Kutsche geriet, durchnässte Josephs Koffer auf dem Dach des Vehikels. Von da an passten seine Hemden farblich zu den blauen und gelben Hosen.

Das anhaltend schlechte Wetter brachte ihm zudem einen hartnäckigen Katarrh ein. So hustete er sich mehr oder weniger durch das Wintersemester. Römisches Recht, Straf-, Natur-, Kameral- und Privatrecht, daneben Natur- und Universalgeschichte, Rechtsmedizin sowie Griechisch, Hebräisch, Französisch, Englisch und Italienisch: Sein Programm drohte, das wurde ihm ziemlich schnell bewusst, über seine Kräfte zu gehen. Und doch wollte er sein Studium der Rechte so schnell wie möglich abschließen. Von den Traditionen älterer Universitäten unbelastet, sahen die Fakultäten in Göttingen ihr Hauptziel darin, die studierenden jungen Leute ohne große Umstände zu einem Abschluss zu führen, der sie zu aussichtsreichen Laufbahnen befähigte.

Rund 800 Studenten, davon etwas mehr als die Hälfte Juristen, gab es zu dieser Zeit in Göttingen. Mit vier Kommilitonen teilte Joseph sein Quartier bei Tischlermeister Münder. »Ich habe vier Studenten und drei Schweine. Mir geht's gut«, pflegte einer der Göttinger Logisanbieter zu sagen.

Unter den Mitstudenten freundete Joseph sich rasch mit dem jungen Hahn an, einem schwermütigen und tiefgründigen Theologiestudenten. Als letztes in Göttingen verbliebenes Mitglied des Hainbundes hielt Hahn es für seine Pflicht, den

Manen seiner inzwischen in alle Winde verstreuten Dichterbrüder Brandopfer darzubringen. Trotz seiner schleppenden Stimme, die seinen Elegien die notwendige funerale Note verlieh, trotz der schweren Augenlider schaffte Hahn es, Joseph für seine Ideale zu entflammen. Nebst eigenen Versen rezitierten sie um die Wette Hagedorn und Hölty. Und bisweilen sah man die beiden Zwanzigjährigen, wie sie Werke Wielands verbrannten oder vor einer Büste Klopstocks Weihrauch aufsteigen ließen.

Meister Münder war ein grober Mensch, besaß aber eine liebe Tochter, Agnes. Das scheue Ding wurde von den Burschen aus dem einzigen Grund gemieden, dass sie rotes Haar und Sommersprossen hatte. Joseph erinnerte sich, wie man ihn einst gehänselt hatte, da er in Kinderzeiten mit der sommersprossigen Johanna geliebäugelt hatte.

Als Agnes sich einmal mit einem schweren Waschkorb abmühte, zeigte er sich daher als Kavalier. »Jungfer, kann ich Ihnen behilflich sein?«

Agnes errötete und sah in wortloser Verwunderung zu, wie Joseph den Waschkorb die vielen Stiegen zum Dachboden hinaufschleppte. Oben angekommen, ließ er die Last männlich auf den Boden plumpsen. Mit rasselndem Atem meinte er dann: »So, Agnes. Jetzt kommen's allein zurecht, gelt?«

»Tausend Dank, Herr Student«, stammelte sie. Zwei Tage später fand er in seinem Hemd, das eben aus der Wäsche kam, eine weiße Rose. Das Hemd, aus dem sie sogar das Blau der Hose gewaschen hatte, roch nach Seife, die Rose matt nach weißen Mädchenhänden. Mit einem flauen Gefühl im Bauch sank Joseph auf sein Lager. In Zukunft vermied er es, Agnes anzusprechen, wenn sie ihm über den Weg lief.

Neben den Pflichtstudien dichtete er nicht nur, sondern kleckste auch unermüdlich Noten aufs Papier. Hatte er sich in Buchen hauptsächlich geistlicher Musik gewidmet, so schrieb er jetzt Sinfonien, *Concerti* für Geige, Viola oder Flöte sowie Streichquartette. Ganz verloren war die Mühe nicht. Einer seiner Professoren, der fleißige Musik-Dilettant Johann Stephan Pütter, gab sich die Ehre, zwei von Josephs Sinfonien bei einer abendlichen Darbietung in seinem Hause zu Gehör zu bringen. Seinem Bruder Franz teilte Joseph in einem Brief seine Eindrücke mit: »Angefangen! Keine 20 Takte, so ward schon in Forma umgeschmissen. Nun jagte die Violine dem Bass, der Bass der Altviol, die Altviol der Sekund nach — die Hoboen quakten auch ein wenig mit darunter und die Horn hielten sehr weislich gar das Maul. Ach meine arme Sinfonie! War die erste geradbrecht, so war die lezte ohne alle Gnade lebendig verbrennt, und das von Rechtswegen.«

Dennoch weckte das bescheidene Göttinger Musikleben seinen Ehrgeiz. In dem Kompendium, das er später in Frankfurt drucken ließ, *Etwas von und über Musik für das Jahr 1777*, suchte Joseph künstlerische Orientierung.

Er verteidigte in dieser Streitschrift seinen geliebten Gluck und ließ neben diesem höchstens noch Grétry bestehen. Zunächst aber konstatierte er, dass Apolls Leier lange genug »in Zunftstuben und Herbergen« gehangen habe. Darum sei es allerhöchste Zeit, die »Sache des Gefühls in ein System« zu bringen. Nicht minder streng ging er mit den Kirchenmusikern ins Gericht: »Schmidt, Holzbauer, Brixi, Schmidt in Mainz haben Missen geliefert: Setzt andere Worte darunter, so könnt ihr Operettchen daraus machen.«

Mit Genuss polemisierte er über die *Alceste* von Schweitzer und Wieland, die bereits Goethe satirisch kommentiert hatte. »Wieland, der in seinem Fache König ist«, so schrieb Joseph, »ist Staub, wenn er außer seinem Kreis nur einen Schritt tut.« Wenn auch vereinzelt schöne Gedanken in dem Werk auftauchten, so ertränke sie der Tonschöpfer Schweitzer doch flugs unter einem »Gewäsch von über hundert nichts bedeutender Noten«. Das alles vollziehe sich unter endlosen Wiederholungen bis zum unseligen Finale: »Zuletzt ein vollstimmiges *Gaudeamus igitur* nach altfränkischem Schrot und Korn. Aus ist's!«

Nun, in dem Büchlein hatte er seine ehrliche Meinung gesagt. Dies änderte aber nichts an der Frage: Wann würde er als Tondichter endlich zeigen dürfen, was er konnte? Wann würde er mit einem eigenen Bühnenwerk an die Öffentlichkeit treten?

Die Alexandriner prallten von der Kassettendecke ab, rieselten die vergoldeten ionischen Kapitelle entlang und wurden dann vom Samt der Logen verschluckt. Gustav, gekleidet in ein türkisches Kostüm, brachte seine Rolle in einem Atemzug zu Ende. Dann brandete ihm der Beifall entgegen. Gustav hob den Kopf und vermied es, zu lange zur mittleren Loge zu blicken. Dort saß der französische Botschafter d'Usson — es hätte so ausgesehen, als buhle er um Applaus. Der König verneigte sich anmutig und winkte auch seine Mitdarsteller, Bark und Konsorten, herbei. Erst nachdem der Applaus verebbt war, schritt Gustav über die kreisrunden Ränge zur Ehrenloge hin.

»Bravo, Sire«, sagte der Botschafter. »Sagen Sie, wie memorieren Sie diese Verse? Es müssen Tausende sein!«

»Dreitausendvierhundertundfünfzig«, sagte der König. Fasziniert starrte er auf den bestickten aprikosengelben Rock d'Ussons.

»Wir haben unsere eigene Druckerpresse, um unsere Programmzettel herzustellen«, erzählte er dem Diplomaten, während Diener ihm die türkischen Draperien abnahmen und ihm in seinen purpurnen Frack halfen. »Sie müssten unsere Maschinerie sehen: Sie zaubert Gewitter und Wasserfälle und verwandelt in Windeseile den Olymp in die Unterwelt und umgekehrt.«

»Die Unterwelt in Gripsholm? Ich bitte Sie! Wo doch einzig der Olymp dieser einzigartigen Stätte gerecht wird, Sire«, schmeichelte der Botschafter und ließ seinen Spazierstock eine Pirouette drehen. Diener tupften das königliche Antlitz mit parfümierten Tüchern ab und reichten den Herren Weinkelche. Gustav leerte seinen Pokal in wenigen Zügen, d'Usson nippte kleine Schlucke.

Gustav deutete auf die Lüster und die Spiegel, die dem kleinen Theatersaal die Illusion der Großräumigkeit geben sollten. »Meine Gattin hat dies alles für mich einrichten lassen«, verriet er. »Früher war hier eine Kirche. Natürlich ist das Theater in Drottningholm größer. Es wird zur Zeit renoviert. Auf Ihr Wohl, *Monsieur l'ambassadeur*!«

»Und auf den König der Komödianten«, gab d'Usson den Trinkspruch zurück. »Ich sehe, die Königin kennt das *faible* Eurer Majestät.«

Gustav reckte sich. »Oh, bin ich Odysseus, dass ich Sirenengesängen widerstehen könnte?«

Dann entließ er sein Gefolge, bis auf Munck, seinen Favoriten. Er ließ es sich nicht nehmen, d'Usson die weiteren Schätze von Gripsholm zu zeigen: den weißen Salon, ebenfalls im Theaterturm gelegen, den Rats- und den Reichssaal, das Schlafzimmer Königin Christines, die Wohnräume Gustav Wasas und das rankenbemalte, holzgetäfelte Gemach, in dem Erik XIV. seinen Bruder Johann III. gefangen gehalten hatte.

Er begleitete den Botschafter sogar bis zur Barkasse. Mit geblähten Segeln und entzündeten Lichtern legte das Schiff von der Mole ab. Gustav winkte huldvoll. Dann blieb er an der Balustrade stehen.

Seewasser gurgelte zu seinen Füßen, ab und zu schlugen hauchdünne Eissplitter an den Uferkies. Die Konturen der umliegenden Inseln versanken im Dunkel. Vom nahen Mariefred hörte man dumpfe Stimmen und das Keifen der Möwen. Ein Schwan zog einsam seine Kreise über dem Wolkenflor des rötlich gefärbten Horizonts.

Hinter Gustav spielte Munck mit einem der Kettenhunde.

Gustav umklammerte die Balustrade. Die Worte des Botschafters hatten einen Stachel hinterlassen. Wie war dessen Bemerkung zu deuten?

Er, der König der Komödianten — warum dieser Spott? Konnte man nicht gleichzeitig König und Schauspieler sein? Er saß vierzehn Stunden am Tag an seinem Schreibtisch, und ein Gaukler war er deshalb noch lange nicht.

Nun aber, die Allianz mit Frankreich war wichtig. Gerade jetzt, wo England mit dem Säbel zu rasseln begann. Für die diplomatischen Beziehungen musste man eben sein charmantestes Lächeln aufbieten. So wie im vorigen Sommer in Sankt Petersburg. Jeden Tag präsentierte Gustav sich dort in Katharinas Audienzzimmer und lobte ihre hoch getürmten Frisuren und abgetakelten Roben. Russland sollte Schweden den Rücken stärken, wenn England wieder einmal die schwedischen Exportgüter Holz, Eisenerz und Teer zur Konterbande erklärte und beschlagnahmte. Verbündete taten not, und so säuselte Gustav täglich Süßholz ins kreidebleich geschminkte Gesicht der Semiramis des Nordens.

Sah Katharina wiederum ihn dafür als gleichberechtigten Partner und Brudermonarchen? Gustav hatte so seine Zweifel. Ein Porträt, das der Maler Alexander Roslin mit all seiner Kunst von ihm in Öl angefertigt hatte, hatte er ihr als Geschenk überreicht. Und jetzt hörte man, sie habe das Bild an das Smolnykloster weitergegeben. Damit die dortigen Pensionatsfräulein einen Mann vor sich sähen, der »ihrer Tugend bestimmt nicht gefährlich werden konnte«.

Kühl strich der Abendwind um Gustavs Wangen. Hundewinseln verriet, dass Munck von seinem Spielgefährten abgelassen hatte. »Wird es Eurer Majestät nicht zu kalt?«, fragte der königliche Stallmeister.

»Ja, Munck, vielleicht sollten wir hineingehen. Und weißt du was? Wir gehen zur Königin.«

Der Salon der Königin war ganz in Reseda gehalten. Grün die Teppiche, grün die Seide auf Möbeln und Wandtapeten. Auch die bleichen Fenster wurden von Vorhängen in moosigen Tönen eingerahmt.

Sofia Magdalena saß bei ihren Damen und dem Hofbibliothekar Carl Gjörwell, der ihnen vorlas. Der Eintritt der beiden Männer scheuchte den wohl geordneten Lesekreis auseinander. »Bitte, lassen Sie sich nicht stören«, sagte Gustav. »Was lesen Sie? Englisch?«

»Die Königin macht große Fortschritte in der Sprache Miltons«, sagte Gjörwell. Etwas, was sie ihm voraus hatte. Gustav ließ sich seinen Unmut nicht anmerken. »Nun, die Engländer kapern zwar unsere Schiffe, sie haben aber hervorragende Theaterleute: Shakespeare und so.«

Das plötzliche Hereinplatzen hatte Sofia Magdalena mehr als überrascht. Gingen nicht Gerüchte umher, er wünsche die Scheidung, ja, habe ihren Leibarzt ersucht, sie für unfruchtbar erklären zu lassen? Als ob es ihre Schuld sei, dass sie keine Kinder hatten.

»Nun, Gjörwell, ich höre, Sie tragen alle möglichen alten Schriften zusammen?«, wandte sich Gustav zum Bibliothekar.

»Das stimmt, Majestät. Mein Interesse gilt in erster Linie der alten nordischen Literatur.«

»Die Edda und all das spinnwebige Zeug? Dann, lieber Gjörwell, will ich Sie nicht von Ihren lobenswerten Aktivitäten abhalten.«

Der Bibliothekar verstand den Wink und empfahl sich.

Der König nahm Platz und schlug die Beine übereinander. Im Türrahmen stand die massige Gestalt Adolf Muncks. Die Königin lächelte hilflos in den grünen Raum. Mit einem Seufzen hob sie ihre schmalen Schultern. »Wäre es Eurer Majestät genehm, das Souper hier einzunehmen?«

»Ja, aber keine Umstände bitte, nur ein *en-cas, un rien du tout*.«

Zuerst erschrocken, dann hektisch errötend, setzte Sofia Magdalena mit einem Händeklatschen ihre Damen in Bewegung. Man brachte Lachs aus den Fjorden und Krebse aus Jämtland, auf kunstvoll bearbeitete Eisblöcke gebettet. Die Tafelrunde bestand aus dem Königspaar, Munck und Sofia Magdalenas Ehrendame Henriette Sjöberg. Letztere schien übermütig vor allem die Gesellschaft des Hofstallmeisters zu genießen: Es war die Rede, dass zwei, wenn nicht drei ihrer Kinder von Munck stammten.

Gustav schenkte seiner Gattin großzügig ein und fragte: »Finden Sie auch, dass ich das Theater aufgeben sollte, *Madame*?«

»Warum das denn? Sie würden nicht nur sich selbst, sondern vor allem Ihr Volk um eine große Freude bringen«, sagte Sofia.

»Ich lebe für mein Volk, befreie es von seinen Lasten, lasse Hospize und Armenhäuser bauen — aber geliebt werde ich dafür nicht!«

Sofia versuchte ein Lächeln. »Sie müssen nicht auf die böswilligen Lästereien hören. Das Volk vergöttert Sie, dessen bin ich gewiss!«

»Es vergöttert mich, aber versteht es meine Liebe zum Theater? Niemand versteht sie.« Der König drehte sich zur Seite und zerraufte Muncks struppigen Haarschopf. »Nicht einmal du, Munck, nicht einmal du!«

»Aber es ist doch schön, Ihnen zuzuhören«, grunzte Munck. »Wenn Sie so auf der Bühne stehen, in all diesen glitzernden Kostümen! Und als *Cinna* die großen republikanischen Werte preisen!«

»*Honni soit qui mal y pense*«, sagte Gustav und sog an einer Krebsschere. Munck und die prustende Gräfin Sjöberg waren schon bei den *baisers*.

»Es ist ein schöner Abend und angenehm in Eurer Gesellschaft«, sagte Gustav zu Sofia.

Die Königin blickte unruhig auf den Tisch. Konnte es sein, dass? Vorsichtig reichte sie das Meißner Porzellan weiter. Sogar der König, der sonst Kaffee verabscheute, griff heute nach einem Mokka. Sofia schlug die Augen nieder und fragte leise: »Heißt das, Majestät haben Zeit?«

Nach längerem Schweigen Gustavs gab sie ihren Zofen einen Wink, worauf diese sich fieberhaft im angrenzenden Schlafgemach zu schaffen machten. »Sie erlauben also, mein Gemahl?«

»Ich bitte darum.«

Sofia enteilte, flinken Zofenhänden entgegen, die ihre bebende schlanke Gestalt entkleideten und rosa Musselin um ihre bleichen Glieder hüllten.

Gustav war inzwischen hinter einem Paravent verschwunden, um seiner Blase Erleichterung zu verschaffen. Dem Stallmeister, der sich ihm anschloss, zischte er ins Ohr: »Jetzt brauch ich dich aber, Munck!«

»Aber wieso denn?«, flüsterte dieser. »Sie wissen doch: der Nacken und die Brüste, besonders die Brustwarzen. Und sich dann immer schön langsam nach unten vorarbeiten.«

»Für mich sind Brüste da, um Koloraturen hervorzubringen.« Gustav ächzte. »Ach, Munck, Munck, wie schaff ich das bloß!«

Der Stallmeister knöpfte sich seine Hose zu, trat hinter dem Paravent hervor und machte einen militärischen Salut: »Nur los, Mut, mein König!«

Dann torkelte Munck in die Arme der Sjöberg, während der König, fremden Ufern entgegensegelnd, im Schlafgemach der Königin entschwand.

»Lieber, dass ich um meinen Unterhalt krichen und Despoten füse leken soll, lieber will ich darben, wenn ich mir mein Leben nicht aus eigner Kraft erträglich machen kann. Unser Kurfürst giebt in Erfurt und nun in Heiligenstadt Tag für Tag Beweis, wie leutseelig und menschlich er ist oder — geworden ist. 's sind oft Minuten, wo ich nüber will, ihm's selbst sagen, was wir haben wollen. Aber — denk ich dann an das, was er gethan hat: — an unser Elend, das ein Werk seiner Hand ist: Ha! Da empört sich Herz und Mut und wenn ich da denke — Siehe Kerl! Dem Manne hast du gefrommt — vor dem Manne hast du dich wie ein Wurm gewunden — wenn ich das denke, spei ich mir ins Gesicht.

Mit mir bin ich eins — soll's hungrige Tage und Jahre kosten — meinem Vaterland bin ich keinen Dank schuldig. Patriotismus ist Thorheit, und lange hat der lezte Funke verglüt. An fremden Ufern soll das Glück mich erwarten. Tref ichs da nicht an: was thuts? Überwigt etwa die Zal derer, die unglücklich lebten und so starben, die derer, die immer glüklich waren, nicht?«

Joseph war wieder einmal dabei, in einem Brief den Eltern sein Herz auszuschütten. Und waren seine Zeilen noch so bewegend, er versäumte es nicht, mit der üblichen Bitte um Geld zu schließen.

In diesem Moment ging die Tür, und leicht gebeugt trat der junge Hahn herein.

»Na«, begrüßte ihn Joseph. »Sag nicht, die Welt ist schon wieder untergegangen. Ich dachte, wir halten es bis zum Jüngsten Gericht, zumindest aber bis Mariä Himmelfahrt aus.«

Hahn lächelte unsicher. »Was hast du denn in deinem Ärmel?«, fragte Joseph.

»Oh, nichts, gar nichts«, antwortete Hahn und setzte sich auf Josephs Lager. »Ich war nur vorhin auf der Stadtwallpromenade, da hab ich ein Gedicht geschrieben.«

»Über das ich jetzt mein Urteil fällen muss. Nun gib schon her«, lachte Joseph.

Scheinbar widerwillig ließ sich Hahn das Blatt entwinden und sagte dann: »Lies es heute Abend, in aller Ruhe. Ich wollte dir ja noch von der Sache mit Monsieur Commin erzählen.«

»Ja, natürlich, ich bin neugierig. Du, hast schon was gegessen?«

Hahn starrte Joseph aus großen Augen an. Dieser wendete seine Hosentaschen. »Ich pfeife wie immer auf dem letzten Loch. Ob die Junkernschänke uns noch was anschreiben lässt?«

»Lass, ich hab genug«, erwiderte Hahn.

»Mein rettender Engel, wie immer. Wenn du nicht wärst, Hähnlein«, freute sich Joseph.

Wenig später sah man die beiden in ihrer Lieblingskneipe. Dort saß bereits ihr Kommilitone Carl Stridsberg und winkte sie an seinen Tisch. »Heute gibt's Zander, den dürft ihr euch nicht entgehen lassen.«

Joseph nahm zwischen Carl und Hahn Platz und bestellte Saalewein für alle. Hahn starrte Carl an, der gerade einen Napf mit Bohnensuppe leerte. Mit Stridsberg verband ihn nicht gerade eine Seelengemeinschaft, mit Joseph Kraus dazwischen aber kamen sie einigermaßen überein.

»Nun, Hahn, erzähl schon!«, drängte Joseph. »Was schreibt dein Vater von Monsieur Commin?«

Hahn dachte eine Weile nach. Dann begann er: »Du kannst gleich mit ihm nach Marseille. Viel musst du nicht tun — nur ihm jeden Tag Deutsch vorlesen.«

»Wie lange?«, fragte Joseph, der sich ein Stück von Carls Wecken abbrach.

»So drei, vier Stunden täglich, denke ich.«

»Was?«

»Nun, wie soll der Mann sonst Deutsch lernen? Zum Austausch hast du die Möglichkeit, französische Konversation zu machen. Wie ein Pariser.«

»Bin ich eine Marionette? Will der Herr einen Narren aus mir machen?« Joseph rückte mit dem Stuhl. »Wie viele deutsche Bestien hat er sich denn bisher geleistet?«

»Ich weiß nicht«, antwortete Hahn, »so neun oder zehn, meint mein Vater.«

»Und ich soll der Elfte sein? Du kannst deinem Vater meine ergebenste Verbundenheit ausrichten.« Joseph deutete eine Verbeugung an. »Aber ich habe nicht einem Hochwohlgeborenen den Rücken gekehrt, um vor dem nächsten zu katzbuckeln!«

»Immer dieser Elan«, brummte Stridsberg und wischte sich den Mund. »Das ist ja kaum auszuhalten.«

»Du hast gut reden«, sagte Joseph. »Du gehst in ein paar Monaten nach Lappland zurück, wo der Ofen in der Bibliothek von Uppsala auf dich wartet. Ich dagegen, ich hab nichts als meine kalte Pfeife und die Aussicht, bis an mein Lebensende hinter Aktenbergen zu versauern. Nicht mal ein paar Kreuzer, um ein armseliges *Miserere* drucken zu lassen, nicht einmal ein Louisdor, um Klopstock in Hamburg zu besuchen.«

Der Zander kam, in fettgleißender Kruste. Die drei verharrten einen Augenblick und bestaunten die Pracht, dann griffen sie zum Besteck.

»Du hättest nach Kopenhagen gehen können«, gab Hahn zu bedenken. »Hat Claudius sich nicht für dich eingesetzt?«

»Ach, weißt du: Einen Posten annehmen, den bereits Baumgarten ausgeschlagen hat? Und was soll ich in der eisigen Gegend? Huste ich nicht genug hier? Und da«, Joseph stieß die Gabel in den Fisch, »da gibt's bestimmt keinen Zander.«

»Dafür Salm, der dir auf der Zunge zergeht«, sagte Stridsberg. »Du solltest nach Schweden, Kraus.«

Aber Joseph schien gar nicht zuzuhören.

»Ihr müsst ehrfürchtiger kauen«, sagte Hahn.

»Wie?«

»Seht ihr den Herrn im feinen Rock?«, erklärte Hahn. »Der da mit seinem Hofmeister und seinem Lakaien zur Tür geht? Fürwahr ein allerliebstes Menschenpüppchen.«

»Kann auch hübsch musizieren«, sagte Stridsberg. »Nein, die feschen Spitzen. Zieh den Kopf ein, Joseph, da geht ein Mainzer vorbei!«

Derjenige, über den sie sich ausließen, war Friedrich von Dalberg, Student in Göttingen und Bruder des kurfürstlichen Koadjutors Carl Theodor von Dalberg, der immerhin Josephs Gönner war. Bereits in der Tür, erblickte Dalberg nun die Tischgesellschaft. Joseph grüßte den jungen Herrn und sah ihm nach, wie er mit seinem Gefolge die Schänke verließ. »Immerhin spielt er recht leidlich Klavier. Es gibt Augenblicke, da muss das Kalkül Vorrang haben. Wo, sagtest du, soll ich hin, Stridsberg? Ins kalte Schweden?«

»So kalt ist es nicht. Nach den Maßstäben unserer Landsleute Celsius und Linné friert es nie mehr als minus dreißig.«

»Descartes holte sich den Tod, als er um fünf Uhr früh Königin Christine ihre Philosophiestunde geben musste«, sagte Hahn, der mit einer Gräte kämpfte.

»Der Mann hatte keinen Charakter«, bemerkte Stridsberg. »Aber ihr müsstet einmal eine Schlittenpartie machen, mit vier feurigen Hengsten über den knirschenden Schnee, und dann bei Freunden eingekehrt und Punsch getrunken. Das Feuer flackert im Kamin, das Dampfbad glüht schon. Nachher stürzen sich alle nackt in den Schnee.«

Hahn zog die Augenbrauen hoch. Stridsberg fuhr fort. »Danach erzählen wir Geschichten, von Birger Jarl und den alten Zeiten, und als König Carl Peter den Großen das Fürchten lehrte. Wir trinken Aquavit und nagen an Rentierkoteletts.«

»Um Gottes willen!« Joseph stieß Hahn an. »Da ist mir eine Göttinger Bohnensuppe lieber!«

Stridsberg ließ sich nicht beirren. »Im Sommer stäuben die Wolfsmilchfäden über die Wiesen. Fettes Vieh steht auf den Weiden, überall schäumen Wasserfälle, und die Baumstämme ziehen wie eine dunkle Herde den Dalälv hinab. Und zur Mittsommernacht wird getanzt. Die Burschen tragen gelbe Hosen und die Mädchen Blumen im Haar.«

»Sie sind also schön, die schwedischen Mädchen?«, fragte Joseph, während Hahn die Augen niederschlug.

»Sie sind Göttinnen. Wie Freya, die Göttin der Liebe. Wie Iduna mit den goldenen Äpfeln«, schwärmte Stridsberg. »Du solltest dein Glück versuchen, Joseph. Unser König liebt die Oper. Er versteht zwar nichts davon, kann aber nicht genug kriegen. Theaterschreibern und Opernkomponisten stehen Tür und Tor offen.«

»Sofern sie Schweden sind«, unterbrach Joseph.

»Naumann ist jetzt da, und er ist genauso deutsch wie du. Es heißt, der Hof habe ein Musikdrama bei ihm bestellt. Auf Schwedisch. Wir haben nämlich etwas, wonach sich Kaiser Joseph schon Jahre vergeblich verzehrt — ein Nationaltheater und eine Nationaloper.«

»Also, darauf sollte man eigentlich anstoßen«, lachte Joseph. »Auf den Sachsen Naumann. Und auf Schweden!«

»Auf Schweden!«, riefen Joseph und Carl.

Im Januar 1778 kam endlich der Prozess gegen Josephs Vater zu Ende. Das Urteil im Namen des Landesherren zu den nicht weniger als 85 Anklagepunkten sprach der Geheime Staatsrat Maximilian Strauß:

»Schlüßlich wollen Emminentissimus, daß Keller Kraus zwar für diesmal mit der *cassation* noch verschonet, jedoch aber in rücksicht denen ihme zur last liegenden verfehlungen, seine Zeitherige *suspension ab office et salario* noch bis auf die künftige Ostern extendirt, derselbe mittlerweil zur bezahlung der auferlegten *restituendorum*, und sämtlicher Commissionskosten ... anzuhalten und ihme zugleich bedeutet werden solle, daß er die künftige Ostern auf eine andere Amts- oder auch allenfalls untergeordnete Beamtenstelle *in poenam* mutiret werden würde.«

Abgekanzelt wie ein Schuljunge! Von einer Rehabilitation konnte keine Rede sein! Der Vater würde strafversetzt werden — wohin, war noch nicht abzusehen. Dazu müsste er seinen Verleumdern auf Jahre die beanstandeten Fehlbeträge zurückzahlen. Die dem Vater ebenfalls auferlegten Gerichtskosten kamen noch hinzu.

Joseph fragte sich: Was sollte er noch in einem solchen Land? Vielleicht war es wirklich Zeit, Abschied zu nehmen? Sollte er den Blick auf ein anderes Ufer richten, von dem möglicherweise eine bessere Zukunft winkte?

Bedächtig legte die königliche Barkasse in Drottningholm an. Elis Schröderheim, der, falls er nicht seinen Pflichten als Staatssekretär nachging, seine Hauptmission darin hatte, den König zu zerstreuen, grüßte ehrerbietig. »Herzlich willkommen in Drottningholm, Majestät!«

»Danke, lieber Schröderheim, danke«, erwiderte Gustav.

Man begab sich zum Schloss. Hinter dem aufrecht daherschreitenden König watschelte der beleibte Schröderheim. Kaum konnte er mit seinem Herrn Schritt halten. »Dürfen wir auch die Königin erwarten, Sire?«

»Nein, sie bleibt vorläufig in Gripsholm. Sie muss sich Schonung auferlegen«, antwortete Gustav.

»Natürlich, Sire, natürlich. Darf man bereits gratulieren?«

»Warten wir's ab, würde ich sagen.« Der König eilte weiter.

Schröderheim, der ausgiebig schwitzte, hob die Stimme. »Um den Aufenthalt Eurer Majestät so angenehm wie möglich zu gestalten: Wäre vielleicht ein Turnier gefällig?«

»Nein, nein«, Gustav winkte ab.

»Auch nicht ein kleines Ringelspiel?«, rief Schröderheim. »Die Pagen brennen schon darauf.«

»Nicht in nächster Zeit.« Gustav blieb stehen. Als Schröderheim ihn eingeholt hatte, schaute er diesen an und sagte: »Ich brauche Ruhe, nichts als Ruhe. Lassen Sie die Wege mit Stroh bestreuen, und legen Sie doppelte Läufer vor die Türen. Ist die Königinmutter hier?«

»Gewiss, ich werde sie *sans faute* benachrichtigen«, antwortete Schröderheim.

»Nein, lassen Sie.« Gustav machte eine Bewegung, die herrschaftlich wirken sollte. Dann stieg er die Treppe hinauf. »Ich gehe später bei ihr vorbei. Jetzt Ruhe, nichts als Ruhe.«

»Das heißt?« Schröderheim schnaufte hinter dem König die Stufen hoch. »Was ist mit Empfängen? Keine Audienzen?«

»Nichts.«

»Auch kein Lever?«

»Vor allem kein Lever.« Gustav warf einen Blick zur Stuckdecke. »Darf ein König nicht auch einmal ein Mensch sein?«

»Und heute Abend, das abendliche Konzert, Sire? Ich habe da ein wunderbares Bläsertrio«, keuchte Schröderheim.

»Bläser?«, funkelte Gustav. »Schröderheim, wie oft muss ich Ihnen noch sagen …«

Der König trat in seine Gemächer.

»Eventuell könnte ich auch eine Harfenistin auftreiben.«

»Ach, gehen Sie. Gehen Sie schon.« Gustav wedelte Schröderheim hinaus, der die Treppe wieder hinuntertappte.

In seinem Schlafzimmer ließ der König die Vorhänge schließen, entledigte sich seines Rocks und ließ sich auf das prunkvolle Bett fallen. So lag er eine Weile mit geschlossenen Augen. Draußen waren scharrende Geräusche zu vernehmen: Das waren die Bedienten, die ganze Wagenladungen von Läufern in den Korridoren auslegten.

»Diese Trottel!«, knurrte Gustav. Er blieb noch etwa eine Stunde liegen. Schlaf fand er keinen. Die Frühlingssonne, die durch die Spalten der Vorhänge fiel, kräuselte sich. Dann huschte ein Schmetterling aus den Draperien, kreiste über dem Bett und verschwand nach einer Weile in einem staubigen Lichtwirbel.

Ach, was tat's? Der König erhob sich und ließ sich seinen Rock geben. Durch auseinanderfahrende Kohorten von Lakaien zog er über Teppichfluchten und Stufenkaskaden hinab ins Freie.

Der König schritt ohne Begleitung durch den Park. Die Beete rochen nach Gras und feuchtem Flieder. Breit ausgestreckt bettete sich das Schloss unter den türkisenen Fittichen der Dächer. Ein Duvet von Kumuluswolken krönte die Firste, darunter glitzerte die vergoldete Turmuhr.

Irgendwo wurde gehämmert, und von den Musikerquartieren federten blecherne Töne: das Bläsertrio, das sich trotz königlichen Verdikts nicht abschrecken ließ.

»Trottel, alles Trottel!«, murmelte Gustav.

Neben dem Hauptbassin leuchteten die Pagodendächer des Chinaschlösschens. In jenem Bauwerk war konfuzianische Entrücktheit, so wie sich die westliche Welt diese vorstellte, mit beachtlichem Aufwand nachempfunden. Aber auch an diesem Ort durfte der König nicht alleine sein. Auf den Kieswegen wirbelte ein Tross weiblicher Röcke, eine wahre Sturzflut von Bändern, Schleifen und Rüschen.

Königin Louisa Ulrika saß neben der Pagode an einem Tischchen, das ein malvenfarbener Schirm beschattete. Als der König näher trat, versank ihr Tross in einem knisternden Knicks. »*Mes hommages, Madame*«, sagte Gustav und vollzog gegenüber seiner Mutter den obligaten Handkuss. Danach wandte er sich zu den Hofdamen: »Ich wäre froh, wenn Sie uns allein lassen könnten, *Mesdames.*«

Nachdem die Suite sich verzogen hatte, nahm Gustav bei seiner Mutter Platz. »*Je pensais bien vous trouver ici, Madame.* Dies ist Ihr Lieblingsort in Drottningholm, nicht wahr?«

»Mein Refugium«, antwortete Louisa Ulrika. »Von allem, was Ihr Vater hinterließ, war dies wohl das Beste, Gustave. Hier hatte er Muße, an seinem Hobel zu arbeiten. Und seine Pfeife zu paffen. Diese plebejische Tonpfeife — wie habe ich sie gehasst.«

Die Nase der Königin stach scharf nach oben. Gustav bemerkte, dass seine Mutter die Fältchen um die Augen selbst mit der dicksten Schminke nicht mehr zu verbergen mochte.

»Darf Badin Ihnen etwas Lakritzwasser bringen?«, fragte sie Gustav.

»Nicht jetzt«, gab er zurück.

»Wie geht es Sofia Magdalena?«, fragte sie.

»Gut, gut«, antwortete er. »Sie nimmt Rücksicht auf ihren Zustand. Mit gesegnetem Leib sollte eine Frau ja nicht zu viel herumlaufen.«

»Nun«, begann Louisa Ulrika, »wenigstens hat sie ihre Pflicht getan. Carl und Hedvig machen ja keine Anstalten, Kinder zu bekommen, die am Leben bleiben. Und Fredrik Adolf wie auch Sophie Albertine scheinen fest entschlossen, unvermählt zu bleiben.«

Gustav setzte sich aufrecht. »Bedenken Sie, was das Evangelium vom Ehebund und vom Junggesellenstand sagt. Ja, wenn ich die Wahl gehabt hätte.«

»Ich weiß.« Gustavs Mutter blickte zum Schloss. »Ihr Gottorper seid die geborenen Hagestolze. Lieber ein Bischofslätzchen als ein Hochzeitskranz. Aber ein Mann, der von allen Seiten angegriffen wird, schuldet sich Nachkommen.«

»Sie halten mich also für einen Mann, den man von allen Seiten angreift?«, fragte Gustav.

»Weil er sich seine Feinde selbst gemacht hat, ja. Wenn man wie Sie auf einem ellenhohen Thron sitzt, braucht man Freunde, oder Söhne.«

»Oh«, Gustav wandte sich seiner Mutter zu. »Glauben Sie mir, ich bin Manns genug, mich selbst zu verteidigen.«

»Das sagt sich so leicht.« Louisa Ulrika zögerte. Schließlich fuhr sie fort: »All diese Reformen, sie schaffen Unruhe, mein Sohn. Stimmt es, dass die Religionsfreiheit sich jetzt sogar auf Katholiken und … Juden beziehen soll?«

Gustav lehnte sich zurück. »In Schweden soll jeder den Glauben seiner Überzeugung praktizieren dürfen. Hat uns das nicht Ihr Herr Bruder, mein vielgeliebter Oheim, vorgemacht?«

»Und Sie sind sicher, dass an diesem Toleranzedikt niemand Anstoß nehmen wird?«, fragte seine Mutter.

»Das sind rein hypothetische Fragen, *ma mère*. Den Leuten ist es völlig egal, wenn ich die Juden oder die Katholiken nach ihrem Gewissen glauben lasse. Sie murren nur, wenn ich die Schwarzbrennerei verbieten will!«

»Und die großen Bauprojekte? Den Gedanken, die Storkyrka abzureißen, haben Sie doch wohl fallen lassen?«, bohrte die Königin weiter.

»Wir leben im Zeitalter Raynals und Voltaires«, entgegnete Gustav. »Aber die Schweden bestehen darauf, ihren Aquavit schwarz zu brennen und diese Verfehlung vor dem heiligen Georg in der Storkyrka abzubüßen!«

»Nicht alles war verwerflich an den alten Zuständen. Man kann nicht die Vergangenheit von sich streifen. Allein die Anstrengung, etwas Neues aufzubauen. Das kostet so viel Kraft.«

»Kraft, ja. Und«, Gustav fuhr mit weicher Stimme fort, »Sie haben ja auch viel gekämpft, Mutter.«

»Mein Leben lang, ja.« Der Blick der Königin wurde starr. Dann platzte es aus ihr heraus. »Kultur schießt nicht wie ein Pilz aus dem Boden. Erinnern Sie sich: Stenborg und die Olin sind aus meiner Schule hervorgegangen. Ich war es, die Karsten entdeckte. Linné hat siebenhundert Seiten über meine Kuriositätensammlung geschrieben. Und ich war die Erste, die, lange vor gewissen Personen, englische Bücher im Original las.«

»Das streitet ja niemand ab«, sagte Gustav leise. »Nicht umsonst hat Voltaire Sie die schwedische Pallas Athene genannt.«

»Voltaire, ja. Er hat mir lange nicht geschrieben.« Die Königin sank zurück. »Machen Sie sich nicht zu viele Feinde, Gustave. Denken Sie an Johann III. Ich erinnere mich nicht an den genauen Wortlaut, aber sinngemäß hat jemand von ihm gesagt: Kunstsinn und ästhetische Interessen führen gerne zu einer weltfremden, humanistisch toleranten Haltung, die sich nicht mit der rauen nordischen Wirklichkeit verträgt.«

»Was Johann III. nicht davon abgehalten hat, sein Leben in vollen Zügen zu genießen«, erwiderte Gustav. »Und nebenbei seinen Bruder zu vergiften und unzählige Schlösser in die Höhe zu ziehen.«

»Er sollte nicht Ihr Vorbild sein. *Prenez garde, mon fils*. Hüten Sie sich!«

Konnte es sein, dass ihre Stimme brüchig klang? »Hier habe ich oft gesessen«, sagte Gustav. »Ich sollte den Euklid studieren, den Aristoteles oder die Geschichte Schwedens, und saß heimlich hier und verschlang den *Cid*.«

»Ja, Sie waren ein trotziges, ein hitzköpfiges Kind. Demut und Gehorsam waren nicht Ihre Sache. Und doch«, Louisa Ulrika versuchte ein Lächeln, »Sie waren ein liebes Kind.«

Erneut senkte Gustav die Augen. Seine Mutter schlug mit dem Fächer auf den Tisch. »Glauben Sie aber nicht, dass ich jetzt rührselig werde! Oder auf meine alten Tage den Kampf aufgebe. Glauben Sie das nicht!«

»Das«, sagte Gustav, »hätte mich auch erstaunt, Mutter.«

»Da hockt ein Mädchen vor der Tür«, sagte Hahn. »Es hat ganz traurige Augen.«

»Die Agnes, ja«, antwortete Joseph. »Sie hockt dauernd im Treppenhaus und scheuert die Stiegen, bis sie knochenblank sind.«

»Ach. Es hockt jemand vor deiner Tür, und du merkst es nicht einmal!« Hahn beugte sich über Josephs Schreibtisch und griff nach einem Heft. »*Sverige är ett av jordens äldsta konungariken.*« Hahn ließ das Heft fallen. »Das ist Dohlengekeife, Albengewisper, aber keine Sprache!«

»Die Sprache Linnés, die Sprache der Edda und der Barden? Hahn!«

»Und das hier?«, fragte Hahn. »*Azire*, aha. Du vertonst also keine Claudius-Gedichte mehr. Wer hat dir den Text geschrieben? Stridsberg? Natürlich Stridsberg!«

»Eine Oper, meine erste, stell dir vor, Hahn!«, gab Joseph zurück. »Und in der Sprache meines künftigen Heimatlandes geschrieben.«

»Und dafür verleugnest du dein Vaterland!«

»Die Poesie des Wortes mit der Allmacht der Musik vereint, was kann es Erhabeneres geben? Du zum Beispiel, lieber Hahn«, Joseph blickte seinem Freund in die Augen, »du schreibst wunderbare Gedichte. Aber etwas wirklich Großes, etwas, was dich überlebt, hast du nie in Angriff genommen.«

Hahn trat einen Schritt zurück. »Und mit Stridsbergs Libretto glaubst du ein zweiter Hasse zu werden?«

»Wer nicht wagt, der nicht gewinnt. Mit Zögern und mit Zagen fristest du deine irdische Wallfahrt nicht eine Minute länger«, sagte Joseph und schwieg.

»Und wer soll die kostspielige Reise bezahlen?«, fragte Hahn nach einer Weile. »Liegst deinen Eltern ja schon Jahre auf der Tasche.«

Joseph erhob sich ungestüm, der Schreibtisch wackelte. »Warum glaubst du, dass ich es noch einen ganzen Winter hier ausgehalten habe? Um meinen Eltern nicht noch mehr zur Last zu fallen. Um nicht bei all den Begräbnismienen im Odenwald zu sitzen und in den allgemeinen Klagechor einzustimmen!«

Hahn rieb sich fahrig die Nase. »Du bist also fest entschlossen? Was zieht dich in dieses kalte Land?«

»Ich weiß nicht«, antwortete Joseph. »Aber ich brauche nur zum Fenster hinauszuschauen: Die Stare, die Kraniche, alles zieht nach Norden. Der Kompass weist nach Norden, der Wind kommt von dort. Mir ist, als erblicke ich eine weiße, glitzernde Spur. Und die sagt mir: Geh nach Norden!«

»Und wie willst du es deinen Eltern beibringen?«, fragte Hahn weiter.

»Dem Vater sag ich, dass ich Aussicht auf eine Stelle in Stockholm oder Uppsala hab. Der Mutter«, Schalk stach aus Josephs Augen, »der Mutter, dass es zehntausend Katholiken in Schweden gibt. Dann ist sie zufrieden.«

»Du belügst deine arme Mutter?«

»Ich setz alles auf eine Karte.« Joseph hob die Hände. »Versuch nicht, mich von meinem Entschluss abzubringen. Vielleicht finde ich Ruhm in Schweden, vielleicht aber auch das Grab.«

»Oh«, Hahn wurde leise. »Fremde Menschen werden dich begraben, in einer fremden Sprache dein Totenlied singen. Schweden ist so weit weg, Joseph!«

»Ich weiß, ich bin nur einer von vielen armen Teufeln. Ich weiß, dem Menschen sind Grenzen gesetzt. Aber wer sie nicht wenigstens zu überwinden sucht, der ist kein Mann, Hahn!«

»Aber vielleicht ein Rindvieh«, gab dieser zurück, »ein Rindvieh, das glaubt, auf der anderen Seite der Weide ist das Gras fetter.«

»Dann bin ich halt ein Rindvieh. Nun sei doch nicht so«, Joseph näherte sich Hahn. »Von dir erhoffte ich Verständnis. Aber wenn auch du mich zurückweist?«

»Ich dich zurückweisen?« Hahn trat einen Schritt zurück. »Bist nicht du es, der das Band zerrissen hat?«

»Ach Hahn, Hahn!«

»Im Übrigen«, sagte Hahn, »ich gehe auch fort.«

»Wie? Davon hast du mir nie etwas erzählt.«

»Ja, ich verlasse dieses traurige Nest«, erklärte Hahn. »Ich gehe nach Hause, nach Zweibrücken. Dir ist es natürlich nicht aufgefallen. Aber es geht mir gar nicht gut. Ich habe dieses dauernde Ziehen in der Seite, hier, weißt du.« Er verzerrte das Gesicht und zeigte auf die linke Brustseite. »Manchmal krieg ich kaum Luft, und schlucken kann ich auch nicht.«

»Unsinn!« Joseph lachte. »Ziehen in der Brust habe ich

auch. Du musst mal an die frische Luft, auf andere Gedanken kommen.«

»Nein, nein, ich brauche Medizin«, behauptete Hahn. »Und ich muss Wasser trinken. Im Wasser ist ein Mysterium, Kraus, das keinem von uns bewusst ist.«

Joseph trat einen Schritt auf den Freund zu. »Wann reist du?«

»Gleich. Mein Gepäck ist schon auf der Poststation. Du bist der Letzte, dem ich Lebewohl sagen komme.«

»Aber du kannst doch nicht so gehen. Wir müssen Abschied feiern, was Ordentliches essen, uns besaufen …«

»Du brauchst Geselligkeit, Joseph«, unterbrach Hahn. »Du sammelst die Menschen um dich wie eine Bienenkönigin die Drohnen. Aber ich bin nicht wie du. Ich habe die Einsamkeit.«

»Ach, Bruder«, Joseph schlang seine Arme um den Freund. »Um der alten Zeiten willen. Wir sind doch Freunde, Blutsbrüder.«

»Du geh deinen Weg, ich den meinigen.« Hahn begann zu zittern. Joseph drückte ihn umso fester an sich, doch Hahn versuchte sich zu lösen.

Joseph stammelte: »Hahn, Hähnchen. Fritz, mein Bruder!«

»Nein!« Hahn kämpfte sich frei. Tränen stürzten ihm aus den Augen. »Du hast das Band zerrissen, du!«

»Nicht doch, Fritz, nicht doch!«

»Nein!«, wiederholte Hahn, stieß Joseph weg, riss die Tür auf und stolperte hinaus. Joseph, dem ebenfalls Tränen über die Wangen liefen, streckte seinen Arm in die Luft. Doch Hahn war verschwunden. Joseph trat auf den Treppenabsatz. Da hockte Agnes auf den Stufen und blickte zu ihm auf.

IV

Ich glaube nun einmal, daß unter einem fremden Himmel ein Glück mich erwartet, um das ich hier umsonst renne.
Joseph Martin Kraus an seine Eltern, 1777

Das erste Mal im Leben auf hoher See — Joseph verharrte Stunden an Deck, um weder Auf- noch Untergang der Sonne zu verpassen. Selbst steife Brisen konnten ihn nicht vertreiben. Dann endlich war das Land seiner Sehnsucht erreicht.

Die Reise ging durch sattes Weideland und endlose Nadelholzwälder. Kein Baum erhob sich über den anderen. Zwischen Wiesen und Wäldern erstreckten sich Tümpel und Moore, die jedes Abweichen vom Weg zur Gefahr machten.

Die Tümpel weiteten sich zu Seen, und bald war allenthalben Wasser, über das die Schatten der Wolken jagten. Die Stadtteile Stockholms trieben wie Inseln im Mälarsee, beherrscht vom gewaltigen Bau des Königsschlosses. Hier wohnte er, von dem Joseph so viel erhoffte: Gustav, der König.

In Stockholm lebten 70 000 Menschen, davon ein Zehntel in bitterer Armut. Nur auf der Insel im Zentrum protzten Staatsgebäude, Adelspaläste und Bürgerhäuser mit schimmernden Backsteinfassaden. In den Randbezirken, auf Norrmalm und Östermalm, ging es ländlich zu. Dort weideten Kühe und Schafe, und statt Kirchtürmen stachen Windmühlen in den Himmel.

In den letzten Jahren waren viele Ausländer herbeigeströmt, um ihr Einkommen auf den Schiffswerften oder in den neu entstandenen Manufakturen zu suchen. Die meisten lebten bescheiden in der südlichen Vorstadt, Södermalm. Auch Joseph hatte hier Logis gefunden, beim Leinenhändler Schiernell, der über einem Gasthaus in der Götgata wohnte.

In Södermalm lagen einem die Stockholmer Kirchen zu Füßen: die stattlich-behäbige Storkyrka, Riddarholm mit ihrem schwindelerregenden filigranen Spitzturm und die Deutsche Kirche mit ihrem waghalsigen, drachenumwundenen Turmbau. In den ersten Tagen lief Joseph wie ein Schlafwandler durch die Stadt. Das Wasser gab Stockholm etwas Unwirkliches, Märchenhaftes und zugleich Majestätisches. Existierte die urbane Pracht wirklich, oder gab es diese nur im Spiegelbild des Wassers? Und all die feinen Herrschaften, die hier umherspazierten. Waren sie sich der Schönheit dieser Stadt bewusst?

Stridsberg nahm Joseph mit zu seinen Eltern nach Angermanland. Nun, Härnösand war nicht Lappland, aber irgendwie glaubte Joseph, doch Gletscher glitzern und Wildgänse über ewig klaren Himmel ziehen zu sehen. Und beinahe vermeinte er den beizenden Geruch der Lagerfeuer zu schnuppern, an denen die Samen ihre Rentierkeulen brieten.

Zurück in Stockholm zog er dann wieder Abend für Abend in Gamla staden herum. Viele Besucher bevölkerten die Stadt, es war ein Reichstag einberufen. Die Herren trugen Frack in den aktuellen Farben *Puce* oder *Caca d'éléphant* und zuweilen einen Muff, aus dem Moschusschwaden strömten. Die Damen schleppten kastenförmige Reifröcke, die an Galeonen erinnerten. Darüber balancierten sie phantastisch hochgetürmte Frisuren. *Cœur barré,* eine von einer Schärpe umwundene Haarpyramide, die sich in zwei Hälften teilte, schien der letzte Schrei zu sein.

Unweit des Järntorg, wo seit Jahrhunderten mit Eisen und Schrott gehandelt wurde, konnte man in den Kneipen stundenlang bei einem billigen Rotwein oder einer Käserinde sitzen. In diesen Lokalen ging es lustig zu, besonders wenn eine Runde ausdauernder Zecher und Spaßvögel zusammenkam.

Neugierig wandte sich Joseph an seinen Nachbarn: »Wer sind die Herren?«

»Das ist der Bacchusorden. Die kennt doch jeder. Wenn die hier sind, wird ordentlich gefeiert.«

»Und der mit der Zither ist ihr Wortführer?«, fragte Joseph.

»Carl Michael Bellman, ja. Ein Dichter und der reinste Weinschlauch. Aber witzig, und er hat Protektion.«

»Ach ja?«

»Nun, der Herr, wissen Sie denn gar nichts?«, sagte Josephs Nachbar. »Der König hat ihn zum Sekretär seiner Lotterie gemacht. Und jetzt darf er gar die Bauern betreuen, die zum Reichstag in der Stadt sind.«

»Und der Dicke, der neben ihm sitzt, das ist einer dieser Bauern?«, forschte Joseph weiter.

»Elis Schröderheim? Aber nein. Der hat ein ganz hohes Amt am Hof, und auch er ist beim König sehr angesehen.«

»Wie?« Joseph kam aus dem Staunen nicht heraus. »Obwohl seine Perücke verrutscht ist und er fast unter dem Tisch liegt?«

»Zwei unverbesserliche Saufbrüder und immer blank — aber der König protegiert sie.« Josephs Nachbar zuckte mit den Schultern.

Sachen gab's. Mit dieser Erkenntnis zog Joseph nach Södermalm, während der Nachthimmel über der Stadt leuchtete.

Gustav waren die Sterne günstig gewesen. Der Reichstag war fügsam wie ein Kind und bewilligte sämtliche Geldforderungen anstandslos. Auf seinem silbernen Thron, der von der Königin Christine her stammte, sonnte der König sich im Beifall seiner Untertanen.

Auch über seine Familie konnte er nicht klagen. Wenn sein Bruder Carl nicht gerade mit Freimaurern, Rosenkreuzern oder Spiritisten zusammenhockte oder ihm, dem König, Theaterrepliken erteilte, gab er sich sogar dazu her, die Schiffe der Flotte zu inspizieren, deren Admiral er von Kindesbeinen an war.

Hedvig Charlotte, Carls Gattin, war geistreich und spitzzüngig, wie es sich für eine Adeptin der Enzyklopädisten gehörte. Fredrik Adolf, der jüngste Bruder, hatte sich mit irgendeiner Schauspielerin oder Sängerin in Tullgarn, seinem reizenden Lustschloss, häuslich eingerichtet. Auch die Schwester, Sofia Albertina, blieb nicht vom Klatsch verschont, man sagte ihr sogar ein uneheliches Kind nach. Aber deswegen machte sich Gustav keine Sorgen: In ihrem erbprinzlichen Palais am Gustav-Adolf-Torg war Sofia Albertina als Äbtissin von Quedlinburg bestens versorgt.

Im Sommer hatten sie alle an dem Ritterspiel im Park von Drottningholm viel Spaß gehabt. Zur Befreiung der verzweifelt um Hilfe rufenden Königin *Briolanie*, alias Hedvig Charlotte, hatte sich Fredrik Adolf in der Rüstung des *Adamis* samt seinen Getreuen mit Schwertern durch Pappmaché-Burgen gefochten. Sofia Albertina hatte Verzweiflung gemimt, indem sie als Edelfräulein hektisch ihren Schal schwenkte. Als *Espladian* schließlich hatte Gustav derweil den Lindwurm niedergezwungen und sich gefreut, dass durch seine Schläge besonders viel Schweineblut aus dem Bauch des Ungeheuers quoll.

Am 1. November 1778 dann war der ersehnte Erbprinz zur Welt gekommen. Voller Vaterstolz führte Gustav den Stammhalter im Familienkreis vor. »Und die Frau Mama?«, fragte Carl, während seine kurzsichtigen Augen den Knaben abmaßen.

»Sie wird wohl in jedem Moment eintreffen.« Gustav schob seinen Sohn dem nächsten Bruder unter die Nase. »Nun, was halten Sie von Ihrem Neffen, *mon frère*? War es nicht etwas verfrüht, zu behaupten, nur ein Engel oder ein Mönch könne dieses Kind gezeugt haben?«

Fredrik Adolf wand sich um seinen Säbel. »Es wird so viel dummes Zeug geredet. Verzeihen Sie mir.«

»Ist bereits vergessen.« Gustav gab dem Bruder einen Klaps auf die Schulter.

Der Kleine presste seine Augen griesgrämig zusammen, wie dies alle Wickelkinder tun. Die Mutter des Kindes wurde nicht weiter vermisst. Sie hatte ihre Pflicht getan und durfte zu ihren Kirchenchorälen zurückkehren.

»Trotzdem denke ich«, sagte Hedvig Charlotte, während sie den Jungen in ihren Armen wiegte, »werden sich viele fragen, warum Munck es so schnell vom Stall- zum Oberzeremonienmeister gebracht hat.«

»Wieso, Munck ist die Loyalität selbst«, fand Gustav. »Er würde mir nie in den Rücken fallen oder bösartigen Klatsch über mich verbreiten. Was man nicht von jedem sagen kann.« Gustav erhob sich. »Was denkt ihr, ob die Schlosskapelle wohl groß genug für all die Gäste sein wird? Wir werden ein großes Volksfest geben, alle sollen auf den künftigen Gustav IV. anstoßen. Ich frage mich nur, ob wir noch das silberne Taufbecken von Carl XI. haben?«

»Bestimmt«, meinte Hedvig Charlotte. »In Schweden hebt man doch alles auf. Das Hemd, das Gustav Adolfs Blut in Lützen rot färbte, die Kugel, die Carl XII. in Fredriksten zerschmetterte ...«

Die Gesellschaft gluckste noch, da wurde ein Kurier eingelassen. Er überbrachte Gustav ein einfaches, unversiegeltes Kuvert. Den väterlichen Blick noch ganz auf seinen Sprössling gerichtet, entfaltete es der König. Dann erstarrten seine Züge, und sein linkes Augenlid begann zu zucken.

»Was ist?«, ertönte es im Kreis.

Gustav wurde bleich. »Da, lest«, sagte er tonlos.

Hedvig und Carl beugten sich über das Papier — sie mit neugierigem, er mit lauerndem Blick. Carl keuchte: »Das kann nicht sein. Sie nennt ihn ... einen Bastard.«

Gustav riss das Papier wieder an sich und stieß hervor: »Sie hat mir den schönsten Tag meines Lebens verdorben. Das hat sie fertiggebracht.« Dann las er weiter: »Und ich kann nur hoffen, dass der Schleier, der Ihre Augen bedeckt, entzwei gerissen wird, und dass Sie mir endlich gestatten werden, die Härte zu beklagen, die Sie einer Mutter erwiesen haben.«

Er ließ das Blatt sinken und flüsterte: »Ich habe ihr Härte erwiesen, ich ihr.«

In diesem Moment ertönte ein spitzer Schrei. Fredrik Adolf war in Ohnmacht gefallen. Gustav suchte den in die Knie Sackenden aufzufangen, glitt aber aus und sank mit seinem Bruder zu Boden. Sofia Albertinas Schluchzen drang durch den Raum.

Ende Dezember wurden Stockholms Bürger auf den Gustav-Adolf-Platz geladen, um bei Musik, Tanz, Speis und Trank die Geburt des Thronfolgers zu feiern. Da Freibier ausgegeben wurde, kam es zu unkontrollierbarem Gedränge. Beinahe hundert Menschen sollen totgetrampelt worden sein — kein günstiges Omen für den künftigen Gustav IV.

Zäher Nebel verdichtete sich über Stockholm. Das Königsschloss und seine Bewohner verschwanden in trübem Grau. Im Dunst verloren auch die niederländischen Backsteinfassaden ihren Glanz. Die letzten Reichstagsgäste waren nach Hause gereist, umso mehr kam nun in den verwinkelten Gassen das Elend der Bettler zum Vorschein.

Auch Joseph kam sich nun vor wie ein Bettler. War es nicht doch sträflicher Leichtsinn gewesen, zu Hause eine gesicherte Existenz auszuschlagen? War es nicht zu kühn, sich in die Fremde zu wagen, mit nichts als vagen Hoffnungen im Gepäck? Natürlich versuchte er, seine schwedische Oper *Azire* an den Mann zu bringen. Musikkenner sprachen sich belobigend über das Werk aus, aber es blieben doch nur Einzelstimmen.

In einem Augenblick finsterer Niedergeschlagenheit schrieb Joseph nach Hause: »Wenn ich an dem Meere so abends auf und abgehe, mir allein und meiner Schwermut überlassen — dann die Gegend mit meinem Vaterland vergleiche — dann die Bilder wie Gespenster vor mir hinschweben ... Ich weiß, daß Sie mich kennen — aber nicht die Quelle, die einzige meines Kummers ganz, mein eignes Herz. Hab ich doch oft über meinen Leichtsinn gemurrt — er hat mir und Ihnen oft Klage gemacht, aber — wenn ich ihn nicht hätte, das bißchen Erbärmlichkeit, das mich manchmal, wenn die düstere, schwarze Leidenschaft in mir aufwallt, das mich noch aufrecht hält — überzeugt bin ich, daß ich lange schon zerrieben wäre.«

Den Brief trug er zur Post, dann ging es zurück in sein Zimmer, das kein loderndes Kaminfeuer erhellen würde. Es war die Stunde, wo man, sofern man eine hatte, der Dämmerung eine Laterne entgegenhielt. Joseph zog seinen Kragen fester. Unter einem Tor, das die Gasse noch enger machte, saßen abgerissene Gestalten und brieten Kartoffeln über einem Feuer. Joseph ging rasch weiter. Da trat jemand auf ihn zu.

Der Fremde, der einen weiten Mantel trug, suchte sich vorsichtig einen Weg über das klobige Pflaster. Einen Moment fiel der Schein der unter dem Torbogen wippenden Lampe in sein bleiches Gesicht, das ein breitkrempiger Filzhut beschattete. Gustav III., der auf dem Weg zum Atelier des Bildhauers Tobias Sergel war, blickte kurz in das Gesicht jenes Musikers, der ihm zu dienen hoffte. König und Komponist sahen sich einen Augenblick an, dann ging jeder seinen Weg.

Stets hatte Joseph das Gefühl, das Bollhus läge ziemlich ungünstig hinter Schloss und Storkyrka. Zudem hing es ziemlich schief auf dem Slottbakken und schien jeden Augenblick das steile Kopfsteinpflaster hinunterzuschlittern.

Nun, bis das neue Opernhaus auf der anderen Seite des Strömen fertig sein würde, musste man wohl mit dem klapprigen Gebäude vorlieb nehmen. *Orpheus und Eurydike* hatten die Opernfreunde der Stadt seinerzeit recht wohlwollend aufgenommen. Nun wurde ihnen *Iphigenie in Aulis* geboten.

Eigentlich hätte bereits die tänzelnde Ouvertüre das Publikum hinreißen müssen. Mehr aber als den Gluckschen Harmonien schenkten die Damen dem Konfekt und Naschwerk ihre Aufmerksamkeit.

Der weibliche Teil des Publikums in Stockholm war bekannt dafür, dass mit Trillern und Koloraturen überladene stimmliche Akrobatie es in Ekstase brachte. Geradezu versessen war man auch auf parodierende Schwänke in der Art, wie sie Carl Stenborg in seiner Humlegarden-Rotunde präsentierte. Der spärliche Besuch der Gluck-Vorstellungen aber zeigte, dass schlichte Gesten und ruhig vor sich hinfließende Bekenntnisarien hier keinen Anklang fanden.

Erhob sich also ein Wall flatternder Fächer, so war es nicht, um die Rührung über die oboenumrankte Klage der *Klytämnestra* zu verbergen — die Olin zeigte sich damit auf dem Gipfel ihrer Gesangskunst. Nein, zumeist galt es, mit flinkem Wedeln irgendeine Geschlechtsgenossin herabzumachen. Seufzend auch neigten sich die Fächer zur blaugoldenen königlichen Loge hin, wo Fredrik Adolf der Damenwelt das Profil des »schönsten Prinzen Europas« zeigte. Doch ruhte das Augenmerk des Prinzen wiederum allein auf Sophie Hagman, die im *Corps de ballet* ihren rosa Tüll bauschte.

Prinz Carl stützte zumeist sein Kinn in die Hand und ließ kein Auge von Charlotte Slottsberg, die ebenfalls im Ballett mitmischte. Hedvig Elisabeth Charlotte tat, als bekäme sie nichts davon mit. Überhaupt schien nichts, was in diesem Saal geschah, die deutsche Prinzessin zu berühren. Und doch wussten alle, dass dieser unterkühlten Sittenrichterin nichts entging und dass das Geschehen später mit sarkastischen Spitzen in ihren Tagebüchern Niederschlag finden würde.

Und ihre Schwägerin Sofia Albertina? Nun, die Quedlinburger Äbtissin lag in ihrer ausladenden Krinoline über der Balustrade und weidete sich an Carl Stenborgs blonden Ringellocken. *Achills* männlicher Kampf um die bedrohte *Iphigenie* hatte die Pariser und Wiener Damen zu Tränen gerührt, aber obwohl Stenborg, wie immer, dick auftrug, vermochte er die Stockholmerinnen nicht aus der Fassung zu bringen.

Vielleicht sind sie von Natur aus kalt wie ihre Umwelt, sann Joseph. Nachdem das heroische Ringen von *Agamemnon, Klytämnestra, Achill* und *Iphigenie* seinen Höhepunkt erreicht hatte, brach er jedenfalls in frenetisches Klatschen aus. Die nächsten Ränge schlossen sich ihm wohl oder übel an — einer musste halt immer mit der Claque beginnen.

Zum Schluss ließ sich das Publikum gar von der bewegenden Geschichte und den sie elegisch untermalenden Kantilenen aufwühlen. Eine Woge der Ergriffenheit entlud sich. Perücken verrutschten über zuckenden Pupillen und bebenden Mundwinkeln. Zart bestrumpfte Beine stampften unter Reifröcken und wild klirrten die Säbel. Tränen gar überfluteten Sofia Albertinas eckiges und hohlwangiges Gesicht. Das also, sann Joseph in der Stehgalerie, war es, worauf man sich als Opernkomponist in Schweden einzustellen hatte.

Das Antichambrieren hatte nichts gebracht. Joseph schien stets die falschen Klinken zu drücken. Jetzt war er sogar zu dem bereit, was er in seinem anfänglichen Stolz verweigert hatte, nämlich um Protektion und Fürbitte nachzusuchen. Allerdings, weder der Appell an das Wohlwollen des Kurmainzer Hofkanzlers von Benzel noch jener an den finnischen Regierungspräsidenten und Vorsitzenden der Akademie der Musik Baron Leijonhufvud schien etwas zu fruchten. Und so blieb Joseph nichts anderes übrig, als seine schöne Göttinger Taschenuhr, die noch nicht einmal abbezahlt war, ins Pfandhaus zu tragen.

Hatte ihn denn Gott der Herr verlassen? Aber wo auch sollte er zu ihm beten? In der Gertrudis-Kirche, von deren goldstarrender Kanzel Pastor Lüdecke alttestamentarische Zornesblitze schleuderte? In der Grabesgruft von Riddarholm, die so gut zu seiner Seelenverfassung passte? In der Storkyrka?

Nun, von deren silbernem Altar ging ein Leuchten aus, das, wenn nicht den Leib, so doch den Geist wärmte.

Auf der Skepsbronn knirschte der Schnee, als kalbe ein Gletscher. Selbst die Fischer wagten sich nicht hinaus, sondern saßen beim Herdfeuer in ihren Katen. Eiseshauch wallte Joseph vom Strömen entgegen, farblos wie gefrorene Milch. Ein entschlossener Sprung, und all seine Sorgen hätten ein Ende. Er blieb stehen. Schon seit einiger Zeit hatte er das Gefühl, als folge ihm jemand. Er drehte sich um — ein schwarzer Pudel war ihm nachgeschlichen. Jetzt duckte dieser sich in seinem schneegepuderten Pelz, hob seine vom Eis maskierte Schnauze und blickte Joseph mit einer Mischung aus Angst und Hoffnung an.

»Was willst du? Bei mir ist nichts zu holen. Geh, such dir einen anderen Patron! Na los, schwarzer Schlingel, nun geh schon!« Flehentlich schaute der Pudel zu Joseph auf. Dieser fühlte sein Herz dahinschmelzen. »Nun, wenn du es nicht anders willst«, sagte Joseph zu dem Tier. »Hunger leiden kann man wohl auch zu zweit.«

Er stapfte seiner Behausung zu, der Pudel zottelte zwei, drei Schritte hinter ihm her. Zur Begrüßung des Gastes schob Joseph seine letzten Birkenscheite in den Ofen, breitete davor ein Lager Lumpen aus und bot einen Wurstzipfel an. »Wir können ja auch etwas Milch warm machen. Bist kein Kostverächter, was? Hast du einen Namen, du Schlingel? Weißt du was?«, sagte Joseph, »ich nenne dich einfach Schlingel, oder, da du ein Stockholmer bist, Slyngel.«

Der neu gewonnene Freund saß zu seinen Füßen und schleckte Milchsuppe. Unten in der Wirtsstube lärmte man bei Bier, Grog und Branntwein. Joseph arbeitete an einem seiner Streichquartette. Die ließen sich noch am leichtesten verkaufen, selbst wenn ihn neulich ein erhoffter Liebhaber, ein Schiffskapitän, um die Frucht seiner Arbeit gebracht hatte. Dieser hatte auf seinem Schiff die Noten eingesteckt, und als Joseph ein paar Tage später das vereinbarte Honorar abholen wollte, war die Pier leer gewesen.

Nach einiger Zeit bemerkte Joseph, dass sein Kompagnon eingeschlafen war. Er trat an den Ofen, wärmte sich die klammen Finger und spähte durch die vom Eis verkrusteten Fensterscheiben. Draußen sah er nur schneestarrende Mauern, die nicht einmal der Polarstern erhellte. Und wieder fielen dicke, weiße Flocken vom Himmel.

Joseph schrieb an Friedrich Hahn im fernen Zweibrücken: »Ich schwärmte den Norden auf und ab, kehrte gegen die Phänomene die wenigst abgenutzte Seite, verlor gegen die Wenigen, die ich suchte, schlug mir vor'n Kopf, wenn ich sie fand, gewann gegen die Menge, und das machte mich zum Narren. Ich hatte hier nichts zu tun, konnte gehen und tat's nicht, machte Schulden und konnte nicht gehen; die Ursache, warum ich Dir nun schreibe, was ich Dir sagen wollte. Daß ich Dich oft dachte — ganz dachte — ich vergaß über Dich Vater und Mutter, die über mich Flüchtling wimmern.

Dein Kraus.«

Das Schreiben sollte den an Schwermut leidenden Freund nicht mehr erreichen. Hahn war kurz zuvor in seiner Heimat verstorben.

Eines schönen Tages im Vorfrühling erhielt Joseph eine Nachricht von Johan Henrik Kellgren, der ihn um ein Treffen im Kungsträdgarden bat. Kellgren nannte sich »Dozent für Poesie« und war in letzter Zeit durchaus kritisch in den Zeitungen und Journalen im Gespräch. Joseph konnte sich nicht vorstellen, was dieser Kellgren von ihm wollte, aber er fand sich zur vorgeschlagenen Zeit am Treffpunkt ein.

Kellgren, eine lange, hagere Gestalt, saß vor der Orangerie des Gartenlokals an einem Tischchen.

»Er ist mein bester Freund«, sagte Joseph und zeigte auf Slyngel, der zu seinen Füßen Platz genommen hatte.

In Kellgrens wachsfarbenem Gesicht war keine Regung festzustellen. »Was möchten Sie bestellen?«

»Oh, vielleicht etwas Warmes. Eine Schokolade.«

»Eine Schokolade, mit einem Aquavit? In Ordnung.«

Kaum dampfte die Schokolade auf dem Tisch, beugte sich Kellgren über seinen Portwein und sagte: »Sie haben mich angegriffen.«

Joseph war verblüfft und brachte kein Wort heraus. Auch Slyngel saß still. Ungerührt sprach Kellgren weiter: »Sie sind doch der anonyme Kritikaster, der meinen Ausführungen zum hiesigen Musikleben in der *Stockholms Posten* eine geharnischte Replik folgen ließ? Streiten Sie's nicht ab, ich bin einer der Mitbegründer der *Posten*!«

»Nun, ich ...«, begann Joseph.

»Sie nannten mich einen ›eingebildeten, redseligen Dilettanten‹. Ich hatte mir die Bemerkung erlaubt, unsere Musiker modulieren und variieren zu viel und ertränken alle ihre Einfälle unter Kaskaden von Noten. Man dürfe nicht alles über einen Kamm scheren, kontestierten Sie. Nun, Sie sind ein professioneller Musiker und werden wissen, was Sie schreiben. Ich dagegen, ich bin in Sachen Musik wirklich nur ein Amateur oder, wie Sie sich auszudrücken pflegten, ein ›*ignorant*‹.«

»›*Hardi ignorant*‹, schrieb ich«, bemerkte Joseph.

»Nun, ob ›kühner Ignorant‹ oder nicht, ich poche nicht auf meine Kompetenz. Ich hatte mir ja auch herausgenommen, Bellman einen Bänkelsänger und Possenreißer zu nennen. Aber aus dem Urteil seiner Gönner zu schließen, ist er ja anscheinend der neue schwedische Anakreon!«

»Wir alle können uns irren«, sagte Joseph und nippte an seiner Schokolade. Warm war es nicht gerade hier draußen, aber seinen Gesprächspartner, der ein Finne war, schien dies wenig zu stören.

»Sie irren doch nicht, Herr Kraus«, fuhr Kellgren fort, »Sie haben doch bereits vor fünf Jahren Europas Musikleben mit unbestechlichem Kennerblick unter die Lupe genommen. Wie alt waren Sie da? Neunzehn Jahre, zwanzig? Und hier belehren Sie Uttini, wie man Pergolesi aufführen soll. Aber ich bin nicht gekommen, um Ihnen den Kopf zu waschen.«

Joseph schlürfte seine Schokolade, während Slyngel ihn aufmerksam bewachte.

Aus den Tiefen seines Mantels, der in den Gelbtönen seiner eigenen Gesichtsfarbe glich, zog Kellgren nun ein Manuskript. »Schauen Sie sich das an.«

»Was ist das?«, fragte Joseph.

»Ein Libretto nach einer Idee Seiner Majestät des Königs. *Proserpina*.«

Joseph griff nach dem Papierbündel und durchblätterte die mit schrägen, akkuraten Buchstaben überzogenen Seiten. »Ein mythologisches Sujet?«

»Die Entführung der *Proserpina* durch den Herrn der Unterwelt, jawohl. Es ist bereits mein zweiter Entwurf. Ich bin in vielem, so auch im Verfassen von Libretti, ein Neuling. Und ich hoffe, dass der König diesmal zufrieden sein wird.«

»Ja und? Warum zeigen Sie mir das?« Joseph rückte seinen Stuhl zurecht.

»Weil ich will, dass Sie die Musik dazu schreiben.« Kellgren griff nach seinem Portwein.

»Ich?«

»Ja, Sie«, antwortete Kellgren. »Nun schauen Sie nicht so erstaunt. Ich habe die Partitur Ihres *Azire* gesehen. Das ist ordentliche, gepflegte Handwerkskunst. Nur der Poet, Ihr Freund Stridsberg, wusste sich nicht richtig anzulegen. Er ist mit vielen hier zerstritten.«

»Und darum wurde *Azire* abgelehnt?«

Kellgrens blaue Augen blitzten. »Es war den meisten zu düster. Dieses Thema! Wissen Sie, wir sind noch nicht so weit, dass wir Recken im Bärenfell über die Bühne spazieren lassen können.«

»*Birger Jarl* ist doch sehr erfolgreich gewesen«, entgegnete Joseph.

»*Birger Jarl* ist eine historische Gestalt«, erklärte Kellgren. »Er lief auch nicht im Bärenfell herum. Jetzt bringen Sie wieder alles durcheinander! Lieber Himmel, wenn Sie sich durchsetzen wollen, müssen Sie schon etwas raffinierter vorgehen!«

Du hast gut reden, dachte Joseph und musterte das dünne, leicht angegraute Kopfhaar seines Gegenübers.

»Also, *Skal*, Herr Musikus«, sagte Kellgren. »Sehen Sie, ich bin durchaus nicht Ihr Feind. Gut, wir haben uns mit unseren Federkielen duelliert, aber das hat wahrscheinlich die Verhältnisse geklärt.«

»Will ich hoffen«, gab Joseph zurück.

»Sie aber mit Ihren knapp fünfundzwanzig Jahren und Ihrer Unschuldsmiene spazieren hier durch Stockholm und lassen alle im Glauben, Sie seien ein Kandidat der Rechte, der einen G- nicht von einem F-Schlüssel unterscheiden kann.«

Joseph duckte sich und der Pudel kniff die Ohren zusammen.

»Und zu allem Überfluss machen Sie sich Barnekow zum Feind. Sich mit dem Direktor der Oper anzulegen, das muss man fertigbringen!«

Joseph setzte sich gerade. »Er hatte Noelli einen begnadeten Künstler genannt. Dabei ist der nichts weiter als ein Zirkusgaukler, der seinem lächerlichen Zupfinstrument larmoyante Plattitüden entlockt.«

»Barnekow hat die Clique hinter sich, die sich an diesen larmoyanten Plattitüden berauscht. Zibet, der zweite Direktor, weiß hingegen, was Sie wert sind, Kraus«, entgegnete Kellgren.

»So? Das ist mir neu. Bei all den Türklinken, die ich gedrückt habe.«

»Ja, warum glauben Sie, dass die Akademie der Musik Ihre Kandidatur so prompt in Erwägung gezogen hat?« Kellgren blickte Joseph ins Gesicht. »Nun schauen Sie nicht wie ein Schaf. Wo doch selbst der König auf Sie aufmerksam geworden ist.«

»Der König?«, stammelte Joseph.

Kellgren nickte. »Glauben Sie mir, der König erwartet große Dinge von Ihnen. Unsere Genien sind in die Jahre gekommen und fuhrwerken im Schatten Händels herum. Und was die Jungen betrifft: Ja, Stenborg bringt bloß Possen zustande. Frigel ist ein Dilettant und Wikmanson, der spielt zwar vortrefflich Orgel, aber er hat noch nichts vorzuweisen.«

Joseph starrte auf das Manuskript. »Ein mythologisches Thema?«

»Ich denke, Sie waren bei den Jesuiten? Es muss nicht immer ein nordisches Sujet sein. Aber es soll die Melodie unserer Sprache zum Klingen bringen.«

Joseph seufzte. Dann beugte er sich zu Slyngel hinunter und fuhr ihm durchs Fell.

»Schneid haben Sie ja«, sagte Kellgren. »Jetzt müssen Sie zeigen, ob Sie auch Talent haben. Nun? Nehmen Sie an?«

Joseph hob den Kopf und blickte Kellgren in die kühlen blauen Augen. »Natürlich nehme ich an, Herr Kellgren.«

»Eile ist nicht angebracht«, sagte Kellgren. »Der König weilt zur Zeit in Spa und pflegt seine Marotten.« Kellgren zuckte die Achseln und erwiderte Josephs skeptischen Blick: »Dann kann man nur auf eine gute Zusammenarbeit anstoßen. Hören Sie, wenn Ihnen kalt ist, können wir auch hineingehen. Haben Sie überhaupt schon was gegessen, Sie und Ihr Hund? Nein? Nun, dann erlauben Sie mir, Sie einzuladen.«

Zur Uraufführung war die gesamte königliche Familie gekommen — bis auf Louisa Ulrika. Dabei trug der Palast von Ulriksdal, unweit des Brunnsviken gelegen, ganz die Handschrift der Königinmutter. Wie um die *Rocaille*-Pracht von Sanssouci widerzuspiegeln, hatte Hofarchitekt Adelcrantz den *Confi-*

dencen genannten Theatersaal, der einst ein Pferdestall gewesen war, mit einer strahlenden Fülle von Voluten, Kartuschen, Rosetten, Akanthus-Motiven und *Trompe-l'œil*-Malereien überschüttet. Unter den vier venezianischen Lüstern nahm die Königsfamilie auf Samtsesseln Platz, das übrige Publikum musste sich mit Bänken begnügen.

Kellgrens Libretto war denkbar undramatisch, aber auch der Komponist hatte keine spektakulären Effekte gesucht. Selbst *Plutos* Werben um *Proserpina* blieb manierlich, und ehe er die Angebetete in sein dunkles Reich riss, besang er in einer Arie die Pfeile der Liebe, die sogar den Herrscher des Tartarus bezwungen hatten. Ausgiebig ergingen sich *Proserpinas* Gefährtinnen in elegischen Klagen, und nicht einmal die Göttin *Ceres* verfiel, wie bei Lully, in Zerstörungsraserei, als sie vom Raub der Tochter erfuhr, sondern überließ sich ganz melodischem Weh. Der Rest waren idyllische Harmonien, die nicht zufällig an Glucks *Orpheus und Eurydike* oder *Iphigenie in Aulis* erinnerten.

Ob es ihm geglückt war, in seiner ersten wirklichen Oper die Innigkeit seiner frühen religiösen Kompositionen wiederzufinden? Diese bange Frage stellte sich Joseph, als er den Dirigentenstab zum ersten Takt erhob. Dem spontanen Beifall nach, der den letzten Tönen des Werkes folgte, war das Wagnis gelungen.

Der König konnte es gar nicht abwarten, dem Tondichter zu gratulieren. »Mein lieber Kraus, da haben Sie uns ein wahrhaftiges Meisterwerk geschenkt! Wenn ich nur an das Entree der *Proserpina* denke: ›*Ach hvad behag et*‹, äh …«

»… ›*hjerta njuter som kärlek ej i bojor sluter*‹«, ergänzte Joseph.

»Und wie bewegend die Nymphen um die entschwundene Gefährtin klagen«, schwärmte Gustav. »Es hat mich bis auf den Grund des Herzens ergriffen.«

Joseph blickte um sich. Träumte er das alles? War er am Ziel seiner Wünsche angelangt? Wie auch immer, der König zog ihn in einen Vorraum, wo Champagner gereicht wurde. Die Bläschen perlten im Kelch, von draußen hörte man die Stimmen der sich angeregt unterhaltenden Gäste und von den Pilastern blickten mit ernster Miene vergoldete Löwen herab.

»Nun trinken Sie schon«, sagte Gustav. »Sie sind Deutscher, nicht wahr? Wo kommen Sie her?«

»Ich bin in Miltenberg geboren«, antwortete Joseph. »Das liegt am Main und gehört zum Kurfürstentum Mainz. Die Gegend, Majestät, wird auch Madonnenländchen geheißen.«

»Nun«, sagte Gustav, »dann dürfen wir von Ihnen wohl keine lutheranischen Choräle erwarten.«

Joseph lächelte. »Oh, man kann Gott auf viele Manieren preisen. Schließlich, es betet keiner den Teufel an, oder?«

»Sie gefallen mir«, sagte Gustav und hob sein Glas. »Und ich bin bereit, Sie auf Anhieb in meine Dienste zu nehmen, wenn ich nicht fürchten müsste, dem Mainzer Kurfürsten einen exzellenten *Compositeur* wegzunehmen.«

Rasch entgegnete Joseph: »Hätte der Kurfürst Wert darauf gelegt, mich zurückzuhalten, dann wäre ich nicht hier, um einem Herrscher zu dienen, der wie kein Zweiter die Musen fördert.«

»Ihr *chef d'œuvre* wird selbstverständlich in der Hauptstadt vorgestellt.« Gustav blickte auf die vergoldeten Pilaster. »Vielleicht nach einigen geringfügigen Textänderungen. Kellgren hat ja seinen eigenen Kopf. Aber«, dann wandte er sich wieder Joseph zu, »lieber Freund, wenn das neue Opernhaus fertig ist, muss ein Kraus dabei sein. Sie sind jung, *cher ami,* und das höfische Leben mit seinen berauschenden Freuden und Kabalen eröffnet sich Ihnen erst. Hätten Sie Lust, in meinem Auftrag eine kleine Reise zu tun? Nicht um etwas hinzuzulernen, das brauchen Sie nicht, sondern um sich an den kulturellen Schauplätzen umzusehen und herauszufinden, was sich in den großen Städten Europas tut?«

»Oh, Majestät!« Joseph trat einen Schritt zurück.

»Lassen Sie sich von Zibet den Vertrag geben. Ich habe noch viele Pläne, lieber Kraus. Da wird Ihnen Hören und Sehen vergehen!«

In der Tat schwanden Joseph beinahe die Sinne, so begeistert sprach der König von patriotischen Bühnenwerken zu *Gustav Wasa, Gustav Adolf* oder *Königin Christine.* Sein Schwärmen für Schwedens leuchtende Herrschergestalten vermischte sich mit Ausführungen zu Toleranzedikten und der Äußerung des unbedingten Willens, endlich den Erzfeind Dänemark zu bezwingen. Joseph nickte verwirrt. Irgendwann ließ der König von ihm ab, da man ihn zum Souper ins Schlossinnere bat. Für die Künstler war im oberen Stockwerk des Theaters gedeckt. Und dorthin taumelte Joseph jetzt, um an der Seite von seinesgleichen unter goldgerahmten Spiegeln zu dinieren.

Nun durfte er sich *Maître de musique de la chapelle de Sa Majesté le Roi de Suède* nennen. Dies schrieb er im Triumph den Eltern, die noch immer flehten, er möge zurückkehren und seine Tage als Kanzleischreiber in heimatlichen Landen beschließen. Daran war endgültig nicht mehr zu denken. Er, Joseph Kraus, hatte einen Vertrag mit einer Besoldung von 300 Dukaten oder 500 schwedischen Reichstalern in der Tasche. Gottlieb Naumann hatte zwar das Fünffache erhalten, jedoch blieb Joseph zudem die Aussicht auf Einkünfte aus allen Werken, die er auf die Bühne bringen würde. Hinzu kam, was ihn wirklich begeisterte, die Zusage, auf Kosten des Königs eine lange Auslandsreise zu unternehmen.

Fortan schlich er nicht mehr klein, verzagt und unbekannt durch Gamla staden. Personen, die ihn zuvor ignoriert oder geschnitten hatten, zogen plötzlich vor ihm den Hut. Mit Mühe Neugier und Neid verbergend, komplimentierten ihn die Herren von der *Kungliga Musikaliska Akademien.* Was aber war all dies wert? Ein Mitglied der Akademie in vorgerücktem Alter fragte ihn tatsächlich, ob er den großen Buxtehude noch gehört habe.

Neben seinen Pflichten bei Hofe hatte er Gelegenheit, im Konzertsaal des Riddarhus Kantaten aufzuführen und in der Gertrudis-Kirche Grauns Oratorium *Der Tod Jesu* zu leiten. Er tat dies nach seiner Gewohnheit mit dem Taktstock, was für mehr Furore als seine Dirigierkunst sorgte. Manchmal, wenn der tyrannische Pastor gerade nicht da war, durfte Joseph auf der schönen Orgel spielen, die der Hamburger Mäzen Fuhrmann der deutschen Kirche gestiftet hatte und deren Titularorganist der junge Johann Christian Haeffner war.

Weniger gut lief das *Proserpina*-Projekt. Der König war wohl mit weiteren seiner zahlreichen Pläne beschäftigt. »Den kriegt man nie zu fassen«, kommentierte Kellgren. Oder der mythologische Einakter kam ihm plötzlich zu dürftig vor, um mit ihm das neue Opernhaus einzuweihen. Jedenfalls ließ er Kellgren und Kraus einen neuen Entwurf zukommen, den er, so schien es, zur Eröffnung für prachtvoll genug hielt: *Aeneas in Karthago*.

Joseph stellte keine Fragen, sondern machte sich sogleich an die Arbeit. Im Musikzimmer seiner neuen Wohnung brütete er jetzt über den Liebesnöten des trojanischen Helden und der punischen Königin.

Während dieser vom Wunsch nach Erfolg beseelten Tage erhielt er die Nachricht, dass seine Schwester Katharina in ihrem Mainzer Kloster gestorben war. Es tat ihm nun sehr leid, dass er in seinem Zorn auf alles Kirchliche von ihr immer nur als »der Nonne« gesprochen und auch sonst wenig Verständnis für ihr verschlossenes Wesen gezeigt hatte. »Sie war schon zu Lebzeiten im Himmel, jetzt ist sie endgültig dorthin gegangen«, schrieb die Mutter, und Joseph konnte ihr nur beipflichten.

Waren die Kabalen, die der König angedeutet hatte, schon im Gange? Das *Aeneas*-Projekt kam ins Stocken und Joseph dachte ängstlich an die bereits fallengelassene *Proserpina*. Ouvertüre, Prolog und zwei Akte des *Aeneas* hatte er bereits geschrieben. Die ersten Proben waren angesetzt und die Bühnenbilder in Auftrag gegeben. Die Maschinerie wurde geölt, um all die Aufmärsche, Schlachten und Naturkatastrophen in Szene zu setzen, die Kellgren in sein Libretto eingebaut hatte. Den königlichen Auftraggeber aber beanspruchte im Moment das Sprechtheater mehr als das Melodrama, bei dem, so mutmaßte nicht nur Joseph, die Musik zweitrangig für ihn war. Aus Paris hatte Gustav sich eine französische Truppe unter Anführung des renommierten Mimen Jacques Marie Boutet, genannt Monvel, kommen lassen. Dessen Vortragskunst fesselte den König so sehr, dass er vom Anfang bis zum Ende der Vorstellung wie ein Schlosshund weinte. Man munkelte sogar, der König lasse Monvel polizeilich überwachen, damit er ihm nicht wieder davonlaufe.

Im Sommer 1782 kam Gustavs zweiter Sohn zur Welt — ob mit oder ohne Zutun des loyalen Munck, darüber redete man sich erneut die Zungen schartig. Der Knabe allerdings verstarb nach einem halben Jahr. Nach dessen Tod richtete der König kaum noch ein Wort an seine Gemahlin und enthielt sich auch jeglicher weiterer Beziehungen zum anderen Geschlecht.

Louisa Ulrika, seine Mutter, war kurz vor der Geburt des zweiten Prinzen in Groll und Verbitterung gestorben. Badin, ihr Mohr und Vertrauter, hatte kurz vor ihrem Ableben vertrauliche Papiere der Königin vernichtet, unter denen sich anscheinend auch persönliche Notizen über Gustav III. befanden. Gustav verzieh Badin, den er von Kindesbeinen an kannte, nicht aber seiner Mutter. Louisa Ulrika wurde im prunkvollen Bestattungsornat der schwedischen Königinnen in die Gottorper Gruft von Riddarholm überführt.

Nach dem Abgang der Elisabeth Olin sollte die Dänin Carolina Friderica Müller-Halle, der neue Stern am Stockholmer Opernhimmel, die Rolle der *Dido* im *Aeneas* singen. Müller-Halle hatte im Februar 1781 ihr Debüt als *Alceste* gegeben. Die Stockholmer waren hingerissen gewesen, und der König hatte der Sängerin eine goldene Uhr zum Geschenk gemacht.

Und dann hieß es, Müller-Halle habe mit ihrem Mann Hals über Kopf Schweden verlassen und sei nach England gereist. Als offizieller Grund wurden Schulden genannt. Hinter vorgehaltener Hand aber hieß es, dass die Sängerin es sich mit einigen jungen Aristokraten verdorben hatte, die im Theaterleben mitmischten.

Die Machenschaften jener Clique waren zwar nicht gern gesehen, indes genossen die jungen Adeligen aber nun einmal die Protektion des Königs. Dieser sandte seine Häscher aus und setzte seine diplomatischen Hebel in Bewegung, um die Geflüchtete zur Rückkehr zu bewegen. Umsonst, die Sängerin blieb in London und der König sagte den *Aeneas* ab — so überstürzt, wie er ihn angeordnet hatte.

Soweit er unterrichtet war, klärte Kellgren Joseph über die Hintergründe auf: »Er ist flatterhaft, unser Monarch. Nehmen Sie es nicht zu schwer, Kraus. Ich habe dazu noch erfahren, dass der König für die Einweihung doch einen etwas bekannteren Komponisten will. Und, jetzt fallen Sie mir aber nicht vom Stuhl, er hat bereits eine Oper bei Naumann bestellt. *Cora und Alonzo*, eine Liebesgeschichte zwischen einem spanischen Hidalgo und einem Inkamädchen.«

»Was nach dem Aufstand in Neuspanien wohl aktuell sein dürfte«, sagte Joseph, der sich um Fassung bemühte.

»Sie sind ein guter Verlierer«, bemerkte Kellgren.

»Ach wissen Sie, man hat ja so einiges hinter sich.« Joseph blickte aus dem Fenster.

»Der König jedenfalls«, fuhr Kellgren fort, »hat mir hoch und heilig versichert, dass der *Aeneas* auf die Bühne kommt.

Sie haben Ihren Vertrag, und Ihre Reise machen Sie auf jeden Fall. Vielleicht schon in diesem Jahr!«

»Und bis dahin täte ich wohl besser, eine Indianergeschichte zu schreiben.«

Am 30. September 1782 eröffnete die Oper am Gustav-Adolf-Platz mit *Cora und Alonzo*. Wie ein römischer Imperator zog der König in seine Loge ein. Von Beifall umbraust ließ er den Opernerbauer Adelcrantz zu sich kommen und setzte dem auf die Knie Fallenden einen mit Diamanten bestückten Lorbeerkranz auf — eine Ehrung, die in Schweden noch niemandem zuteil geworden war.

Eine Woche später nahm Joseph von Regierungsrat Zibet 464 Reichstaler als Reisekasse entgegen und begab sich mit seinem Diener Stalberg und dem Pudel Slyngel auf Auslandstour.

V

's ist halt 'ne wunderliche Sache mit den meisten Künstlern: Je näher man sie beleuchtet, je mehr verlieren sie von ihren Kopfscheinen, die ihnen die Herren Liebhaber, Rezensenten etc. etc. wie den Heiligen ummalen.
Joseph Martin Kraus an seine Eltern, 1783

In Stralsund brachte ihn ein wohlgeformter weiblicher Fuß zum Träumen. Mehr aber fesselte Joseph an der Ostsee das mechanische Wunderwerk der Orgel, die der Instrumentenbauer Schmidt ihm in der Rostocker Marienkirche vorführte.

In Berlin gelang es Joseph, dem Musikverleger Hummel sechs seiner dem König gewidmeten Streichquartette zu verkaufen: die ersten seiner Kompositionen, die gedruckt werden würden!

Verschneite Forste und Hohlwegschluchten führten ihn ins Herz des Taunus. Heiligabend kam er in Königstein, dem neuen Dienstort des Vaters, an und konnte seine Lieben umarmen. Die Mutter war rührig und schwatzhaft wie immer; dem Vater schien die raue Luft des Waldgebirges gut zu bekommen.

Und wie groß die Geschwister geworden waren, wie elegant Marianne in ihrem Feiertagskleid einhertänzelte! Sie war eine richtige junge Dame, und der große Bruder versäumte es nicht, sie dazu zu komplimentieren. Bärbel nahm ihm das nicht übel und nickte beseligt vor sich hin.

Zur Freude der ganzen Familie stolzierte Joseph in seinem schwedischen Kapellmeisterornat durch die Königsteiner Amtskellerei. »Das ist die burgundische Hoftracht. Soll an die Zeiten Gustav Adolfs erinnern. Der König hat sich das ausgedacht, so wie er sich alles ausdenkt.«

Die Mutter befühlte den schwarzen Samt und strich über die purpur leuchtende Seide des Umhangs. »Und gar ein richtiger Säbel. Gott, ist der Herr Sohn vornehm geworden!«

Alois und Theres tanzten, begleitet von Slyngel, noch eine Weile um ihn herum, dann zogen sie ihn in die gute Stube. Dort packte Joseph die mitgebrachten Geschenke aus: Pelze für die Mutter und die älteren Schwestern, Punsch für den Vater, holzgeschnitztes Spielzeug für die kleinen Geschwister. Plötzlich hielt er inne, blickte sich um und schaute zur Mutter. Die nahm ihn an der Hand und führte ihn in eine Kammer im oberen Stockwerk.

Dort saß eine hagere, bleiche Gestalt auf dem Bett und spielte Maultrommel. Dünne, lange Haarsträhnen fielen ihr über die Augen.

»Mein Gott, Franz!«, schrie Joseph. Er fiel neben dem Bett in die Knie und umklammerte die mageren Arme seines Bruders. »Erkennst du mich? Ich bin es, Joseph!«

Franz starrte Joseph mit offenem Mund an. Dann begannen seine rötlichen Augen zu flackern und heisere Laute brachen aus seiner Kehle. Mit einiger Mühe konnte Joseph seinen Namen heraushören. Er drückte Franz an sich. »Ja, ich bin wieder da. Und es wird alles gut, Franz, es wird alles gut.«

Franz blickte lächelnd auf seine Maultrommel, die er in seinen Händen wiegte. Er merkte nicht, wie Josephs Tränen ihm in das schüttere Haar tropften.

»Es war ein Studentenulk«, sagte die Mutter. »So wie sie das halt mit den Neulingen machen.«

Der Vater fügte hinzu: »Nachts, als er sich im Schlafsaal hingelegt hatte, haben sie einen schwarzen Ziegenbock an sein Bett gebracht. Da muss er sich furchtbar erschreckt haben. Seitdem ist er so. Meistens ist er ruhig und spielt auf der Maultrommel. Nur manchmal, bei Vollmond, tobt er die ganze Nacht. Dann müssen wir ihn ans Bett binden.«

»Großer Gott!« Joseph stützte sich auf den Esstisch. »Wenn ich nur eine Ahnung gehabt hätte.«

»Was hättest du tun können?«, fragte die Mutter. »Wir sorgen für ihn. Unter die Leute kann man ihn ja nicht mehr lassen.«

»Aber er wird ruhig, wenn er Musik hört«, sagte Marianne.

»Und er sitzt gerne in der Sonne und hört den Vögeln zu«, ergänzte Alois. »Und manchmal nehm ich ihn zum Fischen mit. Er mag das Wasser, man muss nur aufpassen, dass er nicht hineinspringt.«

»Im Januar ziehen wir nach Amorbach«, fuhr der Vater fort. »Franz kann auch da in der Sonne sitzen und den Vögeln zuhören. Und bis dahin kannst du ihm auf der Geige vorspielen.«

Es herrschte in diesen Tagen Aufbruchstimmung in der Amtskellerei. Kisten wurden gepackt, Kehrbesen und Malerpinsel wüteten durch die Räume. Der Vater probierte einen neu geschneiderten schwarzen Rock an. Er sah darin aus wie ein Geistlicher. Und wenn er feierlich die Arme ausbreitete, meinte man gar, er gäbe den neuen Amtspflichten in Amorbach, das im Odenwald nur wenige Stunden vom alten Dienstort Buchen entfernt lag, seinen Segen.

Oberamtsassessor mit gleich bleibenden Einkünften — das war eine Satisfaktion nach all den Jahren der Demütigung und des gottergebenen Ausharrens! Vater und Sohn sprachen ihr Dankgebet vor dem Altar der Königsteiner Pfarrkirche und trugen anschließend ihren langjährigen Groll auf die Mainzer Regierung in einer nahen Schänke zu Grabe.

Joseph floh vor dem Durcheinander in der Königsteiner Kellerei zu einem kleinen Ausflug in die nähere Umgebung an Rhein und Main. Marianne nahm er mit: Sie sollte endlich einmal eine richtige Oper hören.

In Frankfurt spielte man nichts Geringeres als Glucks *Orpheus*. Die *Eurydike* sang die Gattin des Direktors. »Dick wie eine Pfarrersköchin«, raunte Joseph seiner Schwester ins Ohr. Den Bühnenvorhang der Frankfurter Oper hatte Christian Georg Schütz gemalt. Der war so etwas wie ein Verwandter, da er in zweiter Ehe eine Cousine von Frau Kraus geheiratet hatte. Die zahlreiche Nachkommenschaft von Schütz malte entweder oder machte Musik, bisweilen übte sie auch beide Künste aus. Die beinahe gleichaltrige Philippine zeigte Marianne ihre Kopien niederländischer Meister, die sie in Öl gefertigt hatte. Marianne nickte und kam sich ganz klein vor. Gerne ließ sie sich von Vetter Johann Georg necken, der nicht nur ein fescher Bursche war, sondern auch stolz herumerzählte, dass er im nächsten Jahr zum Maler Tischbein nach Rom ziehen wollte.

In Mainz legten Joseph und Marianne Blumen auf dem Grab von Katharina nieder. Ihre dunklen Gedanken vertrieben sie mit dem Besuch der Mainzer Bühnen. Salieris *Rauchfangkehrer* und Shakespeares *Macbeth* ließen Mariannes schwarze Augen glänzen. Joseph traf seine alten Lehrer Holzbauer, Keck und Klein wieder. Eher skeptisch begrüßte ihn Georg Vogler, der gerade auf dem Weg von Italien nach Paris am Rhein Station machte. Der Maestro durfte sich nun sogar Abbé nennen, da er in Rom die Priesterweihe empfangen hatte.

Zerfahren fragte ihn Vogler: »Nun, Kraus, wie sitzt man so im schwedischen Speck?«

Und, da Joseph nur die Achseln zuckte, fuhr Vogler im gleichen Ton fort: »Hast du Mozarts *Entführung* gehört? Dass dieser kleine Springinsfeld so einen Schmarren zusammenflicken konnte!« Vogler schnitt eine Grimasse, die ihn noch hässlicher machte. »Sowieso, Deutschland hat abgewirtschaftet. Außer Rinnsteinoperetten, nimm nur Umlauff, Ditters und Hiller, ist da nichts Welterschütterndes zu erwarten. Ich denke, ich komm zu dir nach Schweden.« Er lachte. »Aber vielleicht mach ich zuvor noch einen Abstecher nach Grönland. Die Tonsprache der Eskimos ist doch was anderes als das Leierkastengedudel, das man hier an allen Ecken zu hören bekommt.«

»Ein seltsamer Kauz«, sagte Marianne, als sie mit Joseph in der Postkutsche zu den Eltern nach Amorbach saß.

»Ein Kauz, wie viele Musiker«, entgegnete Joseph. »Nun, *demoiselle* Kraus, hat das genügt, um dich abzuschrecken? Oder gehst du jetzt zu Onkel Schütz in die Lehre? Dann musst du dich beeilen. Cousin Georg ist bereits in Gedanken in Rom.«

Marianne spitzte den Mund. »Ich will ernsthaft malen. Von jungen Männern war keine Rede.«

»Oh, einmal wollen doch alle unter die Haube!«

»Das musst ausgerechnet du mir sagen — du Hagestolz!«

In dieser ausgelassenen Stimmung kamen sie in Amorbach an. In dem Städtchen hatte Vater Kraus seine erste Zeit als Stadtschreiber gedient und Joseph selbst einige seiner Kinderjahre verbracht. Die Amtskellerei, die sich wenige Schritte hinter dem Rathaus verschachtelt um einen Innenhof gruppierte, war nicht so stattlich wie in Buchen, bot aber der Großfamilie und den Amtsgeschäften des neuen Assessors genügend Raum.

Amorbach konnte bezaubern. Wenn der Schnee wie Puderzucker von den Kirchtürmen stäubte und die Amorbacher darunter in ihrem kandisfarbenen Sonntagsstaat promenierten, sah die Stadt aus, als hätte ein Fünfjähriger sie aus seinem Baukasten errichtet.

Beherrscht wurde das Gewirr der Gassen und Fachwerkhäuschen von der in rotem Buntsandstein errichteten, großmächtigen Benediktinerabtei. Vor Kurzem war in die Abteikirche sogar eine Orgel der Brüder Stumm eingezogen. Von Stuckengeln behütet, eine vergoldete Uhr zwischen den Pfeifen, thronte sie auf der Empore. Der Abt, Roman Hofstätter, gestattete Joseph bereitwillig, auf dem Wunderding zu spielen. Nun ließ dieser gewaltige Akkorde durch die von Stuck und Marmor blitzende Basilika fluten, dass die um den Altar flatternden Putten staunten und die biblischen Propheten an der Prunkkanzel sich ekstatisch wanden.

Obwohl mit Schwerhörigkeit geschlagen, liebte der Abt

Musik über alles. Er ließ sich von Joseph Auszüge aus *Proserpina* und *Aeneas* vorspielen und staunte nicht schlecht, als dieser ihm eine Komposition, die er für seinen Chor erbeten hatte, innerhalb von zwei Tagen lieferte. Joseph hatte das bewegende *Stella coeli* in makelloser Schönschrift, ohne eine einzige Note zu ändern, zu Papier gebracht.

Kurz nach Neujahr war Ludwig Schmidt, Josephs Vetter aus Miltenberg, eingetroffen. Er versah eine Stelle als Verwalter auf Schloss Wolkersdorf bei Wien, und dorthin wollte er Joseph begleiten. Von den Habsburgern wusste Ludwig eine Menge zu erzählen, obwohl er auf seinem ländlichen Schloss wenig davon mitbekam und ihm Miltenberg im Grunde lieber war.

Dann kam der Abschied, Eltern und Kinder winkten am Stadttor, Franz saß in der Sonne und bewunderte lächelnd seine Maultrommel. Der Main in Miltenberg glänzte unter dem scheckig durchwachsenen Februarhimmel. In Würzburg nahm Joseph weiteres schwedisches Reisegeld in Empfang und setzte dann seine Reise in den Süden an die Donau nach Regensburg fort.

In der Stadt des immerwährenden Reichstags wurden sie fürstlich aufgenommen. Magnus Olof von Björnstjerna, der schwedische Ministerresident in Regensburg, versicherte, dass sein Haus dem schwedischen Kapellmeister Kraus, dessen Diener und Hund vorbehaltlos zur Verfügung stünde. Ludwig Schmidt logierte bei Bekannten.

Björnstjerna, jovial und weltläufig, führte Joseph bei Fürst Carl Anselm von Thurn und Taxis ein. Dieser bewohnte am Rand der Stadt ein verwunschenes Schloss, halb Kloster, halb mittelalterliche Burg, mit einem uralten Kreuzgang in der Mitte. Abend für Abend verkehrten Honoratioren der Reichsstadt, Adelige jeglicher Herkunft sowie ausländische Gesandte in dem gastlichen Palais. Und das fürstliche Orchester servierte Hochkarätiges. »Meinetwegen«, wie Joseph, der sich seine jugendliche Freude am Aufschneiden bewahrt hatte, nach Amorbach schrieb.

Da Herr von Björnstjerna viel in Amtsgeschäften unterwegs war, bat er seine Frau, sich um Joseph zu kümmern. Eva Wilhelmina von Björnstjerna, schon in den Dreißigern, blendete mit ihrer nordischen Schönheit. Moirierte Stoffe nach der neuen Mode flossen um ihre schlanke Taille, darüber trug sie ein *fichu* und nichts als ihr aschglänzendes Haar, das sie weder färbte noch puderte.

Diese Frau verstand es, auf spielerische Art, Joseph von seinen Noten abzulenken. »Ich möchte in die Stadt. Hätten Sie Lust, mich zu begleiten? Ziehen Sie bitte Ihr schönes rotes Habit an, ich flaniere nicht jeden Tag mit einem schwedischen Hofkapellmeister durch die Stadt.«

Joseph machte sich fertig. Frau von Björnstjernas grüngesprenkelte Augen musterten seinen Aufzug. »Aber es ist kalt draußen. Warten Sie einen Moment.«

Sie kam mit einem Umhang zurück und ließ, während sie diesen ihm überstreifte, ihre Finger einen Moment auf seinen Schultern liegen. »Passt beinahe. Wissen Sie, er gehört meinem Sohn.«

»Wie alt ist er?«

»Carl Magnus? Er wird im Sommer siebzehn. Und doch«, sie lachte, »ist er bereits größer als Sie. Sie müssen tüchtig essen, und noch ein bisschen wachsen, Herr Kapellmeister.«

Es blies ein recht kühler Wind, als sie auf die Gasse traten. Eva von Björnstjerna hatte sich bei ihm eingehakt. Sie, mit ihrem schillernden Kleid und dem nur mit einem Tuch bedeckten aschgrauen Haar, und er, mit dem schwarzen Mantel über der burgundischen Tracht, paradierten als Farbkleckse durch die graue Regensburger Innenstadt.

»Erzählen Sie mir von Ihren Kindern«, sagte Joseph.

»Ach, darüber gibt's nicht viel zu erzählen. Ich sehe sie selten. Meine Tochter ist in einem Internat im Rheinland. Mein Sohn ist Page bei Hofe.«

»Beim König?«

»Bei unserer allergnädigsten und allerlaunenhaftesten Majestät, jawohl. Gott, da sieht er nicht viel Ordentliches. Aber für seine Zukunft ist gesorgt. Ich sage immer: Schau dir alles an und halt den Mund. Meinen Sie nicht auch, Herr Kraus?«

»Ja, sicher.«

Sie schlenderten über den Haidhof, und Frau von Björnstjerna sah sich die Auslagen der Händler an. Der Dom erhob sich massig und nicht sehr einladend über der Stadt. Sie lenkten ihre Schritte zur Donau. Zerstreut blickte sie zum anderen Ufer. »Wenn das Wetter danach wäre, hätten wir eine Flussfahrt machen können. Aber die Donau führt viel Wasser. Ich nehme an, irgendwo in den Bergen ist der Schnee geschmolzen.«

»Ist Ihnen kalt?«

»Das fragen Sie eine Schwedin? Aber Sie sehen etwas mitgenommen aus. Kommen Sie, lassen Sie uns etwas essen.«

Am Salzstadel führte Joseph seine Begleiterin eine Treppe hinab. Dort war in den Bögen der Steinernen Brücke eine Kaschemme untergebracht, wo sich Leute aus dem Volk bei Pfeifenrauch zum Essen und Trinken drängten. Eva von Björnstjerna bestellte Rostbratwürste und Bier.

Joseph staunte über das Wesen an seiner Seite. »Wundern Sie sich nicht«, sagte sie und biss in eine Wurst. »Eine richtige Dame war ich nie. Schon als junges Ding spazierte ich barfüßig durch das Gras, und in der Mittsommernacht mischte ich mich unters tanzende Volk.«

»Sie sind bewundernswert, Frau von Björnstjerna.«

»Eva«, entgegnete sie. Joseph wurde kühn. »Erlauben Sie«, sagte er, nahm eine Serviette und wischte ihr Senf vom Kinn. Sie sah ihn lange an, und Joseph senkte die Augen nicht.

Auf dem Heimweg drückte sie ihre behandschuhte Linke

fest an seinen Arm. Das schillernde Kleid, das knisternde Haar, ihr fruchtig-herbes Parfüm, Joseph wurde von elektrischen Strömen durchpulst.

Es war schon dunkel, als sie wieder die dreigeschossige Gesandtenresidenz betraten. Eva geleitete Joseph in den Salon. »Darf ich meinem *chevalier servant* noch einen Kaffee mit Likör anbieten?«

»Nun, ich weiß nicht.«

»Doch«, sagte sie, »Sie können noch etwas vertragen. Ohne Likör kann ich Sie nicht ins Bett lassen!«

Joseph nahm Hut und Umhang ab. »Ist Herr von Björnstjerna schon zurück?«

»Nein, der ist wohl noch bei seinen Huren.«

Joseph erstarrte. Sie schaute ihn an. »Nun, manchmal ist auch was Besseres drunter: Zofen, Wäscherinnen, Aktricen. Wir führen eine untadelige Ehe. Diskretion ist die erste Pflicht.«

Nachdenklich nippte Joseph an dem Likör. Den Kaffee verschmähte er. Eva hatte ihm gegenüber auf dem Sofa Platz genommen. Ihre Augen blitzten, wie ein aschfarbener Strom floss ihr Haar herab und funkelte über Schultern und Brust.

Joseph blickte in ihre Augen. »Sie sollten es sich bequemer machen«, sagte sie, rutschte zu ihm herüber und löste seine burgundischen Knöpfe. Alles Weitere war wie eine Eruption.

Der Morgen graute. Bleiernes Licht fiel durch himmelblauen Tüll. Eva stöhnte. »Zieh die Vorhänge wieder zu. Ach, sie sind zu. *Älskling*, warum bist du so unruhig?«

»Ich stehe immer so früh auf.«

»Aber doch nicht heute.« Die Augen zugekniffen, lehnte Eva sich an Josephs Rücken. Ihre Finger fuhren träge über seine Rippen. »Ach, was werden wir noch alles an Bratwürsten und Reiberdatschis in dich hineinstecken müssen.«

»Stellst du dich für mich an den Herd? Mit einer karierten

Schürze und einer großen Pfanne?« Joseph tastete nach seinen Kleidern. »Ob dein Mann wohl schon auf ist?«

»Vielleicht ist er noch gar nicht zurück? Seine Ausflüge sind anstrengend, weißt du.«

Joseph setzte sich auf.

»Es gibt nichts, worüber du dir den Kopf zerbrechen musst.« Sie zog ihn ins Bett zurück und bedeckte seine schmale Brust mit Küssen.

Er stöhnte. »Ach, Eva, Eva.«

Dann wurde an die Tür geklopft. Joseph schreckte zurück, Eva lachte. »Ja, bring uns Kaffee, Klärchen. Oder willst du Schokolade, Joseph?«

Wenig später fütterte Eva ihn mit Weißbrot, das sie in kleine Bissen geschnitten hatte. »Ein Mann von Welt braucht sich nicht zu genieren, auch wenn er nackt im Bett liegt.«

»Ein Mann von Welt will ich gar nicht sein«, sagte Joseph mit vollem Mund.

»So, was denn sonst?«

Joseph fuhr mit einer Hand durch die Luft. »Musik will ich machen, sonst nichts.«

»Was hält dich davon ab?«

»Ich diene einem König, der nur das Theater im Kopf hat. Mit Messen und Sinfonien brauch ich nicht zu kommen, von Kammermusik ganz zu schweigen.«

»Dafür siehst du nun die Welt.« Sie füllte seine Tasse randvoll mit dampfender Schokolade. »Trink, mein Liebling. Damit du Fleisch auf die Rippen kriegst. Und ein großer Komponist wirst, der die Frauen um den Verstand bringt.«

»Ach, warum hab ich dich nicht früher kennengelernt?«

Es klopfte erneut. Nun machte Herr von Björnstjerna seine Aufwartung. Halb angezogen, begrüßte Joseph ihn mit rotem Kopf. Der Ministerresident sah seine Frau an und spielte mit seinem Siegelring. Dann schlug er mit einem feinen Lächeln eine gemeinsame Kutschfahrt aller Anwesenden nach Weltenburg vor. Und dort, an den Ufern der Donau, verbrachten sie den Tag in ungetrübter Harmonie.

»Vielleicht werden Sie bald eine Schlachtenskizze komponieren müssen, lieber Kraus.«

Joseph griff zum Springer und ließ seine Hand über dem Schachbrett schweben.

»Nun ja«, fuhr Magnus von Björnstjerna fort, »es heißt, unseren Herrscher und König gelüstet es nach Kriegsruhm. Anscheinend sucht er einen Krieg mit Dänemark vom Zaun zu brechen, um sich Norwegens zu bemächtigen.«

Endlich hatte Joseph ein Feld für seine Figur gefunden. »Was auf der Hand liegt«, sprach Björnstjerna weiter. »Ach, achten Sie auf Ihre Königin, mein Lieber. Schließlich hat Schweden Grenzen mit Norwegen, Dänemark nicht.«

»Aber wird sich das Dänemark gefallen lassen?«, fragte Joseph.

»Natürlich nicht. Gustav steht in zähen Verhandlungen mit der Zarin. Lässt sie ihre dänische Allianz fallen, gibt der König die seine mit den Türken auf, dann kann sich Katharina die Krim einstecken und Gustav hat freie Hand, in Norwegen einzugreifen.«

Aus dem Hintergrund ließ sich Eva vernehmen, die beim Fayenceofen saß und eine Patience legte. »Verstehe, dass sie es auf die Krim abgesehen hat. Schließlich weiß sie, was ein Harem ist — jedenfalls ein männlicher.«

Joseph senkte den Blick, sein Gegenüber lächelte.

»Warum«, sagte Joseph, »führen Fürsten Kriege? Die Leidtragenden sind doch immer nur die kleinen Leute.«

»Vielleicht«, sagte Eva, »damit diese nicht merken, dass dies der einzige Daseinszweck der Fürsten ist.«

»*Ma chère,* Sie lesen zu viel Diderot«, säuselte Björnstjerna.

Joseph rückte seinen Stuhl zurecht. »Wenn es Krieg wird, muss Ihr Sohn vielleicht mit in die Schlacht.«

»Oh, der König exponiert sich nicht«, sagte Eva rasch. »Und bei seinen Pagen wird es nicht anders sein.«

Björnstjerna zog seinen Läufer quer über das Feld. »Für einen jungen Mann ist der Krieg noch das beste Terrain, um sich zu beweisen.«

»Aber ich habe Gustav als Friedensfürsten gefeiert«, beharrte Joseph.

»Pech, mein Lieber«, sagte Björnstjerna. »Jetzt müssen Sie aufpassen: Schach matt!«

Björnstjerna legte Josephs König zur Seite. Joseph schwieg.

Nach einer Weile begann Eva: »Ich könnte Herrn Kraus Landshut zeigen. Oder Straubing. Ja, Straubing. Ich bin sicher, er will das Grab der Agnes Bernauer sehen. Werden Sie uns so lange entbehren können, *mon ami*?«

»Nun«, sagte der Graf, der zur Tür schritt, »wenn der König, um seinen Krieg zu bezahlen, den Fürsten um ein Darlehen angehen will, muss ich diesem um den Bart gehen. Ich schätze, da habe ich in der nächsten Zeit viel zu tun.«

Bis nach Straubing kamen sie nicht. Wenige Meilen hinter Regensburg, zwischen Wiesen und Obstgärten, ließ Eva die Kutsche halten. Sie stieg aus und zog Joseph in etwas, das wie eine verwitterte Jägerhütte aussah. Joseph hatte das Gefühl, dass sie nicht zum ersten Mal hier einkehrte.

Es war ein richtiges Hexenhäuschen. Das schiefe Dach war dick mit Moos bewachsen und wucherndes Efeu bedeckte die ursprünglich weiß getünchte Fassade.

Im oberen Stock hatte die Hütte zwei Schlafräume, im Erdgeschoss ein winziges Wohnzimmer, eine Abstellkammer und eine geräumig angelegte Küche. Hier tat Eva, was sie angekündigt hatte: Sie schlang sich eine Schürze um und machte sich am Herd zu schaffen. Dem staunenden Joseph setzte sie Bratwürste mit Rotkohl, brutzelnde Nudelaufläufe und goldbraune Reiberdatschis vor. Danach konnte man nichts anderes tun, als im Garten bei süßem Nichtstun die abendlichen Freuden zu erwarten.

Eva sog die Nachmittagsluft ein, nahm seinen Arm, zog ihn über ihre Lippen und schnupperte wie eine Katze an seinem knochigen Handgelenk. »Jetzt bleibe ich hier sitzen und warte, bis die Osterglocken kommen.«

»Es ist wunderbar hier. Aber …«, Joseph streichelte ihr Haar, »was wird morgen sein?«

»Morgen? Was ist morgen? Das ist ein hässliches deutsches Wort, im Schwedischen gibt es das nicht.«

»Die Zeit vergeht trotzdem.« Josephs Hand hielt inne. »Eva, wo werden wir in zwanzig, dreißig Jahren sein?«

»Oh, dann bist du in deinen Odenwald zurückgekehrt oder sitzt in Stockholm und kleckst immer noch Noten, während deine Enkel um dich tanzen. Und ich? Ich sitz in irgendeinem zugigen Schloss in Värmland und stricke Strümpfe für meinen gichtgeplagten Magnus. Und vielleicht habe ich dann eine Enkelin, die uns auf dem Klavier eine Sonate von Joseph Martin Kraus vorspielt.«

Seine Hand glitt zurück. Joseph erhob sich und fragte, ob sie mit ihm einen Spaziergang machen würde. Sie lehnte ab, und so ging er alleine mit Slyngel durch die Obstgärten.

Als er nach anderthalb Stunden zurückkehrte, saß sie in der verdunkelten Stube und wiegte sich gedankenverloren im Schaukelstuhl. Joseph beugte sich über sie. »Bist du mir böse?«

»Ich, wieso? Nein, ich freue mich, dass du wieder da bist. War's schön?«

»Schöner ist's bei dir.«

»So schamlos kann nur ein Odenwälder schmeicheln. Ach, deinen Herumtreiber von Hund hast du auch mitgebracht? Geruht der Herr sich jetzt zu uns zu gesellen?«

Wie auf Geheiß legte sich Slyngel zu ihren Füßen nieder und wedelte rhythmisch mit dem Schwanz zum Wippen des Schaukelstuhls.

»Erzähl mir von deiner Mutter!«, sagte Eva.

»Von meiner Mutter?« Joseph dachte nach. »Sie hat immer befürchtet, ich geriete an die Falsche.«

»Ungezogene Frauenzimmer wie mich? Armer Joseph, da hast du dir was Schönes eingebrockt.« Eva zog ihn an sich. »Es wird dunkel. Jetzt kommen die Eulen mit den glühenden Augen. Da wird's den ungezogenen Frauenzimmern ganz komisch zumut. Die sind nämlich gar nicht so couragiert, wie sie immer tun. Und wir haben nur ein paar armselige Talglichter im Haus.«

»Oh, ich weiß ein Plätzchen, wo uns das nichts ausmacht.«

»Ja? Sprich nicht in Rätseln!«

»Dann komm mit.« Joseph zog sie mit sanftem Griff nach oben.

Rechtzeitig zum Josephstag waren sie in Regensburg zurück. Der Fürst gab dem Kaiser zu Ehren einen großen Empfang. Den Festsaal hatte er mit Frühlingsblumen schmücken lassen, und seine Hofkapelle spielte in einer weiß-grünen Livree. Als das Ehepaar von Björnstjerna den Saal betrat, hinter ihm der schwedisch uniformierte Kraus, blickte die Festgesellschaft auf. Dann ließ Eva ihr schwarzes Cape zurückgleiten und ihr Seidenkleid leuchtete wie eine rote Flamme. Im herabflutenden aschblonden Haar blitzte eine Diamantenspange.

Auch Joseph hatte Gelegenheit, zu glänzen. Er durfte das fürstliche Orchester dirigieren: zuerst eine Sinfonie von Haydn, dann ein eigenes Werk, das Violinkonzert, das er noch in Göttingen zu Papier gebracht hatte. Der Böhme Franz Xaver Pokorny, selbst ein emsiger Tonsetzer, führte das einschmeichelnde Opus als Solist zur vollen Zufriedenheit des Komponisten aus.

Nach dem Schlussapplaus beglückwünschte Friedrich von Schacht, der Orchesterleiter, Joseph zu seinem Werk. »Superb, Maestro, einfach superb. Man versteht, warum der schwedische König Sie an seinen Hof berufen hat. Nun, wie finden Sie unser Orchester?«

»Prachtvoll, Herr Collega. Da haben Sie vorbildliche Arbeit geleistet.«

Schacht fragte: »Besser als die Mannheimer?«

»Oh, wissen Sie, in Mannheim liegt die Musik darnieder«, antwortete Joseph. »Seit dem Fortgang des Kurfürsten wird vor allem das Theater gepflegt.«

»Zu traurig, nicht wahr?« Schacht musterte Joseph von der Seite. »Wissen Sie, dass ich ein Schüler Jomellis bin?«

»Einer meiner Lieblingskomponisten.«

Schacht streckte sich. »Ich bin selbst *Compositeur, à mes heures,* in aller Bescheidenheit.«

»Ich weiß. Ihre Oper *Artaserse* hat viel Beachtung gefunden. Zu einem Text von Metastasio, nicht wahr?«

»Ja, mit Verlaub gesagt.«

»Nun«, sagte Joseph, »ich vertone auch Metastasio-Texte. Sozusagen als Stilübung.«

»Stilübung?«

»Ja, um im Joch zu bleiben. Unsere Sänger wollen schließlich zeigen, was sie können.«

»Ja«, kicherte der beglückte Schacht. »Da geht nichts über Metastasio. Er kannte die Mythologie wie seine Westentasche und hat immer wieder eine Geschichte ausgegraben, mit der man das Publikum verblüffen kann — und zu der unsere Sänger ihre Rouladen schmettern können.«

»Wir könnten gar nicht ohne Metastasio auskommen«, sagte Joseph.

Björnstjerna, der hinzugetreten war, sprach über sein Champagnerglas hinweg: »Stellt euch vor, wir hätten keine Götter und Heroen mehr. Wie schrecklich. Man müsste Menschen aus dem Volk auf die Bühne stellen: Bürstenbinder, Wasserträger.«

»Oder Rauchfangkehrer«, sagte Joseph.

»Und Bergknappen«, fügte Eva hinzu.

Dann wandte sich der sächsische Gesandte an Eva und bat sie um den nächsten Tanz. Biegsam flammte sie im *Ecossaise*-Takt an dessen Arm. Der halbwüchsige Erbprinz, der sich, an Naschwerk knabbernd, in seinem Sessel lümmelte, verfolgte die Tänzerin mit den Augen eines hungrigen Tiers.

Der böhmische Gesandte, der sich bisher angeregt mit dem durchgeschwitzten Violinisten Pokorny unterhalten hatte, mischte sich ins Gespräch. »Und das Musikleben in Schweden? Ist es wirklich so berauschend, wie man hört?«

»Noch berauschender. Es gibt wohl keinen Monarchen in ganz Europa, der so viel für die Künste tut wie König Gustav«, erwiderte Joseph.

Dies war das Stichwort für Magnus von Björnstjerna, einen Trinkspruch auf die Schwedische Majestät auszubringen. Alle raunten begeisterte Zustimmung, nur der dänische Gesandte blickte zu Boden.

»Nein«, sagte Eva laut, »tut mir tausendmal leid, *Monsieur l'ambassadeur de Saxe,* das Menuett habe ich Herrn Kraus versprochen. Wir haben das beide in Stockholm gelernt, mal sehen, ob wir denselben Lehrmeister hatten.«

Joseph blickte verdattert, bot ihr aber seinen Arm an. Und wieder schaute alles im Saal der schwedischen Schönheit nach, wie sie ihr rotes Feuer über das Parkett schweben ließ.

Dann ging alles sehr schnell. Ludwig Schmidt wollte mit dem Frühling in Wien eintreffen und drängte zum Aufbruch. Eva machte sich rar, ihr Gatte aber stand am Portal. »Und vergessen Sie nicht, uns über Ihre Triumphe auf dem Laufenden zu halten«, murmelte er, während er sich die Augen wischte.

Stalberg verstaute die letzten Gepäckstücke, Schmidt saß bereits auf dem Bock. Aufgeregt kreiselte Slyngel um Joseph. Im ersten Stock ging eine Gardine auseinander, es war das Klärchen, das, so meinte man, leicht spöttisch herabschaute.

Da endlich kam Eva aus dem Hausflur geschossen. Sie zog Joseph am Mantelkragen zu sich, drückte ihm einen hastigen Kuss auf die Wange und steckte ihm etwas zu. »Die Osterglocken waren doch noch nicht auf. Aber hier hast du etwas zur Erinnerung«, flüsterte sie ihm ins Ohr und war bereits wieder ins Haus zurückgewirbelt.

Joseph kletterte so unsicher auf den Bock, dass Ludwig ihm seine Hand reichen musste.

Das schwer beladene Gefährt schwankte durch Regensburg zu den Schiffskais hin, die noch im Morgennebel lagen. Joseph starrte auf den von einer Perlenschnur umwundenen Blumenstrauß, den Eva ihm zugesteckt hatte. Vergissmeinnicht. Er hielt den Strauß in seiner Hand und sah und hörte nichts.

Die Reise ging auf dem Wasserweg, donauabwärts zur österreichischen Grenze. Auf dem Floß, zwischen Passau und Linz, verfasste Joseph einen Dankesbrief an den Ministerresidenten. Eva widmete er naturgemäß vertraulichere Zeilen. An seine Eltern schrieb er:

»Mit schwerem Herzen verließ ich eine Stelle, die mir ein so unerwartetes Vergnügen gewährte … Unser Gesandter und sein allerliebstes Weib taten mir am meisten wehe. Die Übereinstimmung unserer Charaktere war sonderbar. Keine solche uneigennützige Seele gibt's nicht. Beim Abschiede weinte der Gesandte und gab mir zum Andenken einen Ring, den ich nun trage, und seine Frau — Gott! Ich kann's Ihnen unmöglich begreiflich machen. So ein Schwede wiegt zehn Deutsche auf.«

Über Linz, Mariazell, Steyr und Sankt Pölten erreichten sie am 1. April Wien, die Metropole des Habsburgerreiches.

Schmidt hatte Joseph ein Logis am Kohlmarkt besorgt. Die Zimmer im Haus Zu den Drei Läufern waren teuer, boten jedoch einen Logenplatz für ein Tag für Tag stattfindendes Spektakel. Hier, zwischen Hofburg und Stephansdom, flanierte halb Wien vorbei. Mondänes wechselte mit Prosaischem. Die besten Geschäfte waren hier angesiedelt und es wehte der Geist der Musik. Im Michaelerhaus, um die Ecke, war vor einem Jahr Wiens *poeta laureatus* Pietro Metastasio gestorben, und ein paar Häuser weiter lebte Gluck.

Auch Mozart wohnte nur ein paar Schritte entfernt. Mit seinen Konzerten, darunter einer ausverkauften Akademie im Burgtheater, im Beisein des Kaisers, hatte er in den letzten Monaten schöne Erfolge gefeiert. Man erzählte sich, er gäbe das Geld genauso schnell aus, wie es hereinkomme. Joseph bekam Mozart nicht zu Gesicht, wohl aber dessen Frau, wie sie aus einer eleganten Kalesche zum Türeingang hüpfte. Sie war offensichtlich in anderen Umständen, mit Paketen beladen und trug eine modisch grelle Robe.

Das Musikleben wurde vom Geschmack des Kaisers bestimmt, dessen Lieblingskomponist Ditters von Dittersdorf war und der mit Behagen seinem persönlichen Bläserensemble lauschte. Wien wurde nicht müde, Caterina Cavalieri und Aloysia Lange zuzujubeln, wenn sie Salieris mit effektvollen Koloraturen vollgepropfte Arien flöteten.

Joseph berichtete all dies fleißig nach Schweden an seinen Vorgesetzten Zibet. Kellgren, mit dem er ebenfalls eine rege Korrespondenz unterhielt, vertraute er seine Enttäuschung über das seichte Niveau des Wiener Musiklebens an. Gerade Kellgren, dem Protestanten, verhehlte er nicht, dass ihn das Ausmaß, das die Glaubensverfolgung im Dunstkreis der sogenannten josephinischen Reformen angenommen hatte, abstieß.

Lorenz von Engeström, schwedischer Amtsträger in Wien, nahm den Kapellmeister seines Souveräns mit Vergnügen unter seine Fittiche. Seinen Antrittsbesuch in der Hofburg konnte Joseph nicht absolvieren, wieder einmal machte ihm die Lunge zu schaffen. Als er sich aber besser fühlte und auch das Wetter frühlingshaft wurde, lud Engeström ihn zu einer Fahrt in den Prater ein. Kammerherr von Bülow, einer von Josephs Studienkollegen aus seiner Göttinger Zeit, schloss sich ihnen an. Bülow war der dänischen Botschaft in Wien zugeteilt, aber Engeström war eben Diplomat und Joseph wollte nicht an den dänischen Krieg glauben — so hirnverbrannt konnte doch selbst Gustav III. nicht sein.

Vor dem Pavillon des Fürsten Galitzin kreuzten sie eine andere Kutsche. Engeström befahl anzuhalten und zog seinen Hut. »Welch glückliche Fügung. Herr Kraus, darf ich Ihnen Herrn Mozart und seine Gattin vorstellen?«

Artige Verbeugungen von allen Seiten. Aus beiden Gefährten sahen sich die Komponisten, zwei schmächtige, untersetzte Gestalten, an. Beide waren im gleichen Alter. Einen Moment herrschte die Erwartung, dass sich etwas Besonderes anbahne. Dann aber siegte die Unverbindlichkeit. Nachdem ihm Joseph vorgestellt worden war, setzte Mozart seinen Hut wieder auf und sagte: »Es freut mich, die Bekanntschaft eines deutschen *Compositeurs* zu machen, der es im Ausland zu so viel Anerkennung gebracht hat.«

»Die Freude ist ganz meinerseits«, entgegnete Joseph. »Es ist mir eine große Ehre, den Schöpfer des *Idomeneo* und der *Entführung aus dem Serail* kennenzulernen.«

Seltsam, Mozarts freundliche, wasserhelle Augen blickten über Joseph hinweg. Zerstreut wirbelte er einen Spazierstock zwischen den Beinen hin und her. »Wenn Sie länger in Wien sind, müssen wir uns unbedingt einmal aussprechen. Vielleicht, wenn das Kind auf der Welt ist?«

Kokett lächelte Konstanze Mozart unter den Schleifen ihres Hutes hervor. Ihr Gatte fügte hinzu: »Und bevor wir nach Salzburg reisen. Stellen Sie sich vor, mein Vater kennt meine teure Konstanze noch nicht.«

»Dann steht dem Herrn Vater jedenfalls ein großes Vergnügen bevor«, sagte Engeström.

»Aber ich hörte, Sie seien unpässlich, Herr Mozart?«, fragte Bülow.

»Oh, nichts Ernstes. Es geht mir bereits wieder ausgezeichnet.«

Dann blickte Mozart unschlüssig zur Seite. Seine Frau flüsterte ihm etwas ins Ohr und er sagte: »Wir wollen zum Puppenspiel. Ich meine, äh …«

»Dann wollen wir die Herrschaften nicht aufhalten. Wir wünschen viel Vergnügen«, sagte Engeström und lüftete seinen Hut. Unter artigen Verbeugungen zogen die beiden Kutschen aneinander vorbei. Nachdenklich blickte Joseph den Entschwindenden hinterher.

»Beeindruckt?«, fragte Engeström.

»Nun.«

»Tja, bedeutenden Zeitgenossen sieht man nicht unbedingt ihre Größe an. Frau Konstanze ist hübsch, nicht wahr?«

»Allerdings«, antwortete Joseph. »Und sie sieht aus, als wüsste sie genau, was sie will.«

»Das stimmt allerdings«, mischte sich Bülow ins Gespräch. Lebhaft erzählte er Joseph die anscheinend höchst amüsante Geschichte, wie die alte Frau Weber den arglosen Salzburger Musiker so geschickt eingewickelt hatte, dass er an Stelle der angebeteten Aloysia, die ihn kalt abblitzen ließ und den Maler Lange heiratete, deren jüngere Schwester zur Frau nahm.

Joseph hatte in seinem musikalischen Leben bislang drei Höhepunkte gezählt. Als er nach Mannheim kam, hatte sich ihm mit der Musik und der Literatur ein neues Universum erschlossen. Sehr viel hatte für ihn die Aufführung seines Oratoriums *Der Tod Jesu* in der heimatlichen Buchener Kirche, mehr aber noch diejenige der *Proserpina* vor König Gustav bedeutet.

Und jetzt würde er leibhaftig Christoph Willibald Gluck gegenüberstehen! Joseph trat mit inwendigem Beben in dessen geschmackvolle, in Pastelltönen gehaltene Wohnung am Kohlmarkt.

Gluck war grau und hinfällig geworden, in seinen Augen aber glühte ein Feuer, das von einem unermüdlich tätigen Geist zeugte. Für den Gast hatte er sich in seinen Sonntagsrock geworfen. »Kommen Sie, nehmen Sie Platz! Ich kann Ihnen nicht sagen, wie ich mich freue, Sie zu sehen.«

Frau Gluck brachte zwei Sherrygläser und wies Joseph einen Stuhl neben dem Fenster zu. »Denken Sie bitte daran, dass er gerade einen Schlagfluss hatte«, sagte sie, bevor sie sich wieder zurückzog.

In der Tat stockte von Zeit zu Zeit Glucks sprudelnder Redefluss. Dann suchte er nach Worten und fuchtelte mit der rechten Hand herum. Seine Erkrankung war auch der Grund, warum er Salieri die Vollendung seiner den Parisern versprochenen Oper *Les Danaïdes* anvertraut hatte. Allerdings zweifelte er daran, ob der Italiener dazu fähig sei, und bereute diesen Entschluss bereits wieder.

»Aber jetzt erzählen Sie mir von Schweden! Ist es möglich, dass mein *Orpheus* und meine *Iphigenie* in Stockholm Schwedisch singen? So sehr mich das ehrt — gehen da nicht viele Feinheiten verloren?«

Nun ja, musste Joseph zugeben, mit den Originaltexten von Quinault und Calzabigi sei diese Fassung natürlich nicht zu vergleichen. Es gäbe zwar schon eine neue Sängergeneration, die ihr virtuoses Potenzial und ihre solistischen Ambitionen einer empfindsamen Interpretation zu unterwerfen verstand — ausdrücklich erwähnte er hier die Karsten, die Augusti und die Müllerin. Langjährige Zugpferde des Melodramas, so fuhr Joseph fort, aber könnten sich oft nur mühsam enthalten, der schlichten Tracht seiner Helden »handbreite Tressen« zu nähen.

Joseph ahmte Carl Stenborg nach, wie dieser, die Brust geschwellt, die Füße auf den Boden gestemmt, mit voller Lautstärke und gefühlvollem Vibrato »*Grymme vän*« schmetterte. In seiner Parodie entlud sich langjähriger Groll und er konnte danach den aufgebrachten Schöpfer der *Alceste* nur mit einer witzigen Anekdote beschwichtigen.

Gluck hatte, so stellte es sich beim Sherry heraus, ein Dutzend Opern im Kopf, darunter drei oder vier, die noch nicht zu Papier gebracht waren. Arienfragmente brummend und mit der rechten Hand abgehackte, doch sehr beredte Gesten beschreibend, glitt er fast übergangslos von seinen bekannten zu den ungeborenen Kindern. Als der Komponist dann die Chorarie *Poursuivons notre ennemi* anstimmte, schien es Joseph, als müsste er zur Waffe greifen und die bedrängte *Armide* verteidigen.

Darauf ging die Tür, und Frau Gluck erschien. »Gluck«, sagte sie, »du bist und bleibst ein Kindskopf! Hast du vergessen, was der Arzt gesagt hat?«

Sie warf Joseph einen vorwurfsvollen Blick zu und entschwand dann mit den Gläsern, die noch nicht einmal ausgetrunken waren.

Gluck sank, nach Atem ringend, auf seinen Sessel. »Wenn das Feuer einen packt! Aber Sie sehen, zum alten Eisen gehöre ich noch nicht.«

Er fasste Josephs Arm. »Wissen Sie, gerade dem Chor als Handlungsträger kommt immense Bedeutung zu.«

Freundlich erkundigte er sich nach Josephs Tonschöpfungen, der *Proserpina* und dem *Aeneas*. »Und jetzt müssen Sie noch einmal die nordische *Alceste* vormachen. Ich verspreche Ihnen, ich bleibe ganz ruhig, auch wenn mir das schwerfällt.«

So gut es ging, stimmte Joseph *Alcestes* Arie *Ich liebte nie für mich das Leben* an. Angesichts der unendlichen Süße des Gluckschen Wohlklangs übermannte ihn das Gefühl und er brach mit glitzernden Augen ab.

Gluck tätschelte Joseph wie ein Kind. »Sie empfinden wenigstens das, was Sie ausdrücken. Wohl gemerkt, das Gefühl muss lebendig bleiben. Wir stellen unseren Zuschauern überlebensgroße Gestalten vor, aber sie sind nur glaubwürdig, wenn ihr Handeln und Empfinden wie aus dem Leben gegriffen ist.«

»Unsere Mittel«, sagte Joseph, »sind aber nicht natürlich, sondern künstlich.«

»Darin unterscheidet man ja auch die Spreu vom Weizen«, erklärte Gluck. »Das Publikum muss dem Schöpfer glauben, auch wenn das Gesagte noch so künstlich ist. Und darum dürfen wir keine Puppen auf die Bühne bringen, sondern Menschen aus Fleisch und Blut. Im Menschlichen auf das Göttliche hinweisen — das ist es, wozu wir armseligen Tonsetzer uns auf Erden abmühen.«

Zum Abschied schenkte der alte Herr ihm sein Porträt, einen Kupferstich, der nach einem Gemälde von Duplessis verfertigt worden war. Auch bat er Joseph, einmal zum Mittagessen wiederzukommen. Augenzwinkernd fügte er hinzu: »Wenn Frau Gluck gerade einen guten Tag hat.«

Salieri, Sarti, Duni, Anfossi — die von den Wienern so geliebten *Opere buffe* glichen sich wie ein Ei dem anderen. Da war es für Joseph eine Freude, eine empfindsame Pianistin wie Maria Aloysia Born zu hören. Verloren sah er die zierlichen Finger der Virtuosin über die Klaviatur schweben und nahm Anteil, wie der erztrockene Clementi eine bewegende, menschliche Stimme bekam.

Das war einmal eine Frau, bei der es sich lohnen würde, sie näher kennenzulernen — wäre da nicht ein Bild gewesen, das immer wieder vor ihm auftauchte.

Eva von Björnstjerna schrieb wenig, und wenn, dann Belangloses aus dem Alltag einer Diplomatengattin. Hatte sie Angst, der Herr Gemahl könnte ihr beim Schreiben über die Schulter gucken?

Die warmen Wiener Sommernächte steigerten die Sehnsucht. Die Hitze staute sich in der Stadt. Alle waren davor geflohen: Gluck nach Perchtoldsdorf, der Kaiser nach Galizien, Mozart ins Salzburger Land. Den Sohn, von dem Mozarts Frau Konstanze im Juni entbunden worden war, ließ das Ehepaar in der Obhut einer Wiener Amme zurück. Bei ihrer Rückkehr im Herbst sollten sie ihn auf dem Friedhof wiederfinden. Die Zeitungen berichteten, König Gustav von Schweden sei bei einer Truppenparade vom Pferd gefallen und habe sich den Arm gebrochen. Dass die russische Zarin sich sehr über dieses Missgeschick amüsiert hatte, das schrieben sie nicht.

Abkühlung fand Joseph schließlich auf Schloss Wolkersdorf, wo er seinen Vetter Ludwig besuchte. Die jungen Damen des Internats waren in die Sommerfrische entflohen, und so hatte man die kühlen Marmorhallen und die schattigen Parkalleen ganz für sich. Slyngel konnte sich austoben, sein Herr machte Ausflüge in die Umgegend, bis ins Marchfeld und die ungarisch-slowakischen Vorlande. Vom schwedischen Hof erfuhr Joseph, dass sein König sich über Deutschland nach Italien aufgemacht hatte. Im Herbst, spätestens aber zum Jahresende, wünsche Gustav mit seinem Kapellmeister zusammenzutreffen und von den Früchten seiner Künstlerreise zu erfahren.

Im August reiste Joseph nach Wien zurück. Engeström hatte für ihn eine Audienz beim Kaiser erwirkt, der von seiner Polenreise zurück war.

In der Hofburg durfte Joseph in einer langen Reihe von Besuchern der Majestät seine Aufwartung machen. Was ihn am Kaiser vor allem überraschte, war dessen betonter österreichischer Akzent. Der Monarch hakte die Audienz mit ein paar nichtssagenden Worten ab. »Kraus, freut mich. Wie geht es Seiner Majestät König Gustav? Nun, ich werde ihn ja Ende des Jahres in Rom sehen. Aus dem Mainzischen kommens, soso? Und als treuer Sohn der Kirche habens schon prächtige Messen geschrieben? Das ist brav, sehr brav. Man muss daran festhalten, besonders in diesen Zeiten, wo man von allen Seiten attackiert wird. Schauns, wenns noch etwas in Wien bleiben, könntens mir doch eine Operett schreiben, so im Stil von Ditters oder Salieri. Nichts Revolutionäres, vor allem nichts Revolutionäres.«

Joseph schrieb nach der Audienz nach Hause, er habe beim besten Willen in Kaiser Joseph keine »so recht gültige Künstlerphysiognomie« entdecken können. Aus Stockholm erfuhr er, dass Gustav, kaum dass sein Arm geheilt war, auf dem Weg zu den Bädern von Pisa war. Man teilte ihm kurz mit, dass er sich ebenfalls aufmachen sollte, sobald man wüsste, wo der König seinen Kapellmeister zu treffen wünschte.

Nun, er war nicht mehr als ein musizierender Dienstbote, er hatte sich zur Verfügung zu halten. In Erwartung der endgültigen Abreise brach Joseph Ende September nach Wolkersdorf auf. Von dort sollte es über das Burgenland und Graz nach Triest gehen, von wo er sich nach Italien einzuschiffen gedachte.

In niedergedrückter Stimmung kam er in Wolkersdorf an. Sein getreuer Slyngel war von einem Streifzug durch Wien nicht zurückgekehrt, und das bereitete Joseph großen Schmerz.

Unberechenbar war Eva immer gewesen. Kaum waren die paar Zeilen eingegangen, dass sie unterwegs war, hörte man einen Kutschenschlag und eilige Schritte klapperten über die Fliesen der Eingangshalle.

»Du? Wie ist das möglich?«

»Na ja, wenn man die Eilpost nimmt! Nun sag noch, du freust dich gar nicht, mich zu sehen?«

Joseph brauchte nicht lange, sie vom Gegenteil zu überzeugen. Sie triumphierte: »Schau, ich habe dir Pfeifenköpfe mitgebracht. Und weil du so traurig warst, dass dir dein Pudel abhandengekommen ist …«

»Ein, ein Hund?«

Aus ihren Röcken spähte misstrauisch ein weißes Flockenbündel hervor. »Eine nordische Hirtenhündin, jawohl. Damit du nicht ganz allein bist, wenn du auf Reisen gehst.«

Joseph hatte sich bereits gebückt und lockte die Hündin mit einem leisen, beschwörenden Raunen. Sie hatte ein von einzelnen schwarzen Flecken durchsetztes schlohweißes Fell und kluge braune Augen, die noch etwas verängstigt umherschauten. Nach einer Weile beruhigte sie sich und überließ sich Josephs Liebkosungen.

Dann aber zog Eva Joseph in ihre Arme hoch. »Dass du mich eifersüchtig machst, war nicht der Sinn der Sache. Aber schön hast du es hier, das muss man sagen. Ach, guten Tag, Herr Schmidt. Wie geht es Ihnen?«

Vetter Ludwig, der die Treppe herabkam, grüßte sie. »Ja, hier kann man es aushalten, nicht wahr? Ein Zimmer brauch ich Ihnen wohl nicht zuzuteilen, das Anwesen ist groß, Sie haben die Wahl.«

Eva streifte ihren Hut ab, und einen Moment lang bestaunten die beiden Männer das Wunder ihrer silbernen Haarflut. »Offiziell bin ich hier, um herauszufinden, ob man unsere Clarissa eventuell im Internat unterbringen könnte«, sagte sie.

»Und, hast du das wirklich vor?«, fragte Joseph.

»Meine Tochter bei katholischen Nonnen? Du spinnst wohl.«

Arm in Arm schritten sie durch das Schloss. »Ich konnte dich nicht einfach gehen lassen«, sagte sie. »Zumal die Italienerinnen so große Glutaugen haben, und dann der Wein und die Sonnenuntergänge.«

»Aber außer dir sehe ich doch keine an.«

»Ach, du Kapellmeister«, lachte sie.

»Schau her.« Er zog einen Shakespeare-Band hervor. Zwischen *Romeo und Julia* und *Der Widerspenstigen Zähmung* hafteten vertrocknete blaue Blumen, die beim Öffnen der Seiten aus dem Buch rieselten.

»Das also bleibt von der Liebe«, sagte Eva.

»Nächstes Mal schenkst du mir Immortellen. Und jetzt zeig ich dir das Schloss. Du wirst sehen, es ist märchenhaft.«

Es war nicht nur märchenhaft, es war ein Paradies. Sie blickten durch hohe Fenster auf Weinberge und in große Spiegel, die die weite Landschaft der Umgebung ins Schloss holten. Den Park durchzogen Kieswege und Heckenwälle, und der Wassergraben spiegelte die theresiengelben Giebel zurück.

Abends saß man beim Kamin. Eva blätterte in einem der halb verwitterten Bibliothekswälzer und Joseph las ihr nordische Sagen vor. Kyra, die Hirtenhündin, lag ihnen zu Füßen. Sie war ihrem neuen Herrn bereits so ergeben, dass sie sogar seinen Pfeifenrauch duldete.

Die Weinlese ging ihrem Ende entgegen, man sah die letzten voll beladenen Fuhren zu den Kelterhäusern schwanken. Morgens glitzerte Tau in den Spinnweben, und hier und da flatterte ein Kohlweißling um die abgeernteten Rebstöcke.

Dann wurde der Heurige aufgetischt, zusammen mit Walnüssen, Tiroler Speck und dem kremigen Quark, den man hier Topfen nannte. Eva verzog das Gesicht, Joseph aber äußerte mit Kennermiene: »*Probatum est*. Es ist kein *Lagrima Christi,* aber er hat Charakter. *Madame l'ambassadeur* hat keine Ursache, ein spitzes Mündchen zu machen.«

»*Lagrima Christi,* mein Gott. Ich sehe, ich werde dich nicht an den Roten, sondern an den Weißen verlieren.«

»Schweig, *cara mia, mio unico tesoro*. Komm mit mir nach Italien!« Joseph blickte Eva in die Augen.

»Wie stellst du dir das vor? Eine Kur in Lucca oder eine Lustpartie auf der Brenta kann ich Magnus unmöglich weismachen.«

»Wenigstens bis Piran oder Triest.« Joseph fasste sie am Arm. »Triest ist österreichisch, da kannst du noch Berge von Apfelstrudeln und Marillenknödeln bestellen. Und Esterhaza ist eine Pracht, Haydn wird nicht schlecht staunen, wenn ich mit dir im Schlepptau auftauche.«

»Hör mir auf mit Haydn, der hat genug mit seinem zänkischen Weib zu tun.« Eva griff nach Josephs Hand. »Ich hab meine Verpflichtungen in Regensburg. Magnus denkt, dass er bald versetzt wird.«

»Er soll sich nach Stockholm versetzen lassen. Am Mälar sind die Wäscherinnen sehr blond und sehr zuvorkommend.«

»Magnus ist zwar liberal, aber ich weiß nicht, ob er dich immer in seiner Nähe wissen möchte. In Regensburg ist er ein *Grand Seigneur*, in Stockholm müsste er einem wankelmütigen Herrn Rede und Antwort stehen.«

»Nun, es gibt andere Posten«, entgegnete Joseph.

»Wem sagst du das? Ich komme aus einer Diplomatenfamilie. Mein Bruder ist Botschafter in London, und so viel herumgereist wie wir sind höchstens Zigeuner.«

Joseph lächelte. »Wie gesagt, es wäscht keiner so weiß wie die Wäscherinnen vom Mälarsee.«

»Hör auf. Du machst alles noch schlimmer.«

»Eigentlich wollte ich es nur leichter machen.«

»Dann, mein Lieber, legst du dich aber schlecht an.«

Joseph räkelte sich noch in den Kissen, da kam sie und kitzelte ihn an der Nase. »Schäm dich, du Schlafmütze. Du weißt gar nicht, was du verpasst. Wir haben Raureif, es ist wunderschön.«

Doch als Eva Joseph endlich ins Freie geschleppt hatte, war die weiße Pracht in der Sonne geschmolzen. Eva erinnerte Joseph daran, dass heute ein volles Pensum auf sie wartete.

Es begann mit einem langen Spaziergang durch die Weinberge. Anstatt zu Mittag zu essen, lagen sie in der Sonne und saugten die Neige des Jahres in sich hinein.

Am Nachmittag waren sie zu einer Feier im Dorf geladen. Luise, Ludwigs Patenkind und Tochter seines Freundes, des Lehrers Stockelhuber, wurde in der Ortskirche getauft. Zum Ächzen des Blasebalgs hieb der Kantor die Orgel, bis die Empore sich bog und die Fenster zu klirren begannen. Ein Chor brummte einfältig im Hintergrund, und der Pfarrer sprach lang und bilderreich von den Höllengefahren, die es von der neuen Erdenbürgerin fernzuhalten galt.

Man schnitt den Kuchen an, und Joseph war so gut aufgelegt, dass er auf einer Fiedel für die Festtagsmusik sorgte. Ins Ländlerstampfen mischte er die Synkopen eines schwedischen Volkstanzes. Alles hüpfte und gluckste um die in Spitzen gepackte kleine Luise.

»Ein raffinierter Kuppler, der Sliwowitz«, nuschelte Joseph, nahm Eva und die Zuckermandeln in die Weiten seines Gehrocks und machte sich auf einen beflügelten Nachhauseweg.

Mühsam wälzte sich Joseph aus der Decke. Durch die Vorhänge fiel graues Licht. Er tastete um sich. Das Bett war leer.

Auf der Treppe begrüßte ihn Kyra. Er achtete nicht auf sie und wankte die Stufen hinab ins Speisezimmer. Dort blickte die kleine Zofe auf. »Guten Morgen. Schokolade oder Kaffee, gnädiger Herr?«

»Kaffee«, brummte er.

Da erschien Ludwig im Flur. Er trug eine Lederjoppe, hirschlederne Hosen und gelbe Gamaschen. »Kommst mit auf die Jagd?«

»Wo ist Eva?«, fragte Joseph.

»Abgereist, in aller Früh.«

Joseph fuhr herum. »Ohne mich zu wecken?«

Wortlos reichte Ludwig Joseph einen Umschlag, den dieser hastig aufriss. In wenigen, aber sehr liebevollen Zeilen versicherte sie ihm, dass der plötzliche Aufbruch einem langen, quälenden Abschied vorzuziehen sei. Er solle ihr nicht böse sein, sie werde ihn jedenfalls in ihrem Herzen tragen, so lange sie lebe: »Leb wohl, mein geliebter Lautenschläger. Du wirst immer bei mir sein, selbst wenn wir Welten voneinander getrennt sind.«

Er ließ den Brief sinken und griff zu dem Medaillon, dessen Band den Brief umschlossen hatte. Er öffnete das Medaillon und sah eine Miniatur von ihr — im roten Kleid und mit aschenem Haar auf türkis glänzender Emaille.

Joseph stöhnte und stützte den Kopf in die Hände.

»Kommst du jetzt mit auf die Jagd?«, fragte Ludwig, der seine Flinte inspizierte.

»Jetzt?«

»Du wirst doch nicht hier sitzen bleiben und wegen einer Frau den Kopf hängen lassen — noch dazu wegen einer, die einem anderen gehört!«

Benommen folgte Joseph dem Vetter. Ludwigs gescheckte Bracke und Josephs Hirtenhündin tollten ihnen voran. Tau lag auf dem Rasen, in den Büschen und Bäumen trällerten die Vögel. Die Sonne schob sich über den Kamm der Hügel. Ihr gelbliches Licht war weich und verschwommen.

Die Hunde stürmten zum Schlossportal hinaus. Ludwig schritt wortlos, mit grimmigem Gesicht. Joseph lauschte dem Knirschen des Kiesweges, als sei dies die wichtigste Sache der Welt.

Der Raureif auf der Flur glänzte weiß wie Totenschädel.

VI

Nie habe ich schlechter gegessen und getrunken, übler geschlafen, unbequemer gereist und mehr gefroren als in Italien.
Joseph Martin Kraus an seine Eltern, 1783

Der König begrüßte Joseph, als sei man gestern erst auseinandergegangen. »Gut schauen Sie aus, Kraus, sehr gut. Hören Sie, Sie sind mir ein Vagabund. Wo Sie sich überall herumgetrieben haben.«

Joseph schluckte. »Ich habe meine Zeit nicht unnütz verbracht, Sire. Über alles, was ich gesehen und erlebt habe, habe ich Notizen gemacht. Wenn Majestät geruhen, sich diese anzusehen.«

»Später, mein Freund, später. Jetzt sind wir in Florenz, und nach all den Strapazen ist dies das Paradies.«

»Sind die Wasser von Pisa Eurer Majestät nicht gut bekommen?«, fragte Joseph.

Der König verzog den Mund. Joseph sah, dass dessen Lippen wulstiger und seine Züge aufgedunsener geworden waren. Kein Wunder, wenn man so viel Wasser trank.

Gustav winkte ab. »Langweilig und verstaubt, dass selbst der berühmte Turm die Ohren hängen lässt. Und dann die makabren Fresken am Campo santo, da muss einem doch die Galle hochkommen. Da ist Spa doch etwas anderes.«

Seine gesamte Suite nickte Beifall. Der Mohr Badin, der Einzige, der dem König die Wahrheit sagen und ihn sogar duzen durfte, reichte seinem Herrn ein Glas Wasser, und auch dem von der Reise durstigen Kraus wurde eine Erfrischung angeboten.

»Sie, die Sie so viel gesehen haben«, fuhr Gustav zu seiner Entourage fort, »Sie, die in Venedig und Bologna waren, konnten Sie sich solch eine Pracht vorstellen? Allein die Piazza, der Ponte Vecchio, der *David* und der *Perseus*. Haben Sie je so viel geballte männliche Schönheit gesehen?«

»Nun«, meinte Joseph und nippte an seinem Glas.

»Sie ziehen wahrscheinlich die *Geburt der Venus* vor. Aber dem Reinen ist alles rein, oder, um es mit den Alten zu sagen, *nihil humanum mihi alienum puto*.«

Gleisnerisch raunte die Umgebung erneut Zustimmung. Neben dem Kammerjunker von Essen stand ein junger Bursche in einer blauen Uniform mit goldenen Tressen und pelzbesetzten Ärmeln. Ohne ihm vorgestellt worden zu sein, wusste Joseph, mit wem er es zu tun hatte. Das verrieten das männliche Kinn und die markante Nase des Jungen. Ein Schopf flachsfarbenen, geradezu gebleichten Haares fiel diesem ins Gesicht. Seine kornblumenblauen Augen waren beschattet mit langen, seidigen Wimpern. Den Blick hielt der Junge gesenkt.

»Kennen Sie den jungen Björnstjerna?«, fragte Gustav und klopfte dem Jungen auf die Schulter. »Ich habe seinem Vater versprochen, auf ihn aufzupassen. Ist aber so brav, dass das gar nicht nötig ist.«

»Vielleicht liegt das in der Familie«, erwiderte Joseph und wandte sich dem Jungen zu: »Ich hatte die Ehre, Ihren Vater … und Ihre Mutter in Regensburg kennenzulernen. Ihre Eltern haben mich mit größter Zuvorkommenheit aufgenommen.«

Carl Magnus Fredrik von Börnstjerna blickte Joseph an und schaute gleich wieder zu Boden. »Freut mich. Leider sehe ich meine Eltern nicht sehr oft.«

»Als ich sie verließ, befanden sie sich in bester Gesundheit. Sie haben sich sehr löblich über Sie geäußert, Herr von Björnstjerna.«

Gustav zwinkerte Badin zu. »Was für ein Ton! Ist unser Kraus auf seinen *péripéties* in die Schule der Galanterie gegangen?«

»*Monsieur le maître de chapelle* passt sich an«, sagte Badin in seinem schleppenden Tonfall.

»Einerlei, es gibt viel zu tun«, sagte Gustav. »Kraus, Sie sehen etwas verstaubt aus. Was ist Ihr Begehr nach all den Strapazen?«

»Mit Verlaub gesagt, ein Bad, Sire.«

»*A la bonne heure*. Nehmen Sie also Ihr Bad. Und dann kommen Sie zu uns zurück. Wir speisen über den Dächern von Florenz, mit Blick auf den Arno und den Ponte Vecchio.«

Joseph nahm die Einladung freudig an. Es wurden Artischocken, Forellen, Perlhühner, Weintrauben und *semifreddo* aufgetragen. Joseph und der Bildhauer Tobias Sergel aßen an einem Nebentisch: Sie waren nicht von Adel.

Rom überwältigte. Von der Engelsburg bis zum Kolosseum, vom *Laokoon* im Vatikan bis zum *Moses* in San Pietro in Vincoli — die Deutschen versuchten, alle Sehenswürdigkeiten zu absolvieren. Dazu statteten sie nacheinander Johann Friedrich von Reiffenstein, dem Urgroßvater aller Fremdenführer, dem Maler Tischbein und seiner Kollegin Angelika Kauffmann samt deren betagtem italienischen Ehemann ihre Besuche ab. In der übrigen Zeit stapften sie unverdrossen, den *Winckelmann* in der Hand, weiter durch das antike Rom.

Der König war in Rom auf Louis Jean Desprez gestoßen, einen französischen Maler, der seit einigen Jahren in Italien lebte. Er engagierte diesen stehenden Fußes und schleppte ihn unermüdlich durch die antiken Trümmer der Stadt, wobei ihm auch nicht der kleinste Stein entging, über den möglicherweise Cäsar auf dem Weg zu seiner Ermordung gestolpert war.

Roms uneingeschränkte Herrscher in diesen Tagen waren die *lazzaroni*. Ihre zerlumpten Armeen wälzten sich Tag für Tag durch die Tiberstadt und zwangen deren Einwohnern ihre Gesetze auf. Wehe dem, der an der Fontana di Trevi einer triefäugigen Alten eine Kupfermünze verweigerte, er konnte sicher sein, bereits auf der Piazza di Spagna von einem Knäuel Bettelknaben um sein ganzes Silber erleichtert zu werden. Es war eine Zunft, die an ihrem Ehrenkodex hing und, um deren Zukunft zu sichern, ihren Kindern bereits im Säuglingsalter die Glieder brach.

Neben den *lazzaroni* hatte Rom noch einen zweiten Herrscher, den Papst mit seinen Kammerherren, Kardinälen und Kastraten. Joseph besuchte Messen von Pius VI. in Santa Maria Maggiore und in der Sixtinischen Kapelle. Er wurde als Mitglied des schwedischen Gefolges sogar vom Heiligen Vater in Privataudienz empfangen, enthielt sich aber, die päpstlichen Finger zu küssen. An Kostproben der italienischen Kompositionskunst genügte ihm die Kastratenkapelle des Kirchenfürsten.

Zu seinen sonstigen Eindrücken ließ er die Eltern in Amorbach wissen:

»Freilich findet man an wenigen Orten unreife Zitronen und Pommeranzen, Waldbrüder, Huren, Bettler die 6 Sprachen sprechen, Heiligtümer, magres Ochsenfleisch, weibliche und männliche Zwitterfratzen, die sich zu allem, wozu sie die Natur nicht gemacht hat, brauchen lassen, Ambra und Bisamgeruch weit um sich herduftende geistliche Seiltänzer und Beutelschneider so hübsch beisammen als hier — das leugne ich nicht; ob aber das Ländchen sich deshalb einbilden solte, dem lieben Gott näher am Herzen zu liegen als ein andrer ehrlicher Fezen auf dem Erdboden, ist eine andre Frage.«

Die gefürchteten pontinischen Sümpfe durchjagte die Reisegesellschaft, als sei der Leibhaftige hinter ihr her. Giftige Dämpfe wallten auch um den Golf von Neapel. Die Spitze des Vesuvs war von Rauchwölkchen gekrönt, und es blubberte und kochte in der Solfatara, der sogenannten Hundsgrotte. In diese Höhle konnte man sich nur mit einem Hund hineinwagen. Begann dieser die Augen zu verdrehen und japsend einzuknicken, wusste man, es war höchste Zeit, wieder ins Freie zurückzukehren.

Bereits in Terracina, Gaeta und Capua hatte der seinem König vorauseilende Joseph, wie er den Eltern schrieb, seinen »kleinen antiquarischen Hirnkasten schon ziemlich bereichert«. Jetzt streifte er durch die freigelegten archäologischen Stätten am Fuße des Vesuvs und staunte nicht schlecht, was dem Erdreich vom Untergang dieser Orte entrissen worden war.

Wie all seine Zeitgenossen war Joseph es gewohnt, dass man die Blößen antiker Skulpturen züchtig mit Feigenblättern verdeckte. Jetzt sah er erstaunt, wie unvoreingenommen, ja freizügig die Römer gedacht hatten. Eine Sondergenehmigung, die der Anwesenheit des schwedischen Königs zu verdanken war, erlaubte ihm einen Blick auf eine der zu Tage geförderten »Hauptschweinereien«: ein Faun, der es mit einer Ziege trieb. Joseph dachte an den Spruch seines königlichen Herrn: »*nihil humanum etc.*«

Ein emsiger Betrachter solcher und anderer Schätze war naturgemäß König Gustav. Nachdem er aus Tivoli eine *Endymion*-Statue von berückender Schönheit mitgebracht hatte, die manche allerdings als Kopie ansahen, erwarb er am Vesuv zentnerweise Skulpturen, die seine Schlösser jenseits des Kattegat schmücken sollten.

In der Hauptsache sollte Joseph ja das neapolitanische Musikleben erkunden. Nichts von dem, was in den Theatern *Fiorentino, Nuovo* und *San Bartolomeo* geboten wurde, vermochte ihn jedoch zu erwärmen. In *San Carlo*, dem einzigen Haus, in dem Kastraten auftreten durften, enttäuschten ihn diese mit ihren matten Stimmen. Als bewegend empfand er hingegen bei einem Abstecher ins Kapuzinerkloster von Pozzuoli den Blick in die Klosterzelle, wo Pergolesi im Alter von 26 Jahren seinem Lungenleiden erlegen war.

Neapel war in der Tat ein lebensgefährlicher Ort. »Gewiss«,

notierte Joseph, »schöner und prächtiger kann nicht leicht eine Stadt auf Gottes Erdboden liegen. Dafür sind aber auch die Neapolitaner für die größten Schurken Wälschlands bekannt. Die Stadt enthält bis 50 0000 Einwohner, wovon sicher die Hälfte nicht weiß, wovon sie lebt.«

Gustav Mauritz Armfeldt war der neue Favorit des Königs und trug dies stolz zur Schau. Wenn er in seiner Leibgardistenuniform an Joseph vorbeispazierte, geschah das nicht ohne einen spöttischen Blick. Dazu erlaubte er sich, mit der Komplizenschaft von Badin, manch zweifelhafte Scherze. So fand Joseph einmal auf seinem Frühstückstisch eine Nachbildung, oder war es gar ein Original, der für Pompeji typischen priapischen Terrakotten. Joseph zog es vor, diese Kostproben hochadligen Humors zu ignorieren. In Gustavs Suite gab es keinen, dem man sich freundschaftlich hätte annähern können. Sergel, eine auch äußerlich wirre Erscheinung, versank in seinem skulpturalen Universum, und der Novize Desprez wurde vollauf vom König beansprucht. Es blieben allenfalls die Gardisten und die Adjutanten — kaum dem Knabenalter entwachsene Hofjunker wie Löwenhjelm oder Peyron. Letzterem war Gustav besonders zugetan, der Junge sollte jedoch einige Monate später in einem Duell fallen.

Freundlich, wenn auch unverbindlich gab sich Graf Axel von Fersen der Jüngere. Aus der Neuen Welt zurück, wo er sich tapfer für die junge amerikanische Nation geschlagen hatte, schien er sich in Italien zu langweilen. Er sehnte seine Rückkehr zu dem *Royal Suédois*-Regiment nach Frankreich herbei, das ihm Gustav und die französische Königin Marie-Antoinette verschafft hatten.

Eines Morgens trat Joseph auf die Terrasse des Schlosses von Capodimonte, das ihnen als Wohnort angewiesen worden war. Die ganze Pracht der Bucht von Neapel lag einem hier zu Füßen. Joseph atmete in vollen Zügen die laue Märzluft. Da sah er eine blaue Uniform neben sich blitzen. Carl Magnus von Björnstjerna stand, die Hände in den Hosentaschen, auf der Aussichtsterrasse und blickte auf Neapel hinab.

Joseph trat zu ihm. »Ein herrlicher Anblick, nicht wahr?«

Der Junge reagierte nicht. Carl Magnus starrte auf das Meer, unter seinen bleichen Wangen mahlte es.

Joseph fuhr fort: »Eine Stadt auf dem wollüstigen Rande des Mittelländischen Meeres, hingegossen wie die Ruinen eines Amphitheaters …«

»Herr Kraus«, sagte Carl Magnus, »ich wäre Ihnen dankbar, wenn Sie von solchen Vertraulichkeiten absehen würden.«

»Wie?«, fragte Joseph, »ich verstehe Sie nicht.«

»Sie verstehen mich sehr wohl.« Noch immer starrte der Junge geradeaus auf das Meer. Dann sagte er wie auswendig gelernt: »Mein Vater mag tolerant sein. Das kann ich, allein um meiner Mutter willen, nicht. Und so würde ich Sie bitten, mich in Zukunft nicht mehr anzusprechen.«

Ein kalter Windstoß fuhr über die Terrasse in Capodimonte. Joseph hielt den Atem an und trat einen Schritt zurück. Der junge Björnstjerna wandte sich zum Gehen. »Andernfalls würde ich mich gezwungen sehen, Sie zum Duell zu fordern.« Er sandte Joseph einen frostigen Blick. »Aber bei Ihrem Stand ist das leider nicht möglich.«

Joseph war beinahe erleichtert, dass der König ihn beauftragte, ihm voraus nach Frankreich zu reisen und dem dortigen Botschafter wichtige Depeschen zu überbringen. Nach Gustav Philip Creutz versah der Baron de Staël von Holstein in Paris diese wichtige Position. Der König hatte ihm das Amt in der Rue du Bac verschafft, nachdem de Staël versprochen hatte, dass er Germaine, die zwar nicht blendend aussehende, aber schwerreiche Tochter des Ministers Jacques Necker, heiraten würde.

Joseph verstaute neben seiner eigenen Person Stalberg und

Kyra in einem *carrozzino* und hetzte über staubige Straßen in die Toskana zurück. Während er in Livorno auf günstige Winde wartete, streckte ihn etwas wie ein Kollaps nieder. Es war, als forderten die Anstrengungen der letzten Wochen ihren Tribut. Fiebernd lag Joseph im Bett, und auch die bekannten Hustenattacken meldeten sich nach langer Unterbrechung wieder.

Seltsam, er war wie ein Eisbär durch die schwedischen Winter gekommen, und nun setzte ihn der italienische Frühling außer Gefecht.

Als endlich ein Schiff fuhr, wappnete Joseph sich mit Rum und Zwieback gegen die Seekrankheit. Dass er in Marseille vorsorglich den südfranzösischen Weinen zusprach, rächte sich auf dem Fuße. Nur in kleinen Etappen konnte er sich nach Paris schleppen. Im Hôtel de Marigny, Place du Vieux Louvres, schlug er sein Logis auf. Dort feierte er seinen Geburtstag: »Potz! — Vorgestern bin ich 28 Jahre alt geworden — und hab noch keine Frau!«

Von den Lieben zu Hause, insbesondere der schwesterlichen Jungfer Anna Barbara, setzte es prompt Schelte und inquisitorische Fragen. Auch die Frau Mutter sparte nicht mit Moralpredigten in der Art: »Lieber eine ehrliche Frau ins Haus, als sich mit Lumpendingern einlassen.«

Die Frau jedoch, an die er unentwegt dachte, meldete sich immer seltener. Seinen letzten Brief, worin er Eva mitteilte, dass er ihren Sohn kennengelernt hatte, ließ sie unbeantwortet. Zuvor hatte sie eine knappe, wenn auch sehr herzlich gehaltene Weihnachtspost geschickt. Sie schrieb, dass es Magnus gesundheitlich nicht besonders gut gehe und dass sie sich, wie es sich für eine Dame der Gesellschaft gehöre, jetzt für wohltätige Zwecke einsetze.

Hätte sie sich auch nicht ihm gegenüber etwas freundlicher zeigen können? Joseph wand sich noch in Eifersuchtsqualen, als sein König in Paris eintraf. Gustav genoss das Fluidum seiner Wahlheimat. Paris feierte den Zauberkönig aus Mitternacht mit all dem Hofiergehabe, zu dem es sich noch aufraffen konnte. Man führte dem Gast Beaumarchais und Monsigny vor, Grétry und Piccinni. Man brannte Feuerwerke ab und ließ Montgolfieren in die Luft steigen, die nach dem schwedischen König getauft worden waren. Gustav tanzte im Trianon und dinierte mit der Prinzessin von Lamballe, einer anscheinend intimen Freundin der Königin. Die Dame war sehr vornehm und so empfindsam, dass sie beim Anblick des auf dem Tisch thronenden, zur Zerlegung vorbereiteten Hummers beinahe in Ohnmacht gefallen wäre. In acht Jahren würde man die Prinzessin in der gleichen Stadt ebenfalls, dem Hummer ähnlich, in Stücke hacken.

Der italienische Komponist Piccinni galt in Paris als Rivale Glucks. Dennoch befasste sich Joseph eingehend mit dessen Oper *Dido*, einem vielleicht undramatischen, aber lyrisch hinreißenden Meisterwerk. Nachdem Joseph das Werk mindestens zwölf Mal gesehen hatte, holte er seinen eigenen *Aeneas* wieder hervor und bedrängte Kellgren, ihm doch fleißig noch mehr Szenen zur Vertonung zukommen zu lassen.

Für Gustav hatte die Reise den erhofften politischen Erfolg gebracht. Zwar konnte er Frankreich nicht zu einem Bündnis gegen den ewigen Feind Dänemark bewegen. Jedoch erwarb er Saint-Barthélémy, ein winziges Eiland in der Karibik, dessen karge Disteln gerade ein paar hundert Einwohnern samt Schafen Nahrung boten. Am Johannistag des Jahres 1784 wurde die Übergabe der Insel bei einer großen Feier in Versailles besiegelt. Die englischen Gärten des Trianon glitzerten in farbigem bengalischem Licht. Weiß gekleidet wie alle Gäste, wiegte sich der Schwedenkönig zu einem federnden Menuett. Seine Tanzpartnerin war Königin Marie-Antoinette, und hinter einer Säule ließ Axel von Fersen in seiner *Royal Suédois*-Uniform kein Auge von dem Paar. Genau neun Monate später sollte Marie-Antoinettes jüngster Sohn, der Duc de Normandie, zur Welt kommen.

Gustav beauftragte Joseph, so notierte es dieser, für ein *Intermède*, das er in französischer Sprache zu Molières *Amphitryon* gedichtet hatte, ein paar Tänze und Zwischenaktstücke »fein hübsch geschwinde zusammenzuschmieren«. Dann ließ er den über seinem Notenpapier qualmenden Hofcompositeur in seiner kalten Stube zurück und entschwebte als frisch gebackener Kolonialherr nach Schweden.

Obwohl noch Sommer war, schüttete es Tag und Nacht. Nicht einmal die Pfeife wollte bei dieser Feuchtigkeit brennen. Und dann dieses Ziehen in der Brust, bis in den Arm hinein. Joseph schrieb es dem Porterbier zu, das er am Vortag bei Botschafter de Staël reichlich genossen hatte.

Ein schwedischer Kapellmeister musste den ganzen Tag in seinem ungeheizten Zimmer hocken — die feine Welt draußen, die ließ es sich gut gehen. Man stand nicht vor elf Uhr auf und ging dann zum Friseur, Schneider, Parfümeur oder zur Abwechslung auch einmal zum Pferderennen aufs Champ de Mars. Politische Diskussionen pflegte man im Palais Royal oder in der Freimaurerloge. Ein besonderes Prickeln verschaffte eine spiritistische Sitzung bei Cagliostro oder Dr. Mesmer. Die Komödie oder die Oper — keineswegs durfte man *Le mariage de Figaro* oder *Richard Cœur de Lion* verpassen — begann um sieben Uhr. Danach machte man Besuche und ließ sich zu später Stunde zum Souper nieder. Bei einem solchen Tagesprogramm erübrigte es sich, Öfen anzuzünden. Kühl war es an der Seine, die sich in Herbstnebel zu hüllen begann, kühl in den grünen Grotten der Gärten, die sich die meisten privaten *hôtels* leisteten, kühl in den Salons, wo ständig die Fenster offen standen.

Das mondäne Leben war Joseph schon aus dem Grund verschlossen, dass er sich momentan wieder einmal in einem finanziellen Engpass befand. Seit Wochen blieben die Zahlungen des Hofes aus. Sein Vorgesetzter Zibet war, nach dem Vorbild des Königs, nach Spa gereist und hatte dort, anscheinend beim Spiel, eine erkleckliche Geldsumme verloren.

Joseph war zu stolz, beim König Beschwerde einzulegen. Er behalf sich, indem er Artikel für deutsche Zeitungen schrieb und, wie gewohnt, auf die elterliche Großmut zurückgriff. Standen ihm die Eltern auch nach wie vor bei, so kam der Ton der Briefe, vor allem der mütterlichen, doch immer öfters einem Rüffel nahe.

Er treibe sich schon so lange in der Fremde herum, wann man ihn denn endlich wieder zu Gesicht bekommen würde, insistierte Frau Kraus. Frankreich, das sich, Gott sei gelobt, an den einzig wahren Glauben hielt, liege dem Odenwald doch wesentlich näher als das Land der Hyperboreer, der schwedischen Ketzer.

Etwas verwirrend war, was man aus dem Norden hörte. Während man sich in Musikerkreisen um den Kapellmeisterposten raufte, den Joseph so lange vakant ließ, hatte seit der Rückkehr des Königs das kulturelle Leben zu einem neuen Aufschwung angesetzt. Müller, der Mann der nach Schweden zurückgekehrten dänischen Sängerin, hatte für Drottningholm ein Stück über Königin Christine geschrieben, und der französische Maler Louis Jean Desprez hatte dazu spektakuläre Bühnenbilder geschaffen. Offensichtlich wollte Gustav nun eine ganze Reihe patriotischer Stoffe auf die Bühne bringen und streckte dazu, so sagte man, seine Fühler nach allen möglichen Tonsetzern aus.

Kellgren, wahrscheinlich mit Dichtungen beschäftigt, die ihm mehr am Herzen lagen, schickte die von Joseph angeforderten Szenen zum *Aeneas* nur tröpfchenweise. Informationen aus Adelskreisen, zum Beispiel über die Björnstjernas, konnte man diesem Eigenbrötler ebenfalls nur schwer entlocken. Kellgren bemerkte nur einmal in seinem Polterton:

»Der König hat seine Augen, sprich Spitzel, überall. Er ist sehr wohl darüber unterrichtet, mit wem seine Offiziere, oder Musiker, schlafen.«

Mit dem neuen Jahr erreichte die Rue du Bac eine Nachricht, die ebenso bestürzend wie unerwartet kam: Graf Magnus von Björnstjerna war nach kurzem, heimtückischem Leiden im Alter von 47 Jahren gestorben. Er fand sein Grab auf dem Regensburger Friedhof und die Witwe, so hieß es, war zu ihrem Bruder nach London gezogen.

Im Mai 1785 fand in London die große Gedenkfeier aus Anlass von Georg Friedrich Händels hundertstem Geburtstag statt. Einem Instinkt folgend, brach Joseph zur Überquerung des Ärmelkanals auf — offiziell, um »ein paar englische Trauerspiele zu sehen und ein paar Kannen guten Porter auf meine und des Heiligen Römischen Reiches Gesundheit zu leeren«.

In der Westminster-Abtei hörte er Werke Händels, hingebungsvoll und mit einem bewundernswerten Aufgebot an Musikern dargebracht. So etwas gelang nur den Engländern. Ansonsten zog er bereits in aller Frühe durch die Straßen Londons. Wieder einmal genoss er weltstädtische Eleganz und bestaunte die Wunder, die sich an den Ufern der Themse türmten.

Unablässig drehte sich das Karussell der Kabrioletts im Hyde Park, unablässig promenierten in den Privy Gardens zwischen St. Jame's Palace und Whitehall die vornehmen Damen in farbigen Mantuastoffen, begleitet von säbelbehängten Kavalieren. War man es müde, sich durch den Staub der zumeist ungepflasterten Straßen zu kämpfen, konnte man sich ans andere Ufer der Themse rudern lassen. Dort, in den künstlichen Gartenlandschaften von Vauxhall oder Ranelagh, lullten einen die Tanzorchester beim Lampionschein ein.

Die meiste Zeit aber verbrachte Joseph in einer Teestube in Chelsea, die direkt gegenüber der schwedischen Botschaft lag.

Vor dem Botschaftsgebäude, das sich mit seinen hohen übergiebelten Fenstern und dem untadeligen Säuleneingang in den Regenpfützen spiegelte, herrschte viel Verkehr. Behäbige Berlinen, elegante Kaleschen und zierliche Einspänner fuhren vor. Ein paar Mal auch sah Joseph den Botschafter. Dieser steckte jedes Mal seine spitze Nase so forschend in den Wind, als erwarte er, dass sich alle Schleusen des Himmels über ihm auftun würden.

Zuweilen traten beschürzte Zofen und Lakaien in Livree aus dem Portal. Und wie berückend die Rosen in Londoner Vorgärten blühten! Ansonsten machte sich Joseph eingehend mit dem Innenleben des Teehauses bekannt. Seine Blicke glitten immer wieder über die verblichenen Gardinen, die Risse in der Decke und die aufgequollene Holztäfelung. Die Stammgäste des Hauses, vom *Morning Post*-Dauerleser bis zum Droschkenkutscher, begleiteten die Beschattung.

Seinen Tee schlürfte Joseph mit Inbrunst. Nur vom viel zu süßen *shortcake* schob er manchen Brocken unter den Tisch, direkt unter Kyras Schnauze.

Ein Schwarm Stare wallte hoch, verharrte in militärischer Formation und zog dann über die Dächer davon. Der Himmel blieb leer zurück und es duftete nach Rosen. Dann ging die Tür der Botschaft auf, und er sah zwei Gestalten unter dem Portikus. Einen Augenblick setzte sein Herz aus, dann stürmte es laut und heiß gegen das Schlüsselbein. Ganz in Schwarz stieg Eva über die Treppe. An ihrem Arm Carl Magnus, den die blaue Adjutantenuniform schmerzlich jung und schlank aussehen ließ. Die Art, wie er den Arm seiner Mutter hielt, zeigte, dass auch er ihr restlos verfallen war.

Sie wirkte gelassen, ja friedlich. Ein schwarzer Hut mit grauen Reiherfedern wippte über dem Haar, das womöglich noch aschfarbener geworden war. Der lange gebeugte Nacken wirkte beinahe verletzlich unter diesem Hut.

Dann wandte sich Eva zur Tür zurück. Hinter ihnen kam

ein etwa vierzehnjähriges Mädchen, blond und ebenfalls schwarz gekleidet. Eilig und ziemlich ungeschickt schnürte sie ihre Hutbänder. Der große Bruder sagte etwas, seine Mutter lächelte. Während das Lächeln ihr Gesicht verklärte und die grauen Hutfedern über ihrem aschenen Haar zitterten, legte sie ihren freien Arm um das Mädchen.

So schritten die drei die Stufen hinab und bogen in die Straße ein. Drei Menschen, die ein festes Band verknüpfte, eine geschlossene Gemeinschaft, die keinen Vierten brauchte.

Der Wirt kam an Josephs Tisch geschlurft. »*How 'bout some more water for your tea, Sir?*«

»*No*«, sagte Joseph und zerbröckelte seinen Teekuchen. »*Bring me a brandy, please.*«

Gute Opernstoffe sind nicht leicht zu finden. Marmontel, der gefeierte Poet, hätte gern mit einem Libretto gedient, aber seine Produkte waren zu blutleer und handlungsarm. Und Gustav, der Eiferer, verlangte schon etwas Spannung. Joseph machte sich an eine Vertonung der *Ödipus*-Sage. Als er hörte, dass Sacchini, der die Protektion von Königin Marie-Antoinette hatte, den gleichen Stoff bearbeitete, gab er das Projekt nach einem Akt auf.

Clewberg-Edelcrantz, der Nachfolger des endgültig in Ungnade gefallenen Zibet, ließ Joseph ausdrücklich wissen, dass er, Kraus, weiterhin mit all seiner Kunst zur Verfügung zu stehen habe. In Stockholm hatten die Dinge dazu eine Wendung genommen, mit der niemand gerechnet hatte. Carl von Fersen, Bruder des Senators und Onkel des Amerikakämpfers, ein charmanter, kunstbegeisterter Bonvivant, mit dem Gustav einst Theater gespielt hatte, war gestorben. Neuer Intendant der königlichen Oper war jetzt Gustav Mauritz Armfelt. Aber was hatte Joseph von diesem Intimfeind zu befürchten? Hatte ihm der König nicht versichert, dass er keinen seiner Komponistenkollegen gegen ihn eintauschen würde?

Im Sommer 1786 kam endlich der Befehl zur Abreise. Joseph vermochte der Order nicht gleich Folge zu leisten, da ihn ein neuerlicher Ausbruch seines Brustleidens ans Bett fesselte. Obwohl nicht völlig genesen, machte er sich zwei Wochen später auf den Weg. Sein Bedienter Stalberg war bereits vorausgereist, um in Stockholm das Logis einzurichten.

Auf seiner Reise machte Joseph in Frankfurt Station und traf im Hause Schütz seine Schwester, die sich dort eifrig der Zeichenkunst widmete. Marianne erschrak, ihren Bruder so fahl und melancholisch zu sehen. Sie tat alles, um ihn ein bisschen aufzumuntern. Gemeinsam reisten sie nach Amorbach weiter.

Als Joseph seine Mutter in die Arme schloss, spürte er zugleich die Härte der Erfahrungen der letzten Jahre. War diese Umarmung die einzige Wärme, auf die er in diesem Leben hoffen durfte? Mutter und Sohn spürten, dass etwas Dunkles, Unaussprechliches über ihnen schwebte, und ließen ihren Tränen freien Lauf.

Dann drängte sich die ungeduldige Bärbel dazwischen und der Vater forderte Joseph eher barsch auf, doch endlich seine Geschenke auszupacken. Joseph hatte sich nicht lumpen lassen. Die Uhr beim Göttinger Juden war zwar noch immer nicht bezahlt, aber er brachte dem Vater einen in Gold gefassten Topas und der Mutter einen goldenen Ring, auf dem sein Brotherr abgebildet war — hier hatte Gustav großzügig mitgeholfen.

Dann eilte auch Therese herbei und schleppte den jungen Mann mit, dem sie vor allen Verehrern den Vorzug zu geben schien — den Gehilfen ihres Vaters, den Schreiber König.

Im Sommer kam Alois aus Mannheim. Diesem pausbackigen und wirrlockigen Herkules konnten kein Theorem, kein *Thukydides* und kein Studentenjux etwas anhaben. Und wenn Alois Laune hatte, strich er die Geige, dass es eine Lust war. Joseph hüstelte dazu zustimmend, und Franz hockte zusammengesunken in der Ecke und lächelte vor sich hin.

Die Geschwister ließen Franz unter der Obhut des kleinen Bruders an den Fischweihern zurück und zogen durch das Miltenberger Tor aus Amorbach hinaus. Bald lag das Städtchen im Tal der Mud mit rauchenden Kaminen und funkelnden Ziegeldächern unter ihnen. Eines der Dächer beherbergte auch die Kellerei, die mit ihrer Enge nicht über den Verlust des Buchener Amtssitzes hinwegtrösten konnte. Aus dem Häusergewirr stach der Turm der Gangolf-Pfarrkirche empor, und alle Häuser des Ortes schmiegten sich Schutz suchend an die herrschaftliche Abtei, die in der Mitte des Talkessels ruhte. Nadelholz mischte sein tiefes, samtenes Grün unter die frischen Farben der Obstbäume. Ein Bach schäumte zur Mud hinab. Talabwärts ging es an den Main nach Miltenberg, aufwärts durch den Odenwald nach Buchen, Mudau und Walldürn.

Hier, das wusste Joseph, war seine Mitte, und die musste er jetzt hinter sich lassen. Er drückte Marianne an sich und sie lehnte sich an seine Schulter. Niemand sprach ein Wort.

Josephs Kompass zeigte nach Norden. Die Mutter und Marianne begleiteten ihn eine Strecke des Weges, der mit jeder Meile mühsamer wurde. In Geldersheim, eine Tagesreise hinter Würzburg, nahmen sie Abschied — es sollte ihr letzter sein.

VII

Ich bin nicht Philosoph, um mir genug zu sein.
Joseph Martin Kraus an Johann Samuel Liedemann, 1784

Die Stockholmer drängten an diesem Januarabend im Jahr 1786 mit einem Ungestüm auf den Gustav-Adolf-Torg, dass selbst eine doppelte Reihe Wachsoldaten sie kaum in Schach zu halten vermochte. Ungewöhnliches, noch nie Dagewesenes erwartete sie: die erste Nationaloper in der Geschichte Schwedens wurde aufgeführt.

Das von Gustav betriebene Bündnis des Vaterlandes mit der Musik hatte sich schon seit längerer Zeit angebahnt. Vor zwei Jahren etwa hatte Carl Stenborg zur Eröffnung seines Munkbro-Theaters mit *Gustav Wasa in Dalarn* die Freuden des Landlebens besingen lassen. Dies sollte nunmehr Johan Kellgrens in Musik gesetzter Dramentext zu dem schwedischen Nationalhelden noch überbieten: mit Kerker- und Massenszenen, Volksaufläufen und gigantischen Schlachtengemälden, zu denen Louis Jean Desprez in seinem ersten großen Auftragswerk farbenfrohe Bühnenbilder geschaffen hatte.

Die Musik von Gottlieb Naumann hatte jedoch wenig Vaterländisches. Von der französischen Ouvertüre über gefühlvolle Arien bis zu großen Chorensembles und Tanzszenen rollte sie vielmehr in einem *stile misto* über die Bühne, in dem sich Überschwang mit politischer Begeisterung verband. Das Werk handelte von dem vom dänischen König Christian II. angerichteten Blutbad von 1520 und von der Machtergreifung durch Gustav Eriksson Wasa. Bei diesem Thema war es unbedeutend, dass die Sopranistin Carolina Müller eine Dänin war. Sie rührte als *Christina Gyllenstierna*, die sowohl das Stockholmer Schloss als auch ihren Sohn *Svante Sture* heldenmütig gegen den schnöden Dänenkönig verteidigt, zu Tränen. Marie-Louise Baptiste-Marcadet sang die Mutter *Gustav Wasas*, der seinerseits von dem unabdingbaren Stenborg interpretiert wurde. Ob seine Stimme vor Rührung oder aus Überzeugung vibrierte, Stenborg jedenfalls wurde mit Beifall überschüttet. Kenner meinten jedoch, dass Christoffer Karsten in der Rolle Christians II. noch vortrefflicher war. Er funkelte unheilvoll in rotblauen Pluderhosen und verströmte bei aller Häme, die seine Rolle erforderte, auch den vollen Schmelz seines lyrischen Tenors.

Schlecht kamen die Komparsen davon, die dänische Soldaten zu mimen hatten. Sobald sie sich auf der Bühne zeigten, ging orkanartiges Buhen und Johlen auf sie nieder.

Als aber *Gustav Wasa* und seine Mannen im zweiten Akt sich zu ihrem »*Ädla skuggor, vördade fäder*« aufschwangen, erhob sich der Saal mit ihnen und stimmte in den Gesang ein: Hier war eine Nationalhymne und zugleich eine nationale Bewegung geboren.

Nach solchen Aufwallungen war der König daher bestürzt, als ihm kurz darauf bei der Eröffnung des Reichstags eisige Stimmung entgegenschlug. In der Hauptsache ging es bei diesem Reichstag darum, Maßnahmen gegen die Gefahr einer Hungersnot zu ergreifen. Damit kam er noch einigermaßen durch. Alle anderen Vorschläge, die Gustav vorbrachte, wurden jedoch durchweg abgelehnt. Axel von Fersen der Ältere schien vergessen zu haben, dass sein verstorbener Bruder, der Theaterdirektor, einst mit dem König zusammen auf der Bühne gestanden hatte. Es schien auch vollkommen belanglos, dass sein Sohn, der schneidige Axel, dahinschmolz, wenn die französische Königin in Versailles die *Rosina* in *Le mariage de Figaro* spielte. Mit schneidendem Hohn ließ sich der alte Fersen stattdessen darüber aus, dass jetzt »Opernmamsells auf demselben Parkett wie der König und die Seinen tanzen dürfen«.

Gustav rächte diesen Affront der Adeligen, indem er den Bürgerlichen großzügige Vorrechte einräumte. Zwar hielt er weiter an der Presse- und Theaterzensur fest, gestattete aber wieder das private Schnapsbrennen und den freien Verkauf von Tabak.

Der König verließ die Versammlung mit Unbehagen. Hatte er etwa das Vertrauen seines Volkes verloren? Konnte es sein, dass die kaltblütigen, schwerfälligen Schweden mit seinen hochfliegenden Plänen nicht mehr Schritt hielten?

Einsamkeit ist das Los derjenigen, die die Staaten lenken. Das wusste Gustav, wenn er nächtens durch seine Schlösser geisterte. Manchmal begleitete ihn im Geiste das blutige Haupt Erik Brahes, meistens jedoch die bleiche Sorgenmiene seiner Mutter. Ruhe fand er lediglich vor seinem *Endymion*. Das Bildwerk mochte vielleicht eine Kopie sein, im Mondlicht aber glänzte der schöne Liebende wie ein Strom aus Milch.

Eine Befriedigung noch blieb dem Monarchen. Er reiste nach Uppsala und rief die Schwedische Akademie der Künste und Wissenschaften ins Leben.

In Stockholm angekommen, eilte Joseph zuerst zu Vogler. Nicht nur, dass dieser unversehens in Schweden gelandet war, prompt wurde er zudem noch zum Prinzenerzieher und *Direktör af Musiken* ernannt. Joseph war entschlossen, Vogler für sich zu gewinnen, und drückte seinen alten Lehrer an die Brust.

»Na, mal langsam«, schnaufte Vogler. »Dass du so große Stücke auf mich hältst, wusste ich gar nicht. Zumal du auf deiner Weltreise ja alle Maestros kennengelernt hast.«

»Wer kann sich mit Ihnen vergleichen, werter Abbé?«, sagte Joseph. »Sie hatten die Ehre, zum *Chef de la musique* ernannt zu werden, höre ich?«

»Das will gar nichts heißen, gar nichts. Nur Pflichten, nur Mühlsteine am Hals.«

»Aber Sie haben doch Ihre eigene Schule aufgemacht?«

»Ja, aber da muss ich Hinz und Kunz gratis unterrichten, nur um Nachwuchs für die Hofkapelle zu liefern«, gab Vogler zurück. »Warum, glaubst du, ziehe ich orgelspielend durch die Dörfer?«

»Sie sollen aber auch eine Oper komponieren.«

»Hör mir auf damit!« Vogler kratzte sich seinen Schädel, dass der Perückenpuder emporstob. »*Gustav Wasa und Ebba Braha,* ein Schmarren, sage ich dir, ein Schmarren! Irgend so ein finnischer Dachstubenpoet hat das Libretto zusammengeschustert.«

»Johan Henrik Kellgren«, sagte Joseph.

»Wer soll sich diese nordischen Namen merken? Auf jeden Fall weiß ich nicht, wie ich die kommenden Monate überstehen soll. Ja, du bist Hofkapellmeister, aber ich ein armer Schlucker. Was man sich, mit Verlaub gesagt, in diesem Land nicht anmerken lassen darf.«

»Ja, und wenn einem niemand eine Kritik schreibt, gilt noch immer die Devise: Selbst ist der Mann«, ergänzte Joseph.

»Kein Spott bitte. Nein, ehrlich, ich bin schon an einen gewissen Lebensstil gewohnt: Personal, eine Kutsche, zwei Pferde. Ganz zu schweigen von meinem armen Vater und meiner Schwester in München.«

»Oh.« Joseph blieb in seiner Rolle. »Wenn's nur das ist. Meine Eltern sind nicht reich, aber sie haben mich immer hochherzig unterstützt. Ich bin sicher, sie wären auf ein kleines Darlehen ansprechbar.«

»Das würdest du für mich tun?« Vogler begann zu zwinkern und versetzte Joseph einen Stoß gegen die Schulter.

»Was für eine Frage!«, entgegnete Joseph und fügte hinzu: »Landsleute müssen doch zusammenhalten, besonders in der Fremde.«

»Landsleute, ja. Wir werden schon einig werden, nicht wahr?«, schmunzelte Vogler.

»Schweden ist groß. Da wird doch Platz für uns beide sein«, sagte Joseph.

Ein paar Tage später wurde Joseph zu seinem neuen Vorgesetzten zitiert. Gustav Mauritz Freiherr von Armfelt, Oberintendant der Hofkapelle und des Theaters, erinnerte ihn an seine Pflichten, die vor allem in der Lieferung von wohlgefälligem *Vaudeville*-Material für die königlichen Bühnen bestanden. Der korrekte, nüchterne Ton, in dem die Unterredung ablief, stand sehr im Gegensatz zu den anzüglichen Scherzen, die sich Armfelt in der Vergangenheit Joseph gegenüber erlaubt hatte.

Dieser nahm es zur Kenntnis und richtete sich in der neuen Wohnung in der Regeringsgata ein. Die Räumlichkeiten waren freundlich und großzügig, die Wohnung hatte ein Musikzimmer und eine Bibliothek. Joseph leistete sich zwar kein eigenes Gespann wie Vogler, dafür aber neben Stalberg einen zweiten Bedienten und eine Haushälterin. Das Umfeld war beinahe schon ländlich. Auf einer Anhöhe über dem Haus lag die Jakobskirche, deren Friedhof mit den uralten Grabsteinen ein beliebter Treffpunkt für feine Herrschaften geworden war, die sich hier so richtig gotisch vorkommen wollten.

Es war überdies günstig, dass die Wohnung auf halbem Wege nach Drottningholm lag. Den Sommer über war Joseph hier verpflichtet und logierte mit anderen Domestiken in den Musikergebäuden am Rande des Parks. Ein mit Buchen bestandener Hügel trennte diesen Trakt von den königlichen Gärten, und bis zum chinesischen Pavillon waren es nur ein paar Schritte. Hier, so raunten manche, konnte man um Mitternacht Königin Louisa Ulrika spitznasig und kopfschüttelnd umherirren sehen.

Für den König und seine Gäste spielte Joseph zu Bällen und Empfängen auf. Eva von Björnstjerna war bei diesen Veranstaltungen nie anwesend. In der munteren Schar der Adjutanten aber, mit denen sich Gustav so gerne umgab, bemerkte man zuweilen die hohe schlanke Gestalt von Carl Magnus, wie dieser die Gesellschaft hochmütig musterte und über den *Maître de musique* hinwegsah.

Josephs Musik zu *Amphitryon* war gut angekommen, und so hagelte es weitere Aufträge. Dieser deutsche Musikus war ja für alles zu gebrauchen. Waren Zimbeln und Schellenbaum gefragt, so polsterte er Favarts Türkenoper *Soliman der Zweite* mit glitzernden Janitscharenklängen auf. Genauso unbeschwert tänzelten ihm für Zusatzarien zu den *Mexikanischen Schwestern* exotische Koloraturen aus der Feder. *Polacca*-Schwung und »wienerische Heiterkeit«, wie sie die Kritik in seiner musikalischen Komödie *Fintbergs Bröllop* auszumachen meinte, brachten ihm vollends den Ruf eines Singspiel-*Compositeurs* ein. Der König überhäufte ihn mit Bestellungen für Ballette, *Divertissements* und andere charmante Nichtigkeiten.

Dass Joseph zu wirklich Tiefgründigem fähig war, wen interessierte das? In ganz Europa taumelte der Adel in einem einzigen Vergnügungsrausch. Wie bekränzte Neptune steuerten die Fürsten ihre Narrenschiffe durch die Stürme des Völkergrolls zu den Inseln des Vergnügens hin. Gerudert wurden diese Nussschalen von willigen Hofpoeten, Kapellmeistern und anderen *Maîtres de plaisir*.

Joseph war zu gutmütig, sich gegen diese Aufträge zu stellen. Und war der Volksdichter Bellman, von dem man in grausamem Spaß eine Art Opernkomposition verlangt hatte, überfordert, so sprang er in die Bresche. Dann tischte er dem Hof, dem das Ländlich-Populäre nun mal über alles ging, die neckische Pantomime *Fiskarena* auf.

Solche Kunstanstrengungen endeten abends in Bellmans Revier, in der Fischerstube oder im Gyldene Freden. Und so runzelte manch braver Stockholmer Bürger die Stirn, als er den ehrenwerten Herrn *Capellmästare*, der keine Zeit für den Gottesdienst oder die Bibliothek hatte, mit Bellmans Kumpanen in den Kneipen der Altstadt zechen sah.

Der König fuhr über Land. Der Wind strich über das Wollgras, die Räder der Kalesche holperten dazu im Takt. »Das ist Schweden«, sagte Gustav zu seinem elfjährigen Sohn, der neben ihm saß. »Das ist das Land, über das Sie einmal herrschen werden. Die Dänen sitzen bei Stockfisch und saurem Bier auf ihren Inseln, die Norweger haben ihre schäumenden Fjorde und ihre Gletscher. Schweden hat seine Wiesen, Wälder und Seen, und alles in unendlicher Weite. Eine Weite, die ganz natürlich in Finnland übergeht, eine Weite, die keine Grenzen hat außer der Barbarei Russlands.«

Dann schaute Gustav wieder aus dem Fenster. Die Wiesen machten Ackerflächen Platz, auf denen die Bauern die überquellende Fülle des Korns zu bändigen suchten. »Ihr Volk, mein Sohn«, fuhr Gustav fort, »freie, stolze Bauern, die auf nichts hören als auf den Ruf der Erde. Auf die müssen Sie sich stützen. Nicht auf die Krämerseelen der Kaufleute oder den Dünkel des Adels.«

Der blasse Gustav Adolf nickte und flüsterte: »Ja, Sire.«

»*Oui, mon père,* heißt das. Sie wissen, Förmlichkeit habe ich nie geliebt.«

»*Oui, mon père*«, wiederholte der Knabe und hielt seine spitze Nase gerade.

Da jedoch die Fahrt sich hinzog und der Vater in zufriedenes Dösen versank, brach in Gustav Adolf die kindliche Natur durch. Er begann, mit den in blauen Saffianschuhen steckenden Füßen zu baumeln, und summte etwas vor sich hin.

»Sehr hübsch, Gustave«, sagte der Vater ohne die Augen zu öffnen. »Was ist das?«

»*Bald gras ich am Neckar, bald gras ich am Rhein.* Herr Vogler hat es mir beigebracht.«

»Sehr schön. Auch mir hat meine Kinderfrau alte Melodien vorgesungen. Wie ging das noch?« Der König überlegte und fing dann gleichfalls an zu summen: »*Nous n'irons plus au bois … Il pleut, il pleut, bergère … ne sais quand reviendra …*

Ach was, ich bring alles durcheinander! Sagen Sie mir lieber, wo wir sind. Ich kenne mich überhaupt nicht mehr aus. Nun, *peu importe*. Armfelt weiß alles, er wird uns schon auf dem Laufenden halten.«

Gustav beugte sich über den Wagenschlag und winkte lässig zu der nachfolgenden Kutsche hin, in der Gustav Mauritz Armfelt mit weiteren Mitgliedern der königlichen Suite saß. In einem beschaulichen Weiler wurde Halt gemacht. Der Bürgermeister kam mit Brot und Salz, ein rustikaler Chor stimmte fröhliche Weisen an, junge Mädchen, die kornfarbenen Köpfe mit Margeriten geschmückt, offerierten Erfrischungen. Der Pfarrer hob zu einem umfangreichen *Panegyrikos* an, da gab der König Armfelt einen Wink, und dieser zog den Geistlichen beiseite.

»Wir wollen uns die Sehenswürdigkeiten anschauen«, meinte der Monarch. Diese bestanden hier aus der blaubeschindelten Kirche, dem Dorfkrug, den ein Konterfei des Herrschers zierte, und einer Anzahl niedriger Häuschen ringsum. Gras wuchs auf den Dächern und am Ufer eines Sees standen Ziegen und blickten philosophisch in die Landschaft.

Abends saß der Monarch am Bett seines Sohnes. Der schlief fest, die Faust an den Körper gezogen. »*Ne sais quand reviendra*«, hauchte Gustav. Der Junge war erschöpft von all dem, was er gesehen hatte. Gustav würde ihn zurückschicken. Nicht nach Strömsholm, wo ihn seine Mutter, die dort wie eine Witwe residierte, in verbohrter Opposition bestärken würde. Nein, sein Thronfolger sollte zurück ins Stockholmer Schloss, um sich Truppenparaden anzusehen und mit Abbé Vogler schwedische Volkslieder einzuüben.

Es war nach elf Uhr, aber immer noch verweilte der Tag. Hinter den buckligen Häuschen wob laues Licht über Wiesen und Wälder. Gustav lenkte seine Schritte zum See. Als er Stimmen hörte, blieb er hinter einem Gebüsch stehen.

Mädchen und Burschen badeten im See, unbekleidet, wie

die Natur sie geschaffen hatte. Sie lachten, bespritzten sich mit Wasser, trieben allerhand vergnügten Unfug. Gustav nahm zur Kenntnis, dass einige seiner Soldaten und Lakaien darunter waren. Deren blasse, schlanke Körper stachen von den rosigen Leibern des Landvolks ab. Und tummelte sich nicht gar Armfelt in dem losen Treiben? Die Arme um die bebenden Brüste einer Dorfschönheit geschlungen, verbiss er sich in ihren Nacken. Sie kreischte und warf ihren Kopf zurück, dass das lange, sprühende Haar wie Seetang herabpurzelte.

So war das also. Gustav schlich sich davon und ein Stich ging durch seine Brust. Diese Welt war ihm seit seiner Geburt verwehrt. Er stand auf der Bühne und ahmte die prahlerischen Gesten antiker Heroen nach.

Die Türkei hatte Russland den Krieg erklärt. Gab es eine bessere Gelegenheit, den russischen Bären auf Trab zu bringen? Nach dem Gesetz hatte ein schwedischer Herrscher nicht das Recht, einen Krieg zu erklären. Nun, dafür gab es eine Lösung. Wilde Kosaken überfielen in Puumala an der finnisch-russischen Grenze die schwedische Garnison. Die Schweden schossen zurück. Der Krieg mit dem Zarenreich war nicht mehr aufzuhalten. Sorgfältig hütete man das Geheimnis, dass die Kosaken unter ihren Pelzkappen buttergelbes Haar verbargen und kein einziges russisches Wort über ihre Lippen kam.

Der König bestieg sein Flaggschiff *Amphion* am 23. Juni 1788. An einem 23. Juni war Gustav Wasa siegreich in Stockholm eingezogen und es war auch der Tag, an dem Gustav II. Adolf an deutschen Gestaden landete, um in einen Krieg einzugreifen, der dreißig Jahre dauern sollte. Da die Winde ungünstig waren, segelte deren Nachfolger Gustav III. seiner Flotte erst einen Tag später voraus.

Ein erster Zusammenstoß der schwedischen und russischen Flotte vor Hogland brachte keine Entscheidung. Das hielt die Schweden jedoch nicht davon ab, in Stockholm ein *Tedeum* zu singen. Im Gegenteil, der König sah sich angespornt, seinen Truppen in Richtung Sankt Petersburg vorauszureiten. Zum ersten Mal seit seinem Staatsstreich vor beinahe zwanzig Jahren zog er wieder ins Feld.

Dann aber begann Gustavs Heeresstab, ihn im Stich zu lassen. Man schützte Krankheiten vor, bat um Urlaub, klagte über die Verpflegung und vor allem über schlechte Kriegsplanung. Die adligen Offiziere, erklärte Gegner ihres Königs, wurden reihenweise fahnenflüchtig. Viele von ihnen besaßen Ländereien in Finnland und sahen diese bedroht, sollte sich das Kriegsglück wenden und Russland erfolgreich zurückschlagen.

Ein Klüngel aufrührerischer Offiziere nahm gar Verbindung zur Zarin auf. Sie hatten nichts weniger im Sinn als einen sofortigen Friedensschluss und die Absetzung Gustavs. Dazu erreichte den König das Gerücht, auch sein Bruder Carl gehöre zu den Verschwörern. Zuerst schäumte Gustav vor Wut, dann versank er in Depression. Was nutzte es ihm, sich mit Ruhm zu bedecken, wenn sein Volk und seine Familie nicht mehr zu ihm standen? Er schrieb Armfelt, er wolle abdanken, sich nach Frankreich zurückziehen.

Dann kam es, wie es kommen musste. Dänemark erklärte Schweden den Krieg. Diese Nachricht hätte jeden anderen in Verzweiflung gestürzt. Gustav verlieh sie überirdische Kräfte. In Gewaltmärschen preschte er mit seinen gemeinen Soldaten, die ihm nach wie vor die Treue hielten, nach Stockholm und jagte weiter nach Schonen.

In Värmland rührte Armfelt die Werbetrommel für seinen König. Dieser zog im Sturm durch das traditionell königstreue Dalarn, predigte den Volksmassen, erklomm brandredend den Hügel von Mora, von dem sich einst Gustav Wasa an die jubelnde Bauernschaft gewandt hatte. Mit Tausenden von Freiwilligen rückte Gustav III. nun nach Göteborg vor, um dessen Verteidigungsanlagen vor dem anrückenden Dänenheer zu verstärken.

Dieser Schritt jedoch sollte sich als nicht mehr notwendig erweisen. Preußen und Großbritannien, denen nichts an einer Verschiebung des Kräfteverhältnisses in Skandinavien gelegen war, intervenierten und erzwangen einen Waffenstillstand.

Gustavs Rückkehr glich einem Triumphzug. Die Stockholmer spannten die Pferde seiner Kutsche aus und zogen ihn eigenhändig zu seinem Palast. »Ich habe den Krieg mit der Feder und nicht mit dem Degen geführt«, dekretierte er huldvoll.

Im März 1789 zog der Reichstag zur Domkirche, begleitet von feierlichen Fanfarenklängen des Marsches aus Mozarts *Idomeneo*, den Joseph Kraus bearbeitet und um dreißig Takte verlängert hatte.

Nachdem die Mitglieder des Reichstags in der Kirche Platz genommen hatten, erschien der König. Er trug den Festornat, die Krone auf dem Haupt und den Hermelin auf den Schultern. Ihm zur Seite standen sein Sohn, bleich vor Aufregung, und seine Brüder, der gelassene Fredrik Adolf und ein eher kleinlauter Prinz Carl. Klerus und Bürgertum verneigten sich ehrerbietig vor der königlichen Hoheit. Aus den Reihen des Adels schlug ihnen kalte Verachtung entgegen. Daraufhin setzte der König den Adel kurz entschlossen vor die Türe.

Mit dem Rest der Versammlung, also Bürgern, Bauern und Geistlichen, schaffte Gustav die Privilegien der Aristokratie ab und gestand den bürgerlichen Ständen, vor allem aber sich selbst, weitreichende Vorrechte zu. Fortan sollte der König eigenständig Kriege erklären und Gesetze erlassen können. Der Reichsrat, der sich seit einem halben Jahrtausend aus Vertretern des Adelsstandes zusammensetzte, wurde abgeschafft. An seine Stelle traten ein Ausschuss und ein Oberstes Gericht, die beide zu gleichen Anteilen aus Vertretern der Aristokratie und des Bürgertums bestehen würden. Darüber hinaus sollten alle Ämter für jedermann, unabhängig von der Abstammung, zugänglich sein.

Gustav konnte sich nicht enthalten, in einem theatralischen Auftritt seinen adligen Gegnern hinterherzurufen: »Wenn die Flotte nicht segeln konnte, wenn die Truppen ohne Nachschub blieben, während der Feind unsere Küsten heimsuchte und unsere Häfen verwüstete, dann lag die Schuld allein bei den Adligen.« Als zum Schluss über die Annahme der neuen Gesetze abgestimmt wurde, übertönte das lautstarke »Ja« der Bauern die halbherzige Billigung des Bürgertums und das protestierende »Nein« der Aristokraten.

Geriet die Welt im Jahr 1789 aus den Fugen? In Schweden hatte ein König in absolutistischer Manier den Adel um dessen Vorrechte gebracht, in Frankreich stürmte das Volk das Symbol des Absolutismus, die Bastille.

Den russischen Krieg hatte Gustav noch nicht entscheiden können. Vom Schauplatz der Ereignisse kamen schlechte Nachrichten: Im Svensksund waren mehr als 20 schwedische Schiffe zerstört worden und 1300 Männer ums Leben gekommen. Weitere 5000 schwedische Soldaten sollten in Karlskrone sterben, wo eine Typhusepidemie ausgebrochen war. Dennoch fand Gustav im Feldlager noch die Zeit, Voltaires *Henriade* ins Schwedische zu übertragen und Theaterstücke zu schreiben.

In Stockholm indes ging das mondäne Treiben weiter, als sei nichts geschehen. Opern, Singspiele, Komödien, Maskeraden lösten einander in ununterbrochener Folge ab. Da Vogler sich, ungeachtet seines Dienstvertrags, nach Polen abgesetzt hatte, lag die ganze Last der Vergnüglichkeiten auf dem Ersten Hofkapellmeister.

Joseph entledigte sich seiner Pflichten, so gut es ging. Der König hatte ihn beauftragt, die Musik zu einem selbstverfassten Theaterstück, *Födelsedagen — Der Geburtstag*, zu schreiben. Das Stück sollte nach Gustavs Rückkehr aus dem Krieg aufgeführt werden, als Danksagung an die Bürger, die beim Reichstag zu ihrem Fürsten gestanden hatten.

Joseph nahm das Manuskript nach Bergshamra mit. Er war im Vorjahr zum ersten Mal hierher gekommen. Der König hatte ihm die gute Luft dieses Ortes empfohlen und ihn der Fürsorge seines alten Freundes und Schauspielerkollegen Nils Bark anvertraut.

Bark bewohnte ein rustikal gehaltenes Landhaus am Ufer des Brunnsviken und pflegte dort seine Lieblingsbeschäftigungen, die Landwirtschaft und die Jagd. In dieser Idylle hatte der königliche Architekt Magnus Piper einen Park im englischen Stil anlegen lassen. Der größte Teil des Ufergeländes aber war im ursprünglichen Zustand belassen worden. In den dichten Nadelholzforsten waren Steinkauz und Waldtaube, Fuchs und Reh, Dachs und Wiesel zu Hause. Bären gab es nicht mehr, aber im Winter wagten sich mitunter hungrige Wölfe hierher.

Der See selbst war heiter und bot, von dichtem Schilf umgürtet, zahlreichen Fisch- und Vogelarten Herberge. Im Sommer zogen Hagebutten und Ebereschen eine rot leuchtende Spur durch die Birkenhaine. Am anderen Ufer des Sees hatte sich der König das Palais Haga als Sommerresidenz errichten lassen. Auf der linken Seite, unterhalb des Weilers Bergshamra, stieß die Halbinsel Tivoli in den Brunnsviken vor. Die steinige Landzunge war von dichtem Gesträuch überwuchert und an höher gelegenen Stellen von Erlen und Eichen bewachsen.

Josephs Lieblingsplatz auf Tivoli war die Felshöhe. Eingewiegt von der sanften Brise, die das Wasser kräuselte und die Eichenkronen zum Raunen brachte, saß er dort auf einem bemoosten Baumstamm und genoss die Sonne. Diese Ruhe, wenn sie doch ewig dauern würde. Aber das war ihm nicht beschieden. Erst wenn Vogler, wie versprochen, sein verbleibendes Jahr abgedient hatte, konnte er vielleicht um Urlaub nachsuchen. Jetzt aber war nicht daran zu denken.

Frankreich war im Fieberrausch. Allerorts wurden Freiheitsbäume aufgepflanzt und ganze Provinzen stolzierten in den Farben Rot, Weiß und Blau und setzten sich phrygische Mützen auf. Die Fürsten Europas beobachteten die Geschehnisse mit wachsender Besorgnis. Zwar hatte man Ludwig XVI. und Marie-Antoinette beim Föderationsfest auf dem Marsfeld zugejubelt — aber wie lange konnte das noch gut gehen?

Der dicke Ludwig musste einen Eid auf die Verfassung ablegen und regierte jetzt mit der Nation. Die Nation, was war das? Hatte nicht Gott die Fürsten über das Volk gesetzt, um diesem zu sagen, was es zu tun, zu denken und zu glauben hatte?

Joseph II. jedenfalls musste auf dem Totenbett seine Reformen widerrufen, so gebieterisch schrillten die Empörungsschreie der aufständischen Ungarn und Belgier in sein Sterbegemach. Der aufgeklärte Habsburger Kaiser segnete das Zeitliche in der bitteren Überzeugung, auf allen Gebieten versagt zu haben.

Dieses Gefühl blieb Gustav erspart. Aus der größten Seeschlacht in Schwedens Geschichte, einmal mehr im nebligen Svensksund, war er als Sieger über Russland hervorgegangen. Katharina bat um Frieden, Gustav zog ohne Landgewinn, aber mit 6000 russischen Kriegsgefangenen in seine Hauptstadt ein. Hierbei wurden auch die eigenen Offiziere, die zwei Jahre zuvor gemeutert hatten, in Ketten mitgeschleppt. Das Volk spuckte sie an und feierte den König als Triumphator, der als eine nordische Mischung aus Alexander und Apoll erschien. Der König ordnete ausufernde Festlichkeiten an und beauftragte Sergel, ihm eine Siegerstatue zu entwerfen, die, bekränzt mit Zweigen des Lorbeers und des Ölbaums, auf Skepsbronn stehen sollte.

Jetzt konnte zu Ehren des Königs auch Josephs *Födelsedagen* aufgeführt werden. Diesem Werk schloss sich eine musikalische Komödie an, in der Vogler, auf Gustavs Anweisung hin, mit all seinen Schrullen und Marotten parodiert wurde. Der Abbé hatte zu guter Letzt den Unwillen des Königs erregt. Er war überall als Prahlhans aufgetreten und hatte sich sogar erboten, den schwedischen Sieg in einer Oper zu verherrlichen, die einem neuen Weltwunder gleichen sollte.

Nach seiner Bloßstellung nun zeigte sich der Abbé pikiert und verschwand nach Norwegen, um dort seinen chronisch schwindsüchtigen Geldbeutel mit Orgelkonzerten aufzufüllen. Damit hatte er sich vollends die Gunst seines Fürsten verscherzt und seine endgültige Verabschiedung war nur mehr eine Frage der Zeit.

Mit *Olympie,* der Bühnenmusik zu einem Drama, das Kellgren nach einer Vorlage von Voltaire präsentierte, konnte Joseph endlich wieder einmal das in Töne setzen, was, so meinte er, seinem musikalischen Temperament entsprach: Insbesondere die straffe Ouvertüre mit ihrem unwirsch-gebietenden Marschthema zeigte eine Sturm-und-Drang-Leidenschaft, die an Josephs beste Zeiten erinnerte.

Aus der Heimat kamen für einmal gute Nachrichten. Alois hatte seine Studien erfolgreich abgeschlossen, Therese war, wie vorherzusehen, glücklich verheiratet und Marianne hatte eine Anstellung am Hof des Grafen von Erbach gefunden. Nun lag sie wenigstens den Eltern nicht mehr auf der Tasche. Der kunstsinnige Graf Franz zu Erbach-Erbach benötigte für seine zweite Gemahlin Charlotte Polyxène eine Gesellschaftsdame.

Für diese Aufgabe schien Marianne, die nach ihren ausgedehnten Musik- und Kunststudien die besten Referenzen hatte, wie geschaffen. Erbach lag nur unweit von Amorbach inmitten des Odenwaldes. Und in dem gediegenen Barockschloss an der Mümling sollte es sogar heiratsfähige junge Männer geben wie den Hofjäger Georg Friedrich Louis oder den Ruhlaer Georg Lämmerhirt, der als Erzieher der Grafensöhne aus erster Ehe engagiert worden war. Selbst das Projekt einer Italienreise deutete die fleißig pastellisierende Marianne in ihren Briefen an.

»Er in Person? Bist du sicher?«, fragte Fredrik Adolf.

»Gewiss doch«, sagte Sophie Hagman. »Er ist schon auf der Treppe.«

Die Lakaien hatten kaum Zeit, die Türen aufzustoßen, da stürmte Gustav schon herein. Er sah seinen Bruder im Lehnstuhl, bekleidet mit einem rot-gelben Morgenrock, einer Decke auf den Knien und einem Turban auf dem Kopf.

Gustav stutzte. »*Vous êtes souffrant, mon frère?* Wie können Sie krank sein — Sie sind vier Jahre jünger als ich!« Er schickte sich zu einem Begrüßungskuss an, schreckte aber vor den ihm entgegenwallenden Kampferschwaden zurück. »Nun, ich hoffe, es ist nicht zu schlimm. Guten Tag, liebe Sophie. Wie geht es Ihnen?« Er zog Sophie aus ihrem Knicks in die Höhe und küsste ihre Hand. »Blendend sehen Sie aus, blendend. Ich hoffe, man sieht Sie bald wieder einmal in Stockholm.«

»Oh, ob das den Damen am Hof lieb wäre?«

»Wer kümmert sich darum? Aber man vermisst Sie am Theater, *ma chère.*«

»Nun, es wird wohl genug Damen geben, die begierig sind, diese Lücke zu füllen.«

»Wer, die Löf-Schwestern etwa? Ich bin nicht prüde, aber wie die es treiben. Ein Männerverbrauch, da müssen selbst die Mamsells des einschlägigen Gewerbes klein beigeben.«

Fredrik Adolf versank noch tiefer in seinem Stuhl, da gemunkelt wurde, er hätte mit beiden Aktricen eine Liaison gehabt. Sophie lächelte unverzagt.

Der König beugte sich jetzt zu der kleinen Sofia Frederica, die ihn mit verkniffenen Augen anstarrte. »Und die kleine Dame hier? Ein reizendes Kind, aber von so einem Elternpaar ist das ja nicht anders zu erwarten. Du musst mich mal in Stockholm besuchen, Kleine. Hörst du?«

»Wird sie bestimmt«, sagte Sophie Hagman. Dann packte sie ihre Tochter, machte nochmals einen Knicks und verließ mit ihr das Zimmer.

Gustav trat zu den großen Flügelfenstern. »So schön liegt keines meiner Schlösser. Ihr seid zu beneiden, ihr beiden.«

Fredrik sagte: »Die Rosen sind Sophies ganzer Stolz.«

Der König blickte auf die Terrasse, wo seine Adjutanten lachten und scherzten. Wahrscheinlich rissen sie Witze über ihn. Dann wandte er sich seinem Bruder zu. »Ich dachte nicht, den weiten Weg nach Tullgarn zu machen, um den Emir von Trapezunt vorzufinden. Großer Gott, Fredrik Adolf, Sie müssen sich zusammennehmen. Ich war ein Jahr im Feld, habe unter freiem Himmel bei meinen Soldaten geschlafen, bei jeder Witterung. Glauben Sie, da wäre Zeit, krank zu werden?«

»Ich weiß«, sagte Fredrik Adolf. »Es ist nur das Wetter hier. Wenn ich in Südfrankreich wäre ...«

Gustav sah seinem Bruder ins Gesicht. »Finden Sie, dass ich älter geworden bin?«

Fredrik Adolf starrte zurück. Was um Himmels willen wollte Gustav von ihm? Nun ja, dessen Züge waren gröber, das Gesicht gedunsener, der Teint rötlicher geworden. Ein Netz feiner Falten zog sich um die Augen und das linke Augenlid zuckte nervös.

»Ich schlafe kaum noch«, fuhr der König fort. »Russlands Bezwingung war ein Pyrrhussieg. Überall habe ich Feinde.«

»Aber ...«

»Nichts aber. Ich setz mein Leben für Schweden aufs Spiel, und alle fallen mir in den Rücken.«

»Aber auf mich können Sie sich verlassen! Das wissen Sie doch«, entgegnete Fredrik Adolf.

»Ja, natürlich, natürlich.« Gustavs Augen flackerten. »Aber kannst du dir vorstellen, dass auch ich ein Mensch bin? Dass ich nicht weiter weiß und Angst habe. Nachts schrecke ich aus dem Schlaf.«

»Wollen Sie, dass ich mit Ihnen nach Stockholm komme?«, fragte Fredrik Adolf. »Sie wissen, ich war immer für Sie da.«

Gustav stand auf und fuhr sich zerstreut mit dem Finger über die Lippen. »Ich war doch bei der Wahrsagerin, dieser Ulrika Arfvidsson. Sie hat mir gesagt, ich solle mich vor einem Mann mit einem Schwert hüten.«

»Wie?«

»Ja, ein haarsträubender Blödsinn, nicht wahr?« Gustav kicherte. »Schwerter haben wir doch alle in unseren Schränken, vermutlich auch Sie, kleiner Bruder.«

Fredrik Adolf blickte seinen Bruder an. Gustav machte eine brüske Bewegung, die ein bisschen wie eine Pirouette wirkte. »Ich sehe, ich habe Sie unnötig behelligt. Schonen Sie sich.«

Gustav war bereits in der Tür. Fredrik Adolf winkte hilflos, doch bei den letzten Worten seines Bruders fuhr er erneut zusammen. »Was Sie brauchen, ist frische Luft. Ich hole Sie demnächst zur Parforcejagd ab. Oder besser noch eine kleine Tour in den Norden. Wenn wir auf dem Floß den Ljungan hinunterschießen, wird die Krankheit verfliegen, das verspreche ich Ihnen!«

Gustav III. von Schweden war der einzige Herrscher, der dem von der Revolution in seinem Land bedrängten französischen Königspaar zu Hilfe zu eilen suchte. Wenn er schon keinen anderen Monarchen dazu bewegen konnte, ein gemeinsames Expeditionskorps auf die Beine zu bringen, so arbeitete er doch daran, ein schwedisches Heer zusammenzustellen. Dieses sollte mit 16 000 Mann an der Küste der Normandie landen, nach Paris marschieren und dort den König und seine Gattin aus den Händen der Sansculotten befreien.

Ein militärisch weit weniger riskanter Fluchtplan für die königliche Familie war ja fehlgeschlagen. Von seinem Souverän unterstützt, hatte sich Axel von Fersen ins revolutionäre Paris gewagt und der Königsfamilie eine Karosse zur Flucht besorgt. Er hätte diese Karosse auch eigenhändig bis zur Grenze kutschiert, davon hielt ihn jedoch in letzter Minute Ludwig XVI. in einer Anwandlung von Eifersucht ab.

Gustav saß, offiziell zur Kur, in Aachen und wartete auf die Nachricht, die Flüchtlinge seien wohlbehalten in Orval, Luxemburg oder sonst einem österreichischen Vorposten angelangt.

Doch das Warten auf eine solche Nachricht war vergeblich. Anstatt einer leichten Postchaise hatten die Fluchthelfer eine schwergängige Berline gewählt. Diese war zudem überladen mit Galaroben, einem großen Vorrat an Delikatessen und Wein sowie Essgeschirr und silbernen Nachtschüsseln. Die Reisenden trödelten in dem sperrigen Gefährt einen vollen Tag auf den Straßen der Champagne herum, bis sie bei Nachteinbruch in Varennes, kurz vor der Grenze, abgefangen wurden. Eine vor Schadenfreude johlende Menge brachte sie unter wüsten Beschimpfungen nach Paris zurück, wo sie fortan wie Gefangene in den Tuilerien saßen.

In Bergshamra erhielt Joseph die Aufforderung, er möge sich anderntags nach Haga bemühen: Der König habe Gäste zum Souper und wünsche eine kleine musikalische Unterhaltung.

Joseph ließ sich am frühen Morgen über den See rudern, auf dem die Nebel wie Dampf in der Waschküche wallten. Am anderen Ufer des Brunnsviken, vor den Toren Stockholms, hatte Gustav seine neue Residenz etabliert. In vorhersehbarer Anordnung standen antike Kioske und Tempelchen in der Seelandschaft, die man nach den Gesetzen einer englischen Parkanlage zurechtgestutzt hatte. Ein Palast war in Planung, direkt am Seeufer erhob sich der Pavillon, ein kleines Meisterwerk des klassizistischen Stils. Das Innere des pastellfarbenen, einstöckigen Gebäudes war in schlichter Eleganz gehalten. Die Fenster und Glastüren waren so groß bemessen, dass man meinte, der See fließe in die Räume hinein.

Mit seinen Partituren begab sich Joseph zu den Kupferzelten, eigentümlichen Behausungen, die für die Wachsoldaten errichtet waren. Jetzt hatten sich dort, aus allen Himmelsrichtungen herbeigerufen, die Mitglieder des Hoforchesters versammelt. Mit ihnen übte Joseph das Programm bis in den frühen Nachmittag ein. Dann taumelte er an die frische Luft.

Einen Moment stand er benommen vor so viel Schönheit. Die Nebel hatten sich aufgelöst, die Sonne war durchgekommen. Das Laub der Ahornbäume durchzuckte mit roten Flammen das satte Gelb der Buchen und Eichen. Nur unter den Nussbäumen lagen Schatten wie schwere Tücher.

Zwischen den grün und weiß gestrichenen Strebebögen des Kiosks waren, wohl für einen nachmittäglichen Imbiss, Tische aufgestellt. Dies erinnerte Joseph daran, dass er noch nichts gegessen hatte, und er strebte dem hinteren Eingang des Pavillons zu.

Auf der Terrasse, dem See gegenüber, saß ein Mann. Joseph hatte gerade noch Zeit, den Hut zu ziehen und seine Reverenz zu machen. Aus tiefer Versunkenheit schaute ihn der König an. »Ach Sie, Herr Kraus«, sagte Gustav langsam. »Nun, was haben Sie Schönes für uns vorbereitet?«

»Händel, Dalayrac«, sagte Joseph. »Ein Klavierkonzert von Wolfgang Amadé Mozart. Ich werde mir erlauben, selbst den Solopart auszuführen, Majestät.«

»Gut, gut. Wir bleiben im kleinen Kreis. Armfelt, Löwenhjelm, von Essen, Leopold, Adlerbeth. Sie kennen sie alle. Wenn Sie mit dem Konzert fertig sind, können Sie sich ja zu uns setzen.«

»Eine Ehre, die ich zu schätzen weiß, Majestät«, erwiderte Joseph.

»Nun reden Sie nicht dauernd wie ein Höfling. Sagen Sie, was ist das für ein weißer Hund, der über den Rasen hetzt und die Pfauen verschreckt?«

»Meine Hündin, Kyra«, antwortete Joseph. »Ich kann mich

schwer von ihr trennen. Verzeihen Sie, ich werde sie an die Leine legen.«

»Nein, lassen Sie nur, den Pfauen tut etwas Bewegung gut.« Der König hob den Kopf. »Ein Hundefreund, sieh an. Es ist schön, wenn man sein Herz an ein lebendes Wesen hängt. Sehr schön.«

Gustav sah noch eine Weile vor sich hin, dann strömte plötzlich ein Lächeln über seine Wangen. »Ach, setzen Sie sich doch ein wenig zu mir. Man muss die Wärme genießen. Vielleicht ist es die letzte des Jahres.«

Ein Diener brachte wortlos einen Stuhl, und Joseph setzte sich neben den König. Sie schwiegen eine Weile. Wieder schaute Gustav auf den See. Dann sagte er: »Dieses stille Wasser. Und wir hetzen uns ab und kommen doch zu nichts. Die Natur wird uns überdauern. Nicht wahr, Herr Kraus?«

»Nun.«

»Wenn wir unter der Erde liegen, wird es immer noch so sein: die Baumkronen, das Gras, aus dem die Amseln die Regenwürmer ziehen, die Eichhörnchen in den Ästen, die Nüsse und die Tannenzapfen und die Bucheckern. Das alles bleibt, und vielleicht sonst nichts.«

»Ja«, sagte Joseph bedächtig, »so könnte man sich den Garten Eden vorstellen.«

»Aber Sie haben das andere Ufer des Sees lieber, nicht wahr?«

»Es ist wilder, die Wälder sind dichter«, antwortete Joseph.

»Sie gehen auf die Jagd, habe ich gehört?«

»Wenn man das so nennen kann. Viel bekomm ich nicht in meinen Beutel. Es ist vor allem, um an der frischen Luft zu sein.«

»Mir hat die Jagd nie behagt«, sagte Gustav. »Aber ich verehre Artemis. Es sind die kompromisslosen, die jungfräulichen Naturen, die die blutigsten Opfer darbringen.«

Joseph grübelte über die Worte des Herrschers. Dieser

blickte unverwandt auf das Wasser. Nach einer Weile sagte er: »Ich habe Sie nie gefragt, ob Sie gerne in Schweden sind.«

»Es ist meine zweite Heimat geworden«, erwiderte Joseph. »Doch, ich fühle mich hier zu Hause.«

»Schön. Ich freue mich jedenfalls auf Ihr musikalisches Programm, zumal Sie sich immer so viel Mühe geben. Nein, streiten Sie's nicht ab.« Gustav blickte kurz zu Joseph. »Ihr Werk wird andauern, noch in hundert oder zweihundert Jahren, während von mir höchstens noch ein Standbild einsam im Wind stehen wird.«

»Nie wird man vergessen, was Sie für Schweden getan haben, Majestät«, sagte Joseph rasch.

Gustav starrte zu Boden. »Den König der Gaukler und Komödianten wird man schnell vergessen haben. Noch schmeichelt man mir, aber schon kommen sie aus ihren Winkeln.«

»Wer?«

»Die Dunkelmänner. Erst gestern bekam ich wieder so einen Wisch: Ich solle mich vor den Iden des März hüten. Pah, bin ich Cäsar, dass mir das Schicksal Tyrannenmord verheißt? *Ce qui me rend rêveur, imaginez-vous.* Der *Brutus*, der *Lear*, das sind doch prachtvolle Gestalten! Warum habe ich immer nur Corneille oder Voltaire gespielt?«

Wieder verlor sich der Herrscher in seinen Gedanken. Ab und zu fuhr ein Zucken um sein linkes Augenlid. Joseph blickte seinem König ins Gesicht. Schließlich sagte Gustav: »Shakespeare auf Französisch, nein, das soll sich ändern. Es werden sich noch große Dinge tun, und Sie werden's erleben, lieber Kraus. Schauen Sie nicht so beunruhigt. Ihr *Aeneas* wird gespielt, das schwöre ich Ihnen. Vielleicht nach dem Reichstag, wenn die neuen Gesetze durch sind. Desprez hat die Bühnenbilder fertig, die Müller ist auch wieder zu Lande. Der Haeffner kann Ihnen zur Hand gehen. Tut er gerne.«

»Wenn auch murrend«, ergänzte Joseph.

Der König schien gar nicht zuzuhören. Er scharrte mit den

Füßen auf dem Boden. Dann sagte er: »Und wenn Sie sonst noch einen Wunsch haben, sprechen Sie ihn aus.«

»Einen Wunsch?«

»Er ist schon erfüllt. Nur heraus mit der Sprache!«

Gerne hätte Joseph die Bitte um Urlaub vorgebracht. Aber jetzt, wo Vogler nicht mehr zur Verfügung stand, hatte dies wohl keine Aussichten. Darum sagte er: »Mit Verlaub, Eure Majestät, ich würde zu gerne eine Kantate oder ein Oratorium komponieren!«

»So?« Der König lächelte. Dann erhob er sich. »Dafür müsste ja einer sterben oder zur Welt kommen im Königshaus. Und das ist ja kaum zu erwarten.«

Das Souper verlief im intimen Kreis. Gustav behielt Haga tatsächlich nur einem kleinen Kreis Auserwählter vor. Die »italienischen Orgien«, von denen seine Schwägerin Hedvig faselte, fanden hier nicht statt. Auch die Mahlzeit fiel bescheiden aus. Lediglich Armfelt, der, wie immer, zu spät kam, sprach eifrig dem Wein zu, die anderen nippten an ihren Gläsern und schenkten sogar der Musik Beachtung. Die leichtfüßigen Rhythmen von Händel, Gluck und Dalayrac kamen gut an. Beim Dessert wechselte Joseph von der ersten Geige zum Pianoforte. Mozarts *Klavierkonzert in C-Moll* verhinderte jegliche Konversation, so unwirsch fuhren die Synkopen des ersten Orchestertuttis in den Pavillon. Mochten die Streicher aufbrausen, die Klarinetten und Fagotte ungehalten poltern, das Klavier folgte ohne Hast dem Weg der Harmonie. Als der Solist zum Schluss des *Allegros* seine Kadenz in einem glitzernden Reigen aufgelöst hatte, lag ihm das Orchester wie ein besänftigter Löwe zu Füßen.

Was aber sollte man sagen zu der versonnenen Grazie der Romanze, der Höllenfahrt des G-Dur-Umschwungs, die nach langem stürmischem Auf und Ab die ruhige Stimmung des Anfangs verklärte?

Der charmante Oxenstierna, der schwärmerische Leopold, der geistreiche Adlerbeth, der kulante Löwenjhelm, der apollinische von Essen, der sarkastische Armfelt: sie alle saßen bewegt. Schließlich rang sich Armfelt ein unwilliges Fazit ab: »Das ist keine Musik für unsere Zeit. Sie ist zu … unverständlich.«

»So geht es wohl allen großen Künstlern«, sagte Joseph.

Und der König, der anmutig eine Weintraube zerpflückte, meinte: »Aber leider leben sie in ihrer Zeit, und nicht in späteren Jahrhunderten.«

»Kann Herr Mozart von dieser Musik leben?«, fragte Oxenstierna.

»Ich denke, er schuftet wie ein Ackergaul«, antwortete Joseph. »Weil ihm sonst nichts übrig bleibt.«

»Und um so viel Wohlklang hervorzubringen, wie lange mag er an so einem Werk arbeiten?«

»Es scheint, es fliegt ihm nur so zu«, sagte Joseph. »Er schreibt Sinfonien und Konzerte in einem fort. Das, was ich Ihnen vorspielte, war bereits das einundzwanzigste seiner *Concerti* für Pianoforte.«

»Aber diese unbeschreibliche Musik«, sagte Adlerbeth, »haben Sie nicht einfach so aus dem Ärmel geschüttelt. Da mussten Sie sich hineinarbeiten, das hörte man.«

»Ja gewiss. Da ich nicht Mozart bin, habe ich lange geübt«, sagte Joseph. »Ein Freund schickte mir die Noten aus Wien. Anfangs dachten unsere Musiker, sie bringen das nicht fertig. Aber sie haben sich richtig hinreißen lassen, finden Sie nicht auch?«

Die Herren nickten. Höflich bedankt, hatte sich das Orchester zurückgezogen. Über dem Tisch, der noch das Limoges-Porzellan und die Kristallschalen des Soupers trug, flackerte der Kronleuchter im Spiel mit den wandgroßen venezianischen Spiegeln. Der Park lag im Dunkeln und der See sandte als Vorbote seiner Wassergeister ein blaues Wogen herüber.

Der König hob sein Glas. »Wir wollen auf Mozart trinken, meine Herren.«

»Auf die Kunst, die unsterblich ist wie die menschliche Seele«, sagte Leopold.

Mehr oder weniger ernst gestimmt, prosteten die anderen ihm zu. Auch Joseph hob sein Glas: »Und auf die Freundschaft.«

VIII

O es ist ein ewiges Weben und Simpatisieren unter denen, deren Schicksal unzertrennbar ist.
Joseph Martin Kraus an seine Eltern, 1778

Als Josephs Vorgesetzter Clewberg-Edelcrantz in Hamburg den *Figaro* sah, brummte er achselzuckend, er habe sich »in seinem Leben noch nicht so gelangweilt«. Wie aus Trotz vergrub sich nun Joseph in alle Partituren Mozarts, derer er habhaft werden konnte. Er fühlte sich wie von einem Schwindel erfasst. Was war das für ein Mensch, der mit scheinbar leichter Hand Harmonien schuf, wie sie die Welt noch nicht gehört hatte? Und die Welt, die bei einem hohen E eines Kastraten in Verzückung geriet, wie war sie darauf vorbereitet, dass man ihr in der Musik plötzlich wahres Gefühl offenbarte?

Mozart ging seinen Weg unverstanden, zum Schluss auch völlig unbeachtet. Am 11. Dezember 1791 starb er in Wien, ohne sein letztes Werk, ein Requiem, vollendet zu haben.

Die Nachricht von Mozarts Tod bestürzte Joseph. Er bat Bellman, jenem zum Gedenken eine Ode zu schreiben, die er in Musik setzen wollte. Als er das Werk, *Öfver Mozarts död,* in seiner winterlich düsteren Kammer zu Papier brachte, Kyra zu Füßen, ließ er seinen Tränen ihren Lauf.

Insgeheim galt die Gedenkmusik auch einem anderen Toten. Nach langen Jahren der Umnachtung war am 15. November Josephs Bruder Franz in Amorbach gestorben.

Warum hatte der König den Reichstag nach Gävle einberufen? Das nordische Provinznest, zwei Tagesreisen von Stockholm entfernt, war schon im Sommer mühsam zu erreichen. Jetzt im Winter aber waren die Straßen so verschneit, dass sie unter den meterhohen Wehen kaum zu erkennen waren. Und nicht jeder hatte wie Armfelt einen zehnspännigen Schlitten, um sich einen Weg durch die weiße Wüste zu bahnen.

Theater, Konzerte, Maskenbälle — von alldem hatte das elende Nest nichts zu bieten. Quartiere waren knapp, und so mussten nicht wenige der Angereisten ihr Bett mit einem Unbekannten teilen. Die einzige Unterhaltung boten ein paar über die Stadt verteilte Kaschemmen. Seinen Bauern spendierte der König Bier und Arrak. Deren Alkoholkonsum wurde nur noch von jenem des geistlichen Stands überboten. Vornehmlich aus den anderen Ständen ging eine Flut von Beschwerden auf den König nieder. Hinter der Wahl des Versammlungsortes konnte ja nur ein böser Wille stecken.

Als die frierenden Stände sich im Schloss versammelt hatten, schneite der König herein. Mit düsteren Blicken ließ er sich auf einem erhöhten Sessel nieder und handelte rasch die Tagesordnung ab. Die Bilanz des Krieges? 50 000 Schweden und Finnen, die aus den Feldzügen gegen Russland nicht zurückgekehrt waren. 23 Millionen Reichstaler hatte der Waffengang gekostet, was die gesamte Staatsschuld ins Unermessliche steigerte. Der Kriegsherr fegte die gigantische Summe mit einer gebieterischen Geste vom Tisch. Die Stände beugten die Köpfe und stimmten schweigend zu, dass sie für die Ausgaben aufkommen würden.

Von seinen Plänen, fortan mit einem Zweikammersystem regieren zu wollen, sagte Gustav vorläufig nichts. Er blickte kalt in die Runde, und alle Anwesenden beugten sich seinem Willen. Doch als er nach glücklich bestandener Examinierung seines zwölfjährigen Thronerben durch die Versammlung die Herren zum *Grand couvert* bat, kam es zum Eklat. Geschlossen verließen die Vertreter des Adelsstandes den Saal. Mochte der König mit seinen Bauern und Günstlingen feiern.

Daraufhin fuhr Gustav gleich am nächsten Tag in elf Stunden nach Stockholm zurück. Dort angekommen, wechselte er die Kleider und ging dorthin, wo er Labsal erwartete — in das Theater.

Flink wie ein Zwanzigjähriger eilte er zu seiner Loge, wo er sich hinabbeugte, um den gewohnten Applaus entgegenzunehmen. Doch die Huldigung blieb aus. Die Zuschauer verharrten auf ihren Plätzen und taten, als sei er nicht da. Offensichtlich verübelten sie es ihrem König, dass er den mit bedeutenden geschäftlichen Vorteilen verbundenen Reichstag nicht, wie sonst, in Stockholm abgehalten hatte. Glühend vor Scham und Wut floh Gustav nach der ersten Pause der Vorstellung aus dem Theater.

Regelmäßig versammelte sich in diesen Februarwochen 1792 im Stadtpalais des Generals Pechlin auf Blasieholmen ein Häuflein der Unzufriedenen und Aufsässigen. Bis spät in die Nacht wurde beredet, wie man sich das künftige Schweden vorstellte — ohne Gustav III. Der Hausherr, ein notorischer Streithahn, der seit siebzig Jahren gegen die bestehenden Machtverhältnisse und das Königshaus ankämpfte, scharte eine Reihe einflussreicher Feinde des Monarchen um sich. Die glänzendsten Namen des schwedischen Adels waren darunter: Brahe, Lewenhaupt, de Geer, Bjelke. Dazu kamen die jungen Heißsporne Claes Horn, Jacob Johan Anckarström, Jacob und Johan Engeström sowie Adolf Ludwig Ribbing — sämtlich ehemalige Offiziere.

Das künftige Schweden, wie es den Verschwörern vorschwebte, würde die alten Verhältnisse wiederherstellen. Das Volk sollte sich wieder unter das Joch beugen, das der Adel auf seine Schultern legen wollte. Es müsse wieder Ordnung und Gleichheit herrschen, in dem Sinne, dass sich niemand in lukrativen und einflussreichen Ämtern breit machen würde, dem nicht blaues Blut in den Adern floss. Und der König? Nun, er würde sein Heer in die Schlachten führen, auf die Jagd reiten und sich Mätressen halten. Ein König, der Unsummen für

Bälle und Maskeraden verprasste, ein König, der seine Abende in der Komödie verbrachte und seine Nächte mit Voltaire — der passte ihnen nicht.

Die Verschwörer sandten ihre Späher bis in die königlichen Schlösser. Sie hatten ihre Spitzel überall und wussten, wann Gustav allein oder mit Gästen speiste, wann er zu verschwenderischen Zerstreuungen ausfuhr und wann er nach dem Nachtstuhl rief.

Um Neujahr 1792 traute sich ein Trupp von Häschern gar bis nach Haga. In dunkle Mäntel gehüllt, hatten sich Anckarström, Horn und Ribbing durch das Gebüsch am Seeufer geschlagen und äugten durch die großen Fenster ins Innere des Pavillons.

Unter den Kandelabern lag Gustav nachlässig auf einem Sofa ausgestreckt. Bücher und Dokumente waren auf den Boden gestreut, daneben eine umgestürzte Weinflasche. Der König trug nur ein offenes Hemd, sein Haar hing wirr herab, seine weiße Hose hatte rote Flecken. Rastlos irrten seine Augen im Zimmer auf und ab. Er schien wie von Sinnen, ein Zerrbild seiner einstigen Größe. Die Männer in den dunklen Mänteln fühlten Unerklärliches und ritten schweigend nach Stockholm zurück.

Es war der 16. März 1792 und Maskenball in Stockholm, der letzte der Saison. Ab zehn Uhr abends strömten die Gäste ins Opernhaus. In bunten Kostümen schwebten die Dominos, Harlekine und Schäferinnen über die große Adlercrantzsche Treppe zum Foyer. Getanzt wurde im Zuschauerraum, wo man die Sitze zur Seite geräumt hatte, aber auch auf der Bühne selbst. Die Musiker saßen im Orchestergraben. Zum Aufwärmen ließ Joseph, der an diesem Abend den Taktstock führte, deutsche und schottische Tänze intonieren.

»Ob der König heute kommt?«, fragte der Hornist Steinmüller seinen Vater, der ebenfalls Waldhorn spielte.

»Er wird wohl erst in die Komödie gehen«, lautete die Antwort.

»Was geben die denn heut Abend?«

»*Les folies amoureuses.*«

Kaum unterdrücktes Lachen von den Celli. »Was für eine Welt! Heute sind alle verrückt oder alle verliebt.«

Als ob das nicht dasselbe wäre, dachte Joseph. Laut sagte er: »Was uns nicht davon abhalten sollte, unser Bestes zu geben. Wir sind nicht in einer Bauernscheune, sondern in der königlichen Oper. Jetzt spielen wir gleich das erste Menuett. Immer *legato*, meine Herren, mit schöner Betonung des ersten Taktteils.«

Mit zögernder Grazie führten die Herrschaften das Menuett aus. Der Saal dampfte. Wachs tropfte zischelnd von den Kronleuchtern, dazu rumpelten sacht die Öfen. Doch lange konnte man die Fenster nicht öffnen: Draußen herrschte eisige Kälte.

Mit *Gavotten* und Ländlern machte Joseph weiter. Es wurden Platten mit Sekt, Sorbet, Obst und Zuckerwerk gereicht. Die Gardisten standen stramm, und blau-gelb livrierte Türdiener ließen Nachzügler passieren, die von der Straße hereinquollen.

Dann kam Bewegung in die Ballgesellschaft, und ein Raunen war zu hören. »Der König ist da!«

Sogleich richteten sich alle Blicke auf die rechte Bühnenseite zu dem vergitterten *Œil-de-bœuf*. Mochte sein, dass der König dort saß, den Ball beobachtete oder sein Nachtmahl einnahm. Zu sehen war er jedenfalls nicht.

Joseph ließ eine *Hornpipe* anstimmen, da dieser Tanz beim letzten Hofball Gustavs Entzücken hervorgerufen hatte. Der König hatte sogar den Takt dazu geschlagen. Die wenigsten kannten natürlich die Schritte. Sie stellten sich zur Seite auf und hüpften eher unbeholfen auf der Stelle.

»Wenn der König so lange in seiner Loge bleibt, wird es

spät«, seufzte der Bratschist Leiditz. »Dann kommen wir nicht vor Tagesanbruch ins Bett.«

»In diesem Land gibt es keinen Tagesanbruch«, brummte Kuhlau und klopfte Speichel aus seiner Flöte. »Im Winter ist es immer Nacht.«

»Vor der *Bourrée* machen wir eine kleine Pause«, sagte Joseph. Seine Kehle brannte und die Schläfen schlugen Sturm. Die Musiker seufzten, lehnten sich zurück oder stützten sich atemholend auf ihre Instrumente. Kuhlmann streckte sich lang neben seinem Kontrabass aus. »Ja, geben wir den Damen eine Chance, ihre Nasen nachzupudern«, nuschelte er vor sich hin.

Dem Orchester wurde Zitronenwasser mit Pfefferminzblättern serviert. Joseph, dem die Haare auf der Stirn klebten, leerte sein Glas in einem Zug. Zander, der Konzertmeister, beäugte ihn. »Wäre schöner, eine Pfeife zu rauchen und ein anständiges Bier zu trinken.«

»*Ma al meno si può andare al gabinetto?*«, nörgelte Uttini der Jüngere.

»Ja, aber beeilen Sie sich. Als nächstes die *Bourrée* — der Auftakt nicht zu schnell, und dass mir die Oboen gut herauskommen, nicht wahr, die Herren Fischer und Grenzer.«

Die *Bourrée* machte den zartbestrumpften Beinen Tempo. Jetzt brauchte man nur mit der *Contredanse* und einer flotten *Gavotte* nachzuhelfen, und schon würden sich die ersten Paare in lauschige Ecken zurückziehen.

»Er ist da«, sagte der Trompeter Örnberg. Unschwer war Gustav an seinem leicht hinkenden Gang zu erkennen. Sein Federbusch auf einem schwarzen Hut aus Biberfell wippte über die Köpfe der Tänzer. Unter dem Seidenumhang blitzten Seraphims- und Schwertorden. Das Kostüm war nicht danach ausgewählt, unerkannt zu bleiben.

»Und was wollen die da?«, fragte Örnberg und blinzelte zum Bühnenausgang, wo sich eine Gruppe von etwa fünfzehn schwarzen Gestalten versammelt hatte, sämtliche in ein alles verhüllendes Domino-Cape gekleidet.

»*C'est l'heure des corbeaux*«, feixte der Geiger Böritz und bearbeitete die Saiten. »Also, lasst die Raben flattern!«

Ab und zu hatte man das Kostüm des Königs im Gewimmel der Tänzer erkennen können. Einmal glaubte man den schlanken Hans von Essen an seiner Seite, ein anderes Mal den knabenhaften Löwenhjelm. Ein dritter, barhäuptiger, blonder Begleiter stiefelte den Paaren hinterher. Und unvermittelt, wie ein schwarzer Wall, zwängten sich hinter diesem nun die Dominos zwischen die Tänzer.

Auf jeden Fall hat der König seine Eskorte, dachte Joseph und hob den Arm mit dem Taktstock. »Die *Contredanse*!«

Feurig-feierliche Klänge federten durch den Raum. Jetzt konnte nichts mehr schiefgehen: Die Raubtiere hatten ihr Fressen gehabt und würden sich wohl gesättigt zum Schlafen trollen.

Die einander gegenüberstehenden Geschlechter, in Viererposition gruppiert, trippelten geschwinde kleine Schritte.

Da kam, ohne dass man sah woher, Unruhe unter den Tänzern auf. Plötzlich gellten Schreie. Ein Mann rief: »Feuer!« Weitere Schreie in allen Tonlagen folgten. Noch schwebten die *Contredanse*-Rhythmen im Saal, aber niemand tanzte mehr. Die Tänzer liefen hektisch durcheinander. Joseph sah aus den Augenwinkeln, wie Rittmeister von Pollet die Saaldiener anwies, die Türen zu schließen. Auf der Tanzfläche sah man nun eine gebückte Gestalt mit Federbusch und Seidenumhang aus der sich teilenden Menge herauswanken. Ein Pierot schrie: »Man hat auf den König geschossen!«

Den Musikern glitten die Instrumente aus den Händen. Es war beängstigend still.

»Da, schaut!«, rief Örnberg und zeigte auf den Boden, wo eine Pistole und ein Messer lagen. Pollet bückte sich und hob sie auf. Unterdessen stützte Löwenhjelm den König, dem Hans von Essen, mit blankem Entsetzen im Gesicht, Hut und Mantel abnahm.

Gustav blickte in den Saal, als begreife er nicht, was geschehen war. Der blonde Leutnant bettete ihn auf ein Sofa. Joseph erkannte Carl Magnus von Björnstjerna.

Im Opernhaus herrschte völlige Verwirrung. Um das Sofa, auf dem der König lag, hatte sich ein Halbkreis gebildet, den gedämpftes Flüstern und Seufzen durchlief. Einige Gäste versuchten den Saal zu verlassen, wurden aber von den Wachsoldaten zurückgewiesen. Im Orchestergraben hatten die Musiker schlechte Sicht auf die Geschehnisse. »Er spricht noch«, zischte Kuhlmann und spähte hinter seinem Kontrabass hervor. »Also kann es nicht so schlimm sein.«

Da wurde eine Tür aufgestoßen und in Pelz und Stiefeln stürmte Armfelt herein. Er brach durch die Menge und fiel vor dem König in die Knie. Deutlich war sein haltloses Schluchzen zu hören.

»Nicht doch, Armfelt«, flüsterte der König, der sehr bleich im Gesicht war. »Es tut nicht einmal weh.«

Dann, man konnte es fast nicht glauben, erhob sich Gustav, nachdem er Armfelt etwas zugeflüstert hatte. Drei, vier Männer stützten ihn und Armfelt stieg ihm unter Tränen hinterher. Gustav quälte sich die Treppen hinauf, zu seinem Salon hinter dem *Œil-de-bœuf*. Die Umstehenden sahen ihm bestürzt nach. Der König hielt sich gerade, aber aus der großen Schärpe um seine Taille sickerte rot das Blut.

Während alle auf den König blickten, stolzierte Henrik Liljensparre, der gefürchtete Polizeipräsident, in den Saal. Er maß die Anwesenden mit düsteren Blicken. »Ich bitte um Ruhe. Und wenn Sie gnädigst Ihre Masken abnehmen würden. Ich werde jeden bitten, mir seinen Namen zu sagen. Dann entscheide ich, wer gehen kann und wer nicht. Also bitte, die Herrschaften.«

Noch eine gute halbe Stunde herrschte in der Oper ein großes Gedränge. Diejenigen, die die Ausgänge suchten, stießen mit jenen zusammen, die von draußen hereinkamen. Gustavs Vertraute, Würdenträger und Diplomaten stiegen die Stufen hinauf zum Aufenthaltsraum des Königs. Die Gesandten Russlands, Spaniens und Preußens eilten herbei, und natürlich Prinz Carl und ein Arzt. Von draußen hallten zwölf dumpfe Schläge einer Turmuhr.

Die Musiker starrten sich an. »Wie lange soll das noch so gehen?« »Man kann den Mann doch nicht so liegen lassen.« »Und der Mörder, wo ist der?« »Über alle Berge, ist ja kein Wunder.«

Gelhaar, der Paukist, rollte seine Schlegel in ein Tuch. »Also, ich geh jetzt nach Hause. Unsereins werden sie ja wohl nicht verdächtigen.«

»Noch einen Moment!«, zischte Joseph, dem alles Blut aus dem Gesicht gewichen war.

»Was?«

Ein Stöhnen ging durch die wartende Menge. Auf einem Stuhl wurde der König die Stufen hinabgetragen. Er passierte das stumme Spalier der Ballgäste, seine salutierenden Soldaten und auch Liljensparre, der unbeeindruckt die Anwesenden befragte. Obwohl Gustavs Gesicht verzerrt war und sein linkes Augenlid flatterte, machte er Handbewegungen, als suche er die Menschen zu beruhigen.

»Stehen Sie auf, meine Herren!«, sagte Joseph zu seinem Orchester.

»Was?«, kam es aus dem Graben.

Josephs Stimme überschlug sich. »Aufstehen, habe ich gesagt!«

Sie standen auf und schauten zu, wie der König durch die auffliegenden Türen in die Nacht getragen wurde.

Gustav III. starb dreizehn Tage und Nächte lang. Die Ärzte, die in seiner Schusswunde herumstocherten, zogen eine Kugel und rostige Nägel heraus, ganz jedoch vermochten sie die eiternde Verletzung nicht zu säubern. Der Attentäter hatte mit seiner Pistole aus nächster Nähe eine ganze Sammlung Blei und Schrot auf den König abgefeuert. Der Schuss traf Gustav in den Rücken, da dieser sich, trotz des Grußes »*Bonjour, beau masque!*« eines Verschwörers, nicht umgedreht hatte.

Da Blei und Stofffasern in der Wunde verblieben, begann der Wundbrand in Gustavs Körper zu wüten. Hinzu kam eine Lungenentzündung, die er sich zugezogen hatte, als er im Stuhl von der Oper ins Schloss getragen wurde. Die an sich nicht lebensbedrohliche Verwundung hatte verhängnisvolle Folgen.

Gustav ertrug die Ärzte und auch den Trupp der Besorgten, der zum Krankenlager drängte, mit Geduld und Gleichmut. Wenn die Rolle des Sterbenden seine letzte sein sollte, dann würde er sie so gut wie möglich zu Ende bringen. Seitlich auf dem Bett liegend, studierte er Papiere, diktierte Briefe, brachte Staatsangelegenheiten und private Anliegen in Ordnung.

Er ermahnte und tröstete seine Besucher, wobei er manche weise Sentenz äußerte, die beflissene Hände sogleich für die Nachwelt festhielten. »Welches Unglück, dass ich, der im Krieg dem feindlichen Feuer trotzte, inmitten meines Volkes hinterrücks geschlagen wurde.«

Seinem Bruder Carl schärfte er ein, seinem Sohn die Namen der Mörder zu verschweigen: In dessen jugendlichem Gemüt sollten keine Gedanken an Hass und Rache schwelen.

Ein wenig schalt der Todgeweihte sich selbst, hatte er doch sämtliche Warnungen in den Wind geschlagen. Seinen Adjutanten von Essen, der ihn angefleht hatte, nicht zu dem Ball zu gehen, hatte er ausgelacht. Und als man ihm riet, sich nicht unter die Tanzenden zu mischen, hatte er abgewinkt. Noch als er beim Imbiss in seinem Opernsalon saß, hatte man ihm eine schriftliche Botschaft gebracht, die ihn aufforderte, sich in Acht zu nehmen. Diese Warnung stammte von Pontus Lilljehorn, seinem Milchbruder, den das schlechte Gewissen geplagt hatte. Mit über hundert weiteren Personen, die in den Tagen nach dem Anschlag verhaftet wurden, wanderte auch Lilljehorn ins Gefängnis. Festgenommen wurden zudem der hartnäckig leugnende Pechlin sowie Horn, Ribbing, Ehrenswärd und die Brüder Engeström. Baron Bjelke entzog sich Liljensparres Verhör, indem er Gift nahm.

Die gründliche Befragung sämtlicher Stockholmer Waffenhändler und Kostümverleiher hatte noch am Morgen des 17. März zum Täter geführt. Jacob Johan Anckarström hatte den Schuss abgegeben. Anckarström hatte den König nach einigen vermeintlichen Zurückstellungen mit verzehrendem Hass verfolgt. Auf dem Maskenball hatte Liljensparre ihn laufen lassen, da dieser ihm frech ins Gesicht blickte. Jetzt wurde Anckarström ohne Widerstand in seiner Wohnung festgenommen, wohin er nach dem Attentat geflüchtet war. Anckarström war schon einmal im Kerker gesessen, da er den König nach dem Reichstag von 1789 unflätig beschimpft hatte. Jetzt wanderte er erneut ins Gefängnis und unternahm keinen Versuch, seine Tat abzustreiten.

Im aufkommenden Fieber stieß Gustav um sich und streifte dabei die Brust des neben ihm sitzenden Carl. Dieser räusperte sich und neigte sein schweres, kahles Haupt. »Die Königin ist da, mein Bruder.«

»Die gute Sofia Magdalena. Warum ist sie nicht längst zu mir gekommen?«

»Sie kennen die Königin. Sie wartet, bis man sie ruft.«

»Dann hol sie doch endlich herein! Nein, warte …«

Der König, der sich aus den Kissen aufgerichtet hatte, bestand darauf, dass man ihm eine Perücke brachte und Rouge auflegte. So zurechtgemacht, erwartete er seine Gattin.

Es wurde ein schmerzlicher Abschied. Gustav Adolf, der

mit seiner Mutter gekommen war, schmiegte sich schluchzend an den Körper des Vaters. Dieser ermahnte ihn erneut, seinen Tod nicht rächen zu wollen, und empfahl ihm, ein guter König zu werden. Sofia Magdalena starrte die ganze Zeit über auf die beiden. Schließlich zog sie ihren Sohn zurück, da sie befürchtete, die Wunde des Kranken könne aufbrechen.

Gustav sah seine Frau milde an. »Adieu, Sophie. Und verzeihen Sie mir.«

»Gustave, Gustave«, stammelte sie, »es gibt nichts zu verzeihen.«

»Und wahren Sie Fassung. Sie werden Sie brauchen für Ihre neue Rolle.«

»Welche?«, stammelte Sofia Magdalena.

»Die einer Witwe.«

In den letzten Tagen ließen die Ärzte keinen Besucher mehr zum König vor. Am 25. März bat Gustav um ein Eis, das er gierig hinunterschlang. Danach nahm das Fieber zu. Die Stirn des Königs brannte, Schweiß und Eiter tränkten seine Laken, und infolge des zähen Schleims in der Kehle bekam der Kranke fast keinen Atem mehr. Die Mediziner holten Nils Dahlberg, den einstigen Leibarzt des Königs, der dann jedoch aufgrund allzu offener Äußerungen in Ungnade gefallen war.

»Wie ist mein Zustand?«, fragte ihn der König. »Wie viel Zeit bleibt mir noch?«

Auch jetzt nahm Dahlberg kein Blatt vor den Mund. »Ich würde sagen, fünf bis sechs Stunden. Wenn noch etwas ist, was Sie ins Reine zu bringen haben, tun Sie es jetzt, Majestät.«

Gewissenhaft befolgte der König den Rat. Er gab noch ein paar Anweisungen und erteilte letzte Ermahnungen. Bei alldem war er sehr ruhig. Was zu tun war, war getan. Bischof Wallquist spendete ihm das Sterbesakrament. Der König sprach ein Gebet und empfahl sich Gott. Dann sagte er: »Ich bin müde. Etwas Ruhe wird mir gut tun.«

Am 29. März 1792, kurz vor elf Uhr, tat Gustav III., König der Schweden, Finnen, Goten und Wenden, seinen letzten Atemzug.

Noch während Gustav im Sterben lag, ließ Prinz Carl höflich bei Joseph anfragen, ob dieser eine *Sorgemusik* schreiben könne. Zuerst bäumte sich alles in Joseph auf. Der König war noch nicht unter der Erde. Hatte man denn vor gar nichts mehr Respekt?

Dann überlegte er. Gustav hatte so viel für ihn getan, er war ihm diese Huldigung schuldig. Also machte er sich ans Werk, während man drüben im Palast die Hofschneider mit Aufträgen für Trauerkleidung belagerte.

Zur Aufbahrung des Königs in der Riddarholm-Kirche erklang am 13. April Josephs *Symphonie funèbre à la mémoire du roi de Suède*. Dumpfe Paukenschläge leiteten einen Trauermarsch ein, der langsam und gemessen voranschritt. Von Seufzermotiven eingerahmt, folgte das Herzstück der Komposition, ein Choral, der auf ein altes protestantisches Kirchenlied zurückging. Das Ganze klang in einer feierlichen Fuge aus, bevor zum Schluss noch einmal der Trauermarsch wiederholt wurde.

Da stand also, umflutet von Klageweisen und flankiert von zwei Runensteinen, der Katafalk mit dem Sarg. Rund herum hatte der Hofintendant Sundvall, nach Entwürfen von Sergel und Desprez, einen Zypressenwald gepflanzt. Den Tumulus oder *Temple de gloire* krönte eine Büste des verstorbenen Herrschers, darunter, zwischen Schild und Speer, trauerte die Mutter *Svea*, der ein von Gram zerschmetterter Löwe zu Füßen lag. Die Ausstattung seines Begräbnisses gereichte dem theatromanen Herrscher zur Ehre.

Auch Gustavs Sohn wollte sich seines Vaters würdig erweisen. Als die Ersten des Adels zu ihm kamen, um ihm als neuem Souverän zu huldigen, begrüßte sie der Dreizehnjährige mit geröteten Augen und herabhängenden Schultern. Nein, sagte er, er wolle nicht König sein.

Sein Onkel, Prinz Carl, nunmehr Herzog von Södermanland, ein Titel, der stets dem Thronfolger zukam, klärte Gustav Adolf darüber auf, was seine Pflichten wären. Schließlich wolle er seinem Vater doch keine Schande machen.

Schüchtern fragte der Knabe, was von den anliegenden Pflichten als Erstes zu bewältigen wäre.

»Nun, in Würde den Beisetzungszeremonien vorstehen«, gab Carl zur Antwort.

Gustav IV. nahm sich dies zu Herzen. Dann wollte er wissen, was mit den Mördern seines Vaters geschehen solle. Carl stieß seine bullige Stirn vor. Der verstorbene König habe zur Milde geraten. Die Nation war zerrissen, da sollte man sie nicht noch mehr entzweien. Natürlich würde der Hauptschuldige, Anckarström, seinen Kopf unter das Henkersbeil legen müssen.

Carl befleißigte sich eines salbungsvollen Tons. Man müsse bedenken: »Pechling ist ein alter Mann, mehr als ein paar Jahre Festungshaft wird er nicht überstehen. Und was die anderen betrifft, das sind Hitzköpfe, die sich in ihrem jugendlichen Leichtsinn von Anckarström haben mitreißen lassen. Im Gefängnis werden sie Zeit haben, sich über die Folgen ihres Tuns klarzuwerden.«

Der Knabenkönig nickte und hieß alles gut. Er war froh, dass man ihm wenigstens sein Klavier und seine Zeichenutensilien ließ.

Carl nahm als Regent die Dinge mit ungewohnter Betriebsamkeit in die Hand. Dem erstaunten Liljensparre wurde befohlen, die Ermittlungen gegen die Verschwörer einzustellen. Das Ganze sei ein unentwirrbares Knäuel, das seine Fäden bis Gott weiß wohin zog.

Jacob Johan Anckarström jedoch entging seiner Strafe nicht. Auf dem Opernplatz, vor der Stätte seines Verbrechens, der

Oper, wurde er an den Pranger gestellt und mit Ruten ausgepeitscht. Die Mordwerkzeuge, die Pistole und das schartige Messer, hatte man über seinem Kopf an den Holzbalken des Prangers genagelt. Anckarström zeigte keine Reue und blieb hart unter den geißelnden Hieben. Erst am dritten Tag brach er in Stöhnen aus und bat um Gnade.

»Nur feste drauf«, heulte die Menge und überschüttete den Delinquenten mit Unrat.

Am 27. April 1792, sein Opfer war seit einem Monat tot, führte man den Attentäter nach Skanstull, dem Richtplatz, der am Ende des Stadtteils Södermalm lag. Dort hackte man Anckarström zuerst die rechte Hand und dann den Kopf ab. Wie ein Schlachtvieh wurde sein Leichnam ausgeweidet und zerstückelt. Kopf und Gliedmaßen stellte man zur Erbauung des Pöbels wochenlang auf einem Rad zur Schau.

Wie angekündigt, schickte Prinz Carl die inhaftierten Verschwörer nach einiger Zeit in die Verbannung. Ins Exil ging auch Gustav Mauritz Armfelt: Der Regent ordnete ihn als Botschafter nach Neapel ab. Armfelts Platz nahm Gustav Adolf Reuterholm ein, Carls Busenfreund, der mit dem Regenten die Vorliebe für Freimaurerversammlungen und spiritistische Sitzungen teilte.

Die Beisetzung Gustavs III. dann fand anderthalb Monate nach dem Anschlag statt. Joseph hatte also genug Zeit gehabt, zu diesem Anlass eine Trauerkantate zu komponieren — mit 104 Ausführenden, darunter einem fast 50-köpfigen Chor.

Noch immer grünte der Zypressenwald, noch immer roch es in der Riddarholm-Kirche nach Wachs und Harz. Das Gotteshaus war bis auf den letzten Platz gefüllt. Und nun trat der Kapellmeister vor und hob seine Arme zum Einsatz. Unisono begann der Chor und intonierte inbrünstig das Lamento des Textdichters Leopold: »*Gustav är ej mer!*«

Vier Künstler, die der König zeitlebens gefördert hatte, erhoben ihre Stimmen zu bewegenden Klagen: Carolina Müller,

Franziska Stading, Carl Stenborg und Kristoffer Karsten. Sogar Elisabeth Olin war aus dem Altenteil zurückgekehrt und betrauerte in einer Arie ihn, »*den mildaste bland alla*«. Alle saßen und schluchzten in ihre Taschentücher, am ausdauerndsten Prinzessin Sofia Albertina in der wahrhaft antiken Pose einer *soror dolorosa*.

»*Allt i graven sänkes ner …*« — bei diesen Klängen konnte kein Auge trocken bleiben. Einzig Gustav IV. rang um Fassung, seine schwarzverschleierte Mutter blickte verloren in die Weiten des Chors.

Auch Joseph hatte, wie konnte es anders sein, einen Moment der Schwäche gehabt. Als er den Musikern den Einsatz zum zweiten Programmteil gab, überkam ihn die Rührung und er sank auf den Stuhl nieder, der zufällig neben dem des Regenten stand.

Carl blickte ihn an. »Lassen Sie sich ruhig Zeit, Herr Kraus. Wenn es wieder besser geht, machen wir weiter, nicht wahr.«

Joseph starrte durch einen Tränenflor. Ringsum herrschte Grabesstille. Die Trauergäste tupften ihre Augen und der Chor wartete geduldig, bis sein Leiter sich wieder in der Gewalt haben würde.

Da erhoben sich ganz hinten, in einer der letzten Reihen, ein Mann in Offiziersuniform und eine Frau. Sie, schwarz gekleidet, einen Schleier auf dem Kopf, strebte, während sie ein Taschentuch auf ihre Lippen presste, mit raschen Schritten dem Ausgang zu, der junge Mann folgte ihr.

Joseph stand mühsam auf und trat wieder vor seine Musiker. Durch Tränen blinzelnd, hob er beide Hände. Dann sprang die Kirchentür auf, und bevor das Licht es verschluckte, leuchtete kurz aschfarbenes Haar im Frühlingswind.

Warum sich schinden und aufreiben? Da hetzte man die Rappen seines Schicksals mit Peitschen und plötzlich stand man vor einem Abgrund.

Wenn keine Kraft mehr da war, konnte man ja auch loslassen. Dann konnte man auch in der Sonne sitzen und auf den Brunnsviken blicken. Wie tief der See wohl war? Über seine Oberfläche flüchteten Spiralen aus Licht und Wasser. Im Ried schnäbelten Möwen neben Stockenten und Blesshühnern, und darüber zog ein Reiher seine Kreise.

Josephs Atem ging mit der Bewegung des Wassers auf und nieder. Konnte es sein, dass im Flügelschlag eines Vogels mehr Weisheit war als in Linnés wissenschaftlichen Traktaten, Vergils *Eklogen* oder den *Fortissimo*-Orkanen einer Sinfonie? Warum suchte man so viel, wenn so wenig genügte?

Die Ebereschen winkten wie Riesen mit Armen voll rotgelber Beeren und an den Ästen begannen sich bereits die ersten Blätter zu verfärben. In die einst so gepflegten Piperschen Anlagen waren Ranken und Baumschößlinge eingebrochen. Wegerich und Wiesenkraut wucherten und verfilzten die Hecken.

Joseph war, als habe er aus dem Dunkel des Tanns Hundebellen vernommen, aus dem deutlich der helle Oberton von Kyra herauszuhören war. Das regte die Vorfreude auf das abendliche Birkenholzfeuer und einen *Glögg*-Punsch.

Zwei Kleiber stritten sich vor ihm um Samen, die über den Torfboden stäubten. Dann plumpste eine große Eichel vom Baum, und sie schreckten auseinander. War dies nicht ein Bild für die Geschehnisse der Zeit? Wenn die französische Republik sich, ihren Feinden zum Trotz, — und es stand ihr jetzt fast ganz Europa gegenüber — behaupten könnte, würde die Zukunft ganz anders aussehen.

Joseph erinnerte sich an den Groll, den er einst gegenüber dem despotischen Mainzer Kurfürsten empfunden hatte. Dieser Groll war jetzt wie Rauch verflogen. Fürsten kamen und gingen, einige wurden ermordet, andere gestürzt. In Paris hatte das Volk seinen König aus dessen Schloss gejagt. Während es die Garde des Herrschers niedermetzelte, ließ es Ludwig und seiner Familie gerade noch Zeit, die zweihundert

Schritte von den Tuilerien zum Sitz der Nationalversammlung zu gehen. Nach diesen zweihundert Schritten war Ludwig kein König mehr.

Für Fürsten — Joseph blätterte zerstreut in Goethes *Iphigenie* — hatte er Oratorien und Begräbniskantaten geschrieben: für den schwedischen Gustav die Trauersinfonie, für den deutschen Kaiser das *Tedeum*. Und jetzt hatte er Mühe, sich zu entsinnen, wer auf den Thronen saß. Denn auch Kaiser Leopold weilte nicht mehr unter den Lebenden, und wer in Schweden das Sagen hatte, wusste niemand so recht. Der obskurantistische Herzog von Södermanland, sein ebenso esoterischer, aber auch ehrgeiziger Minister oder der königliche Knabe, der geschworen hatte, nie mehr einen Fuß an die Stätte zu setzen, wo man seinen Vater gemeuchelt hatte?

Carl, das war ein Kapitel für sich. Er kommandierte vom Ohrensessel aus. Der Thespiskarren stand in der Ecke, obwohl er in seiner Jugend mit seinem Bruder Gustav gerne Theater gespielt hatte und seine Vorliebe für weibliche Bühnenkünstler Landesgespräch war. Einerseits hatte Carl versprochen, ein neues Theater bauen zu wollen, andererseits war das französische Ensemble entlassen worden. Und nicht wenige, die sich in Gustavs Gunst gesonnt hatten, machten sich über ihre Zukunft Gedanken.

Nun, Joseph hatte sogar den Auftrag für eine neue Musikkomödie. *Marknaden*, der Markt, war der Titel, ein läppisches Sujet. Im Übrigen ließ der Regent sich die Trauersinfonie seines Bruders als Tafelmusik vorspielen. Ja, Prinz Carl war ein Kapitel für sich.

Das Hundegebell kam näher. Bald würde die Meute zurück sein, Kyra ihn umspringen und Graf Bark sich seiner Beutezüge brüsten. Genuss war hier auf jedes Ried gestreut, und Joseph gönnte allen ihren Teil.

Ein Schatten fiel über Josephs Buch, und Johan Kellgren

trat an ihn heran. Er war gekommen, um sich nach Josephs Zustand zu erkundigen.

Nichts, was eile, antwortete Joseph, als Kranker habe er doch einen Freibrief auf Müßiggang.

Nun, dann wünsche er gute Besserung, brummte Kellgren und sah Joseph von oben an. Vielleicht sah er seine eigene Zukunft vor sich, denn auch er war, obgleich im Anfangsstadium, mit dem Brustleiden geschlagen, das besonders unter Dichtern und Musikern wie die Pest grassierte.

Joseph schaute sich das Buch an, das Kellgren zurückgelassen hatte: eine Dichtung Bellmans, *Fredmans Epistlar och Sanger*. Dabei hatte Kellgren vor nicht langer Zeit Bellman noch als »Hinterhofpoeten«, »Verseschmied« und »Rinnsteinbarden« herabgemacht. Jetzt, da Ahlström Bellmans Werke mit Kellgrens Vorwort gedruckt hatte, schien er seine Meinung geändert zu haben.

Joseph legte das Buch nieder und wandte sich seinen beiden Schülern zu, Per Frigel und Johan Wikmanson, die ebenfalls zu einem Krankenbesuch gekommen waren.

»Wie war das?«, fragte Joseph. »Bellman schlug die Laute, und der alte Griesgram schnurrte wie ein Kätzchen?«

»Bellman wollte schon gehen, er weiß ja, dass Kellgren nicht gut auf ihn zu sprechen ist«, prustete Frigel. »Aber seine Freunde hielten ihn zurück. Es war in Bellmans Lieblingslokal ...«

»*Claes pa Hörnet*«, ergänzte Wikmanson. Der Organist der Storkyrka hielt sich gerade wie ein Kontrabass. Aber dann begann es doch um seine Mundwinkel zu zucken, und sein jungenhaftes Lachen schallte über den See.

»Kellgren saß in seiner Ecke und machte sein gewohntes finsteres Gesicht«, fuhr Frigel fort. »Als Bellman zu Ende gekommen war, stand Kellgren auf, drückte Bellman an sich und sagte: ›Lassen wir Vergangenes Vergangenes sein. Wort und Musik gehören zusammen, und wer das nicht begreift, der soll sich lebend einbalsamieren lassen.‹«

Ach, war das schön, junge Menschen um sich zu haben. Joseph lächelte: »Ja, das war ein Anblick für die Götter, als Kellgren gestern heraufgestapft kam mit seinem eleganten Spazierstock.«

Nachdem sie sich noch ein bisschen über den »finnischen Eisbären« lustig gemacht hatten, schworen sie, heute kein Wort mehr über Musik fallen zu lassen. Sie saßen vor Barks Haus, im Garten spielten dessen Kinder, Kyra mitten unter ihnen.

Frigel, der sein Bier schlürfte, hatte sich zurückgelehnt, den Hut im Nacken, so dass sein strohgelbes Haar wild hervorstach. Den Rock hatte er ausgezogen, obwohl es bereits kühl zu werden begann. Auf dem Stoff seiner Weste purzelten rote und gelbe Punkte durcheinander.

»Wie lange bleibst du noch hier?«, fragte er Joseph.

»Nun, ich will spätestens im Oktober zurück sein. Ich kann doch Haeffner nicht so lange allein wüten lassen.«

»Du musst vor allem schauen, dass du wieder auf die Beine kommst, hörst du?«

Joseph nickte und blinzelte in die Sonne. Ab und zu schaute Barks Frau heraus, sie kochte Beerenmarmelade und legte Wildbret in Marinaden ein.

»Was gebt ihr als Erstes in der Oper?«, wollte Wikmanson wissen.

»Dalayracs *Trois petits savoyards*. Mit putzigen Balletteinlagen.«

»Dann sind wir ja gerettet«, meinte Frigel und verzog das Gesicht.

Doch die, die ihm so willkommen gewesen wäre, kam nicht. Viel hörte Joseph sowieso nicht mehr von ihr. Nur, dass sie ein zum Teil mondänes und zum Teil sehr zurückgezogenes Leben führte. Mal besuchte sie ihren Bruder in London, mal vergrub sie sich in Värmland. Joseph sah Eva vor sich, wie sie im Regen spazieren ging oder auf einem blendend weißen Hengst mit offenem Haar über die Heide ritt.

Der Tag des Aufbruchs war gekommen. Noch ehe Bergshamras Bewohner sich aus den Federbetten mühten, trat Joseph ins Freie. In den Wiesen leuchtete es weiß. Tautropfen glitzerten in den Spinnweben.

Kyra erschnüffelte sich eine Spur im feuchten Gras. Josephs Blicke streiften über ihr mageres und doch straffes Rückgrat. Er würde sie bei Nils Bark lassen. Hier war sie besser aufgehoben als in Stockholms Gassen.

Joseph trat zum Seeufer. Die Eichen nahmen ihn in ihre Mitte, als gehöre er zu ihnen. Er hatte den gesamten Brunnsviken auf seiner Seite, was gab es noch zu befürchten? Joseph setzte sich auf einen halb im Wasser liegenden Baumstamm und nahm eine Schatulle aus seiner Rocktasche. In deren samtrotem Futter lagen eine Perlenschnur, die einst um ein längst zu Staub zerfallenes Vergissmeinnicht geschlungen war, und das Medaillon mit Evas Bildnis. Dazu hatte er ihre Briefe aufgehoben — ein mageres, mit einem Seidenband verschnürtes Bündel. Oft hatte sie nicht geschrieben.

Joseph schaute zuerst auf das Medaillon, dann auf den See. Das Wasser war verwaist, nur am hinteren Ende, vor der grünen Schranke des Fichtenwaldes, löste ein Fischer sein Boot aus dem Nebel und ruderte zu entfernten Buchten.

Ein letztes Mal schaute Joseph auf das Medaillon, darauf verschloss er das Kästchen. Dann holte er weit mit dem Arm aus und schleuderte die Schatulle in den See.

»Seien Sie vorsichtig, Herr Kraus!«, sagte seine Haushälterin, während sie ihm den Mantel umhängte. »Und, wenn es nicht mehr geht, nehmen Sie sich einen Wagen. Sie brauchen niemandem etwas zu beweisen.«

Ich musste noch nie jemandem etwas beweisen, dachte Joseph. Die Straßen lagen unter einer dicken, weißen Schneedecke. Unter seinen Stiefeln knirschte es fröhlich. Auch am Nybro ging es lustig zu: Die Fischverkäufer keiften um die Wette und freuten sich, dass sie ihre Ware nicht mehr auf Eis zu betten brauchten: Das nahm ihnen jetzt die Natur ab.

Auf Blasieholmen duckte er sich. Zwischen den herrschaftlichen Gebäuden der Ministerien zog es immer entsetzlich. Aber er war in aufgeräumter Stimmung, und rüstig wie in seinen besten Tagen stapfte er dem Strömen zu.

Joseph schritt über Gustavs pompöse Brücke. Irgendwann wohl würde man diesem Herrscher ein Standbild errichten — vielleicht als Apoll oder als Besieger der zaristischen Despotie. Aber damit hatte es Prinz Carl nicht eilig.

Der vereiste Dreikronenpalast lag wie unter Spinnweben, die unzähligen Fenster blind zum Mälar gewandt. Vielleicht wechselte Sofia Magdalena dort gerade ihre Witwengarderobe und Gustav IV. grübelte mit hängenden Schultern über den Karten von Norwegen, wie er die Eroberungsträume seines Vaters zu Ende führen könnte.

Den Gang in die Riddarholm-Kirche sparte sich Joseph. Wohl hätte ihn das Spiel des Lichts, das durch die bläulichkalten Fenster fiel, belebt. Aber der Anblick der aneinandergereihten Sarkophage wäre niederschlagend gewesen. Gustavs Vorgänger, die Pfälzer, ruhten in protzigen Bleisärgen, die Gruft gegenüber sah jedoch kümmerlich aus. Noch immer hatte der Regent nicht die Zeit gefunden, dem Bruder an der Seite seiner Eltern eine würdige Grabstätte einzurichten.

Riddarholm und Königsschloss im Rücken, schritt Joseph die Västerlanggata hinan. Jetzt müsste man in Drottningholm sein, wo die Ahornbäume in den Himmel strebten und die gedämpften Farben des Theaters in die herbstliche Röte des Schlossparks übergingen. Ob er noch einmal dazu kommen würde, dort den Taktstock zu schwingen?

Aber auch in der Gamla stan war Musik: Die Kesselflicker gaben den Rhythmus, die Bettler und Straßenverkäufer machten den Chor, und von fernher hörte man Fugen. In der Storkyrka orgelte Wikmanson, bei den Deutschen Haeffner. Der Dritte im Bund, Per Frigel, mochte in seiner Kanzlei noch Tinte klecksen. Von Zeit zu Zeit aber legte er seine Akten zur Seite und kritzelte heimlich Noten aufs Papier.

Vor sich sah Joseph jetzt Järntorget, trotz der Kälte wimmelte der Platz von Menschen. Diejenigen, die ihre Besorgungen gemacht oder sonstwie Zeit hatten, wärmten sich die klammen Finger an offenen Feuerstellen. Aus den umliegenden Kneipen quoll Dampf und Lärm.

Ein Zeitungsverkäufer machte mit rollenden Augen und lauter Stimme auf sich aufmerksam. »Der König von Frankreich vor dem Urteil«, schrie er. »Jakobiner fordern seinen Tod.«

Joseph kaufte dem Jungen ein Blatt ab und steckte es in seine Tasche. Lesen würde er es, wenn überhaupt, später.

Er war am Ende der Altstadt angelangt. Über dem trüben Kanal, in dem alle Abwässer Stockholms zusammengurgelten, blickte man auf die Häuser der Tagelöhner, die auf der südlichen Nachbarinsel aus den Klippen emporwuchsen. Aber mit Södermalm verband Joseph keine besonders angenehmen Erinnerungen und so wandte er sich zum Munkbro-Kai.

Der Weg dort aber war so vereist, dass er es vorzog, umzukehren. Joseph warf noch einen Blick auf Stenborgs Königliche Komödie, wo ein Anschlag verkündete: »Wiederaufführung aufgrund des großen Erfolges: *Tom Jones* von Herrn Philidor, mit zusätzlicher Musik von Herrn Zander.«

Carl Stenborg war unverwüstlich. Wenn er nicht sein Theater leitete, Schwänke oder sonstige Stücke bearbeitete und eigene Kompositionen niederschrieb, fand er noch Zeit, seine gar nicht mehr so jünglingshafte Heroenbrust in einen Harnisch zu zwängen und in *Orpheus*-Arien zu schwelgen.

Jetzt wurden Joseph die Beine doch etwas schwach und eisige Tropfen von den Dachtraufen zerplatzten auf Hut und Kragen. Er beschloss, im Gyldene Freden einzukehren.

Dort setzte er sich auf eine Bank am Fenster, legte den nassen Hut neben sich und schaute sich in aller Ruhe um. Er bestellte ein paar Kekse, die er nicht anrührte. Dafür sog er den Grog in behutsamen Schlucken ein. Im ersten Moment brannte es höllisch und es brodelte in seinen Lungen. Doch dann, in dem Maße, wie sein Körper sich mit wohliger Wärme füllte, beruhigte sich sein Atem. In den Schläfen pochte es nur noch leicht.

Am Nachbartisch saßen gut gekleidete Herrschaften und unterhielten sich auf Französisch. Es waren Emigranten, die vor den Gräueln der Jakobiner bis in den hohen Norden geflohen waren. Nun ließen sie ihrem Entsetzen vor dem schwedischen Winter freien Lauf.

Joseph hoffte eigentlich, dass Carl Michael Bellman noch kommen würde. Aber der tauchte nicht auf. Der einst so fidele Sänger der Soubretten und Wäscherinnen ließ sich in letzter Zeit immer mehr gehen. Nicht selten kam es vor, dass man ihn nach einer nächtlichen Sauftour besinnungslos aus der Gosse ziehen musste.

Nein, heute würde Bellman nicht kommen. Trotzdem saß Joseph noch Stunden im Gyldene Freden, nippte an seinem Grog und zog dann seinen Mantel über. Es wurde dunkel — Zeit, nach Hause zu gehen.

In Stockholm ist es im Winter immer dunkel. Man weiß nie, wie spät es ist. Wenn Engmarck kommt, soll Peter nachheizen. Obwohl, kalt ist es eigentlich nicht.

Den ganzen Tag schlafen, das ging wohl nicht. Und doch tat es gut, sich einfach gehen zu lassen, man glitt von selbst hinüber.

Er streifte durch blumige Auen. War es die Tundra oder der Odenwald? Durchwanderte er Smalands saftige Wiesen oder die grünen wellenden Hügel von Buchen?

Er schaute nicht hin, er wollte nicht hinschauen. Er folgte

der Jagd. »Nun los, Kyra, nun los, Slyngel!« Ein Jäger trug die gelben Gamaschen von Ludwig, aber die Tasche, die ihm über die Schulter hing, war die von Nils Bark.

Joseph sah auf: Bücher umgaben ihn, schön gebunden. Bücher, die man nicht mehr zu lesen brauchte. An der Wand hingen außerdem Mariannes Tierbilder, ihre schöne Rötelzeichnung vom Dom zu Siena und ein Kranz aus Tannengrün, der stark nach Harz roch.

Joseph blickte auf den Teppich. Kyra war verschwunden. Er grübelte angestrengt. Musste Engmarck nicht bald kommen? Oder der schüchterne Wikmanson? Wenn nicht sogar der linkisch-zuversichtliche Frigel? Er tastete um sich und sagte mit belegter Stimme: »Ihr könnt ruhig eure Pfeifen rauchen. Ich mach nicht mehr mit, aber ich schaue gerne zu.«

Er suchte sich aufzurichten und spürte, dass ihm eine Hand über die Stirne strich. »Oh, Herr Kraus, Sie sind wieder so durchgeschwitzt.«

»Es ist nichts, Stina, nichts.«

Doch Stina kam mit einer Schüssel, richtete ihn auf, zog ihm das Hemd aus, wischte vorsichtig mit einem Schwamm über seine mageren Rippen und zog ihm dann ein frisches Hemd über. »Danke, Stina, danke«, flüsterte er.

»Warten Sie, ich schüttele noch das Kissen auf.«

Er ließ sich alles gefallen, als sei er ein Kind. Dabei schaute er Stina zu und sagte schließlich: »Hast du den Kranz gemacht? Er ist sehr schön.«

»Ja, es ist ja bald Weihnachten.«

»Stimmt, es ist bald Weihnachten. Es ist immer so dunkel, man weiß nie, wie spät es ist. Mit wem feierst du Weihnachten, Stina?«

»Mit meiner Familie.« Sie bückte sich nach dem durchnässten Hemd. »Es gibt Gänsebraten mit Knödeln und Rotkohl.«

»Knödel und Rotkohl.« Joseph dachte lange nach. »Das ist was Feines, Knödel und Rotkohl.«

Nun, Stina war ein hübsches Ding, war sogar einmal verheiratet gewesen und hatte zwei kleine Kinder. Und bestimmt würde ein neuer Anwärter am Weihnachtstisch sitzen.

»Haben Sie noch einen Wunsch?«, fragte Stina.

»Wie?«

»Brauchen Sie noch etwas, Herr Kraus?«

»Etwas Eiswasser.«

Sie stellte ihm den Krug auf den Nachttisch. »Ich lass Sie dann allein«, sagte Stina.

»Aber wenn Herr Engmarck kommt?«

»Er kommt immer etwas später. Versuchen Sie, noch etwas zu schlafen.«

Immer schlafen, das ging doch nicht. Joseph blickte Stina hinterher. Unter ihrem Rock war kurz eine nackte Ferse zu sehen. Ach, Fersen hatte er schon immer gerne betrachtet. Nur hatte er sehr wenige liebkost. Ob man das einmal nachholen könnte?

Er richtete sich auf und versuchte, den Moment des Hinübergleitens noch ein wenig hinauszuzögern. Er hatte doch einmal, lang war es her, ein Lied über den Liebeskummer eines verlassenen Mädchens geschrieben, zu Versen von Matthias Claudius oder sonst wem: *Das schwarze Lieschen aus Kastilien*, eine volkstümliche Weise, eine seiner schönsten.

Ob er das Lied noch auf dem Klavier spielen konnte? Aber das kostete so viel Kraft.

Er lauschte hinaus. Gedämpfte Stimmen waren zu hören, und Kufen knirschten über verharschten Schnee. War es der Schlitten, der mit seinen Feuerrossen in den Tartarus fuhr? Per Hilleström hatte ihn so schön gemalt, und trotzdem war die *Proserpina* nie im Opernhaus aufgeführt worden.

Stimmen schwangen in den Schläfen. Wenn er auch nicht viele Fersen liebkost hatte, so gab es doch ein Stelldichein. Prompt fand er die Stelle, wo ein Mühlendamm den schnellen Lauf der Morre zurückhielt. Dort kauerte sie. Als er sich ihr näherte, richtete sie sich auf. Ein eleganter Hut, ein weißes Kleid, das wie eine Blume auseinanderrauschte. Eine aschfarbene Flut rieselte über ihre Schultern. Aber die Augen, mit denen sie ihn ansah, waren die von Marianne.

»Ja, der Sliwowitz ist ein großer Verführer«, sagte er.

Sie sagte nichts, sondern reichte ihm etwas in einem Körbchen. Es waren Granatäpfel, die Früchte der Liebe und des Todes. *Proserpinas* Liebesäpfel: Wer davon aß, vergaß alles.

Hatte er jetzt die Granatäpfel gegessen? Er fand keine Antwort. Er wusste nur, seine Zunge war wie Zunder, und in seiner Brust brannte es bitter. Eiswasser, das brauchte er jetzt.

Gierig schlürfte er das laue Gesöff aus dem Krug. Jetzt musste bald die Tür gehen. Stridsberg hatte seinen Besuch angesagt, aber der Weg von Uppsala war weit, fast so weit wie der nach Lappland.

Die Harzwälder dufteten, und die Schläge einer Uhr waren zu hören, matt, wie in Watte gepackt. So hatte Großvaters Uhr in der Diele der Kellerei gehallt.

Pflaumen, ja Pflaumen wären jetzt ein Leckerbissen, vielleicht ein Rosinenwecken, vielleicht eingelegte Nüsse. Er fuhr sich mit der Zunge über den gallenbitteren Gaumen. Schneehagel prasselte gegen das Fenster. Es war, als ginge ein Vorhang nieder.

Die Tür ging auf. »Stridsberg?« Aber es war nicht Stridsberg, sondern ein kleiner Junge. Barfuß stand die scheue, schmächtige Gestalt in der Tür. »Warte, Franz, ich komme.«

Joseph erhob sich und trat zu seinem Bruder. »So, jetzt gehen wir zur Götzinger Höhe, aber den ganzen Berg hinauf.«

Obwohl es bergauf ging, kostete es keine Mühe. Die Morre raunte zu ihren Füßen, und über ihren Köpfen brauste der Sturm. Sie wurden von Schneeflocken durchstäubt, aber es war nicht kalt. Dennoch lief Franz ein Rinnsal aus der Nase. Joseph bückte sich und wischte es ihm ab. »Es ist ein Abenteuer, gelt, ein richtiges Abenteuer«, flüsterte er ihm ins Ohr.

Dann waren sie oben. Der liebe Gott saß an der Orgel und spielte Fugen, mächtige, tönende Fugen. Der liebe Gott wandte den Kopf: Ein Schneidezahn blitzte und ein Paar großer, hervorstehender, schwarzer Augen blickte sie an. Seine Krone war aus Polarlicht geschmiedet, sein Krönungsmantel aus dem Fell scheuer nordischer Füchse gewirkt.

Joseph schlug den Mantel um seinen Bruder. Sie gingen in den Abend hinein, dem Polarlicht entgegen.

Tumba

Liebe Seele! Du kennst mich. Ich bin nicht vergessen, dazu bin ich zu sinnlich, und mein Kopf steht mir zu nahe am Herzen, um lau sein zu können.
Joseph Martin Kraus an Marianne Kraus, 1790

Der rötliche Schein der Fackeln züngelte die Felsen empor. Von oben zogen die Totengräber, von unten stemmten die Trauernden, und so schafften sie es, den Sarg auf die Anhöhe zu bringen.

Die Männer stellten sich im Kreis um die Grube. Von der Seite kam, unhörbar wie ein Geist, Johan Kellgren. Er hatte einen katholischen Geistlichen mitgebracht, der nur Spanisch und etwas Französisch sprach.

Für die Beisetzung genügte das. Aufmerksam lauschte Kellgren dem iberisch trocken intonierten »*Requiem aeternam*«. Mit seinem weißen Pelz und den herabhängenden Ohrenklappen sah er wie ein Eisbär aus.

Kaum hatte der Priester geendet, machten sich die Totengräber daran, die Grube wieder zuzuschaufeln. Dumpf polterten Erd- und Eisbrocken auf den Sarg. Per Frigel warf Joseph noch einen Stechpalmenzweig nach.

Die Trauernden warteten mit verschränkten Händen. Kyra, die Graf Bark an die Leine genommen hatte, winselte. Der Graf schaute zu Stridsberg hinüber. »Sie haben ihn am längsten gekannt. Wollen Sie ein paar Worte sagen?«

Vor Verlegenheit lief Carl Stridsberg rot an. »Ich bin kein großer Redner.«

»Ich habe ihn 1778 kennengelernt«, fiel der Notar Engmarck ein. »Er war neu in der Stadt und lief mit staunenden Augen herum, wie ein Kind.«

Die Totengräber prusteten und stützten sich zum Verschnaufen auf ihre Spaten. Haeffner sagte: »Ein Kind war er sein Leben lang. Es war kein Arg in ihm.«

Kellgren reckte sein spitzes Kinn und ließ seine Augen über den Erdhügel schweifen. »Wir haben sein Irdisches begraben. Das Beste an Kraus, das Himmlische, lebt in seiner Musik weiter.«

»Wie? Ja, das stimmt«, murmelte Stridsberg, der gegen die Tränen kämpfte. Wikmanson sagte: »Ein schöner Spruch. Man sollte ihn aufschreiben.«

Kellgren schürzte die Lippen. »Ich traf ihn, als er am tiefsten gesunken war. Mager wie eine Espe, spitz, hohlwangig. Stürzte sich auf einen Hühnerschenkel, als habe er sechs Monate nichts mehr in den Magen bekommen. Er schleppte irgend so ein scheußliches Wollknäuel von Pudel mit sich.« Kellgren blickte auf die zitternde Kyra. »Und darum, meine Herren, könnte man auch sagen: Er war zu gut für diese Welt.«

Die Trauernden traten mit ihren klobigen Stiefeln auf der Stelle. Stridsberg schnäuzte sich geräuschvoll. Bark drückte dem Priester und den Totengräbern ein paar Münzen in die Hand.

»Wir müssen sein Andenken in Ehren halten«, bestand Engmarck.

»Oh, das tun wir«, sagte Stridsberg. »Ich hab noch eine ganze Menge Noten von ihm in Uppsala.«

»Ich kümmere mich um die Opern«, sagte Haeffner.

»Und ich um die Streichquartette«, fügte Wikmanson hinzu.

Die Totengräber schaufelten weiter.

»Wenn wir noch eine Stunde warten, beginnen die Vögel zu singen«, sagte Frigel.

»Wie?«, fragten einige.

Frigel schluckte: »Na ja. Er war doch ein Sänger.«

»Ach so, ja.«

Sie standen unschlüssig. Schließlich straffte Bark die Hundeleine und zog mit der anderen Hand seine Fackel aus dem Boden. »Das Mindeste, was wir tun können, ist, noch ein Glas auf ihn zu leeren. Meine Frau hat angezapft, und sie hat auch den Bärenschinken aus der Räucherkammer geholt.«

»Nun«, irgendjemand ließ seine Fingerknöchel knacken. Der Priester sagte: »*Me disculparán Vuestras Mercedes. Tengo una misa a las diez.*«

»Ich muss auch zurück in die Stadt«, knurrte Kellgren. »Diese Kälte, das ist nichts mehr für unsereinen.«

Auf dem Trampelpfad, den sie auf dem Hinweg in den Schnee gestapft hatten, wanderten sie langsam zum See zurück. Kellgren war mit dem Priester in die entgegengesetzte Richtung verschwunden.

Niemand sagte ein Wort. Die Fackeln blakten, nur Frigel hatte seine gelöscht. Er steckte die Hände in die Manteltaschen und stapfte als Erster mit grimmigen Schritten in die weiße Leere. Kyra lief ihnen voraus.

Sie folgten der Spur, die der Schlitten durch den Schnee gezogen hatte, quer über den See. Drüben stand der Wald, dunkel und abweisend. Über die Baumspitzen quoll ein noch unbestimmter, grauer Schein.

Und dann fingen die Vögel des Brunnsviken zu singen an.

Anhang

Nachwort

Joseph Martin Kraus war, wie die meisten seiner gebildeten Zeitgenossen, ein emsiger Briefeschreiber. Zum größten Teil richtete sich diese Korrespondenz, die meine Hauptinformationsquelle zu seiner Biographie darstellt, an seine Eltern. Es galt hierbei für Kraus, die Eltern mit seinen Briefen bei Laune zu halten — diese versorgten ihn bis zu seinem Tode großzügig mit Geld. Über ein gewisses Imponiergehabe hinaus verraten Kraus' Briefe jedoch selten, was in ihm wirklich vorging.

Als Romanautor, der sich ansonsten an die historischen Tatsachen hielt, habe ich mir daher erlaubt, eine Liebesromanze des Komponisten mit der Gattin des schwedischen Botschafters in Regensburg zu erfinden. Dabei ging ich von Kraus' vielsagender Äußerung in einem Brief an seine Eltern aus (Seite 117 in diesem Buch), die, wie andere authentische Zitate, im Original wiedergegeben ist.

Sehr verbunden bin ich für ihre Unterstützung bei meiner Arbeit an diesem Roman zwei bedeutenden Kraus-Spezialisten: dem leider inzwischen verstorbenen Helmut Brosch aus Buchen und dem Kraus-Biographen und Mitglied der Königlichen Schwedischen Musikakademie Hans Astrand aus Stockholm.

Meiner Frau Danielle danke ich, dass sie mir bei den Korrekturarbeiten geholfen hat. Ferner gilt mein besonderer Dank Sylvie Kraus, stellvertretende Konzertmeisterin des Ensembles *Concerto Köln*, die sich die Mühe gemacht hat, das Manuskript zu überprüfen. Es waren nicht zuletzt die Aufnahmen der Kraus-Sinfonien von *Concerto Köln*, die mich erstmals zu Joseph Martin Kraus hinführten.

Ich hoffe, dass meine Erzählung dazu beiträgt, dass die Musik dieses leider immer noch zu wenig bekannten Komponisten eine größere Beachtung findet.

André Link

Quellen

Hans Astrand (Hg.), *Joseph Martin Kraus. Brev 1776–1792*, Stockholm 2006.
Hans Astrand, Gustav Larsson (Hg.), *Kraus und das gustavianische Stockholm. Bericht von dem Kraus-Symposion 1982*, Stockholm 1984.
Ronald D. Gerste, *Der Zauberkönig. Gustav III. und Schwedens goldene Zeit*, Göttingen 1996.
Joseph Martin Kraus. Ein Meister im gustavianischen Kulturleben. Bericht von einem Kraus-Symposium 1978, Stockholm 1980.
Herman Lindquist, *A History of Sweden*, Stockholm 2006.
Inger Mattson, *Gustavian opera. An interdisciplinary reader in Swedish opera, dance and theatre, 1771–1809*, Stockholm 1991.
Friedrich Wilhelm Riedel, *Das Himmlische lebt in seinen Tönen. Joseph Martin Kraus. Ein Meister der Klassik*, Mannheim 1992.
Friedrich Wilhelm Riedel (Hg.), *Joseph Martin Kraus in seiner Zeit. Referate des zweiten internationalen Kraus-Symposiums in Buchen 1980*, München u. a. 1982.
Karl Friedrich Schreiber, *Biographie über den Odenwälder Komponisten Joseph Martin Kraus*, Buchen 1928/2006.

Auswahldiskographie Joseph Martin Kraus

Aeneas i Carthago, Bühnenmusik. Sinfonia Finlandia Jyväskylä, Patrick Gallois.
Amphitryon, Schauspielmusik. Solisten, Bonner Kammerchor, Ensemble L'arte del mondo, Werner Ehrhardt.
Arie e Cantate. Barbara Bonney (Sopran), Claes-Hakan Ahnsjö (Tenor). Drottninsholmstheaterns Orkester, Thomas Schuback.
Bisättningsmusik, Begravningskantat. Solisten, Uppsala akademiska kammarkör, Drottningholms barockensemble, Stefan Parkman.
Cantate per una primadonna und Musik aus *Olympie*. Simone Kermes (Sopran), Ensemble L'arte del mondo, Werner Ehrhardt.
Complete Chamber Music with Keyboard. Walter Schwede (Violine), Jacques Després (Cembalo und Klavier), John Friesen (Cello).
Complete German Songs. Birgid Steinberger (Sopran), Martin Hummel (Bariton), Glen Wilson (Klavier).

Dream of the Orient. Musik aus *Soliman II.* und Werke von Mozart, Gluck und Süßmayr im türkischen Stil. Concerto Köln, Ensemble Sarband, Werner Ehrhardt.
Fiskarena und weitere Ballettmusik. Swedish Chamber Orchestra, Petter Sundkvist.
Flötenquintett und *Streichquartette op. 1 Nr. 3 und 4*. Martin Sandhoff (Traversflöte), Schuppanzigh Quartett.
Konzerte für Viola. David Aaron Carpenter (Bratsche), Tapiola Sinfonietta.
Miserere, Requiem, Stella Coeli. Solisten, Deutscher Kammerchor, La Stagione Frankfurt, Michael Schneider.
Proserpin. Solisten, Stockholms Kammerorkester und Kör, Mark Tatlow.
Sinfonien. Concerto Köln.
Sinfonien. Swedish Chamber Orchestra.
Der Tod Jesu und weitere geistliche Musik. Solisten, Philharmonia Chor Stuttgart, Stuttgarter Kammerorchester, Helmut Wolf.
Streichquartette. Joseph-Martin-Kraus-Quartett.
Streichquartette. Lysell Quartett.
Violinkonzert und Bühnenmusik aus *Olympie* und *Azire*. Takasho Nishizaki (Violine), New Zealand Symphony Orchestra, Uwe Grodd.
Werke für Klavier. Ronald Brautigan.
Werke für Klavier. Jacques Després.
Werke für Klavier. Mario Martinoli.
Werke für Klavier. Alexandra Oehler.

Zum Autor

André Link, geboren 1949, war nach Sprachstudien als Übersetzer, Journalist sowie Theater- und Musikkritiker tätig. In seinen literarischen Werken setzt er sich bevorzugt mit historischen Stoffen seines Heimatlandes Luxemburg auseinander — so in *Auf Winters Schneide* (2010) mit der Abdankung der Großherzogin Marie Adelheid nach dem Ersten Weltkrieg und in *Die große Hatz* (2012) mit der Abrechnung mit Nazi-Kollaborateuren nach dem Zweiten Weltkrieg.

Neben Satiren und dem erfolgreichen Theaterstück *Engelmann*, das sich mit dem Freitod des luxemburgischen Schriftstellers René Engelmann im Jahr 1915 befasst, ist André Link auch Autor einer luxemburgischen Theatergeschichte mit dem Titel *Vom Dekadentempel zur Kulturschmiede* (2004). André Link lebt in der Stadt Luxemburg.

Impressum

Bibliografische Information
Der Deutschen Nationalbibliothek
Die Deutsche Nationalbibliothek verzeichnet diese
Publikation in der Deutschen Nationalbibliografie;
detaillierte bibliografische Daten sind im Internet
über http://dnb.ddb.de abrufbar.

ISBN 978-3-939462-23-1
Erste Auflage 2014

Rosenstraße 6
D-63785 Obernburg am Main
Telefon (06022) 71988
Fax (06022) 206941
E-Mail: info@lvee.de
Webseite: www.lvee.de

Covergemälde: © Christoph Haußner, München
Ch.Haussner@muenchen-mail.de
Druck: AZ Druck und Datentechnik, Kempten
Printed in Germany